植民
人喰い
条約

ひょうすべの国

笙野頼子

河出書房新社

植民人喰い条約　ひょうすべの国

目次

植民人喰い条約　ひょうすべの国

植民人喰い条約

ひょうすべの国

潤っているのは数字ばかり、正規雇用は減り、貧富の差は開きまくっていた。国は国民の面倒を見るのをさぼり、例えば働く既婚者が子供を預ける場所等は全部自前になった。二〇〇七年十月刊行、『だいにっほん、ろんちくおげれつ記』より。

病人殺すな！　赤ちゃん消すな！　田畑無くすな！　奴隷になるな！
こども、たべもの、くすり、ことば、みんな、人喰いのえじき！　ＴＰＰ！
ＴＰＰ流せ！　憲法戻そ、ＴＰＰ流せ！　原発止めよ、ＴＰＰ通れば……
人喰い通る。
日本を、呑み干す！　生き血が、涸れる！

……給食喰われる学校溶ける医者にかかれぬ卵もなくなる、貯金を失う賃金下がる声も出せない日本語は？　死んでゆく。
（戦争はつけあわせ　原発は召使、ＴＰＰ）

ご挨拶

笙野頼子と言います。三十五年純文学を書いてきました。二十一世紀に入ってからは、作中でずっとネオリベラリズムを批判してきました、しかしけして、その専門的な勉強をしたわけではありません。基本、幻想的な、広義の私小説？　や、純文ＳＦ、従来の定型に囚われない作品を書いていただけ。あくまで私はただの、一文学者。でも創作の傍ら、長年、「芸術を文学を売り上げで計るな」と言いつづけてきた。すると自分的には必然で、しかし外目には「急に」。

そう、十年も前です、ふいに「敵はＩＭＦ」と言う言葉がぽろっと出た。自分でも驚いた。ただ随分前から、文学の世界にも、経済お化け数字お化けの言説が入り込んで、私でさえもそれと戦っていた。しかもその時既に景気は落ち込み、全てを数字だけで図る風潮は主流となり、人心は荒れていた。そんな中急に書き上げただいにっほんシリーズ、それは『だいにっほん、おんたこめいわく史』、『だいにっほん、ろんちくおげれつ記』、『だいにっほん、ろりりべしんでけ録』というものでしたが、第一作からむしろ文壇の外で注目され、「現代思想」や「論座」でも私は特集された。といったってそれは難解で現代詩にも似た仕上がりです。またいくら型破りでも、ベテランの書き手の純文学です。なのに「文学に政治を持ち込むな」、「電力様の批判を絶対に直に、するな」というような連中からは「気でも狂ったのか」と批判されました。またそういう事ではなくても一体、何が気に入らなかったのか？

シリーズ第一作で、男女の性別設定がなってないと言われた。しかも評者はその作中人物の性別設定を間違えていた、というような批判ありきのくだらない批判にもさらされました（それは田中和生、現毎日新聞時評担当者）。しかし今ネットの片隅でそんな私の「おかしな」作品は予言のようだとも囁かれています。そして……私の住む国に、とうとう相手方が？　乗り込んで来た？　のです。

ＩＭＦのお使い様、その名はＴＰＰ、開いて書けば環太平洋パートナーシップ協定、名分は一応、「自由貿易協定」。しかしその実体は、亡国人喰い条約。

なぜかこの恐ろしいものを誰も報道しません、少ししか書きません、というよりも、どう考えても、……。

メディアを上げて隠している。国民に何も、教えない？　それは未来永劫の国あげての、国際的に逃げられぬ奴隷契約、内実までも墨塗りという悪魔の契約、どうしてマスコミは沈黙していたのだろう？　どうして？　どうして？

文学は、文化部は、「何の役に立つの」といつも言っているようなマスコミの人達が、なぜ黙っているのか？　外国では騒動になっているというのに。ネットにもあんまり出ていないようだし。スポンサーが怖い？（内田聖子氏、堤未果氏、山田正彦氏、中野剛志氏らのくわしい告発がネットや書店にはあるのですが）。

　今まで取材してくれたメディアの方々、ことに、睨まれるの判っていて来てくれた新聞文化部の極少数の方々、長い間、ありがとうございました。今も感謝していますよ。そして、いくら小説でもこのテーマです。はたして、取材出来るのかな？　ただね。もう、今までのようにあなた方、政治部や社会部から偉そうにされる必要はないと言いたいです、だってそれこそあの人たち何の役に立つの、まさか善良な人々に物を教えない、役目なんでしょうか？

　ああそうそれでも、朝日新聞の政治部次長、高橋純子という人がこの前『だいにっほん、おんたこめいわく史』の憲法改悪の下りを取り上げてくれました。もともとはおかしな言説おかしな文章の批判から始まった作品です。十年前に書いたそれが今、総理への批判にそのままなってしまっている。ありがとうございます。でもまあ、……。

　けして良い予言ではなかったわけなので当たったところで嬉しくもないけれど。ただもし私に、少しでも先を見る能力があるのならと、今のこの国の危険性をここに、本に致しました。とはいえ、……。

　今度という今度は、どのメディアであっても、新刊の取材に来てくださる事はきっと難しいでしょう。宣伝がかけられない、ただ本がここにある。本の中でしか批判出来ない？

　書店の皆様、そう、稀にこの本を置いてくださる書店の皆様、たとえ一冊しか取り寄せなかったとしても、せめて、その一冊を書店の台に、立てて置いてください。プラカと思って……。

ＴＰＰが国民皆保険を潰す危険性さえ、中央の大きいメディアでは堂々と言えない。言えるのはただ、本の中だけ、故に帯がプラカードと思ってデザインしています。

これは、書店デモ、です。そしてもし私が笑われる程このＴＰＰが実はなんでもなかったとしたら、その方がむしろ私は幸福、安心です。それと同時に。

これはこれで私の文学の危機感の行き着くところ、ここには、人類の未来にまで渡る問題点が小説という、自由な分野の必死さやフィクションの有利さで、（当然デフォルメされて）綴られているのですから。

どうぞよろしく、お願い申し上げます。

1 こんにちは、これが、ひょうすべ、です

——TPP批准後、その施政方針のための記者会見

さて、主要国において、調印と批准が終わり、地獄が始まった。

というのもＴＰＰつまり環太平洋パートナーシップ協定が有効になったからである。

で？　今、主要国と書いた？　そうそう、まだ全部は批准していないのである。しかし、ま、要するに参加十二ヶ国のうち、要は日米含みで六ヶ国あたりがやると決めてしまえば、実は、ほぼ出来るのだ。ね、強者先行、でもね。

なんかそういうの、不公平くない？　だってそもそもＴＰＰって「全部公平にして、一国のわがままや聖域もなくす」自由貿易協定、と聞いてなかったでしょうか。その上、それは「甘ったれた古い弱い、国内保護業界の利権改革」、で「自由貿易の徹底という真の国際化」だったはずなんでしょう？　その結果「景気良くなりますよ」？？？　「お給料上がりますよ」って。でも、それは、誰の？？？　誰得？　さて、このハンコ一発で。

日本は関税収入を失い、農家はほぼ全部失業する。沖縄は壊滅する、ていうか、これでフィクションを一冊書かざるを得ないほどに、つまり衣、食、住、生命、身体、軍事、産業、言論、賃金、国保や共済、そして、水道事業から小学校の給食までも、まったくもう、日本がまるごとぶち壊れてゆくのである……。またその理由は簡単すぎ、それはこの日本国の総理なる人が、そうしてもいいですよ、という「契約」をしたからだ。しかも国民の前には条文を殆ど墨塗りにしておいてね。まあいわゆるひとつの売国行為なんで。

そもそも大体が秘密条約ってなに？　みなさん、この時点で既に、え？　ええ？　えーっ？なのに、なのに、……。

今経団連のホームページ見たら（二〇一六年十月時点）、まだ推奨しているよこのＴＰＰを。ねえ皆さんまったくこんな、なんという、えっ？　はぁ？

「ＴＰＰ何それ？　おいしいの？」って、そうか、知らんのか……。

えーっと、えーっと、じゃあ、あの、あなた、ほら？

オリンピック知っている、サッカー知っている、フイギュア知っている？　「えええええあははは知っていますよ」、おおおお、そうですよね、私は、そんなの、どれも知らないよ！　野球もしらないし、ポケモンも知らないのだ。そしたらば、じゃあ、あなた、あなた、そしたらば、あなたは、新聞を、取っている、「はぁ？　……とってますっ！」お！　怒った顔、そうですとも、そうですよねえ、だってあなたは。

頭いい、社会性もある。私と違って携帯は使えるし運転も出来るのだ、賢いのだよ、外国旅行も慣れたもの、で？　「ふんっ、だってそんな、馬鹿じゃあるまいに新聞くらいあなた」、って、そうそう、そう、普通思うよねえ、うん、そうですごめんなさい、ただね。その絶対に馬鹿じゃない、真面目に新聞を読んでいる知的な方々に対し奉り、物を教えない、危険を告知しない、報道をしない、つまり、昨今の大部数の新聞における、政治欄と社会欄はそのためにあるのだよ。

そう、教えないために、隠すために。

だってほらこのＴＰＰ、今や既に、殆どの他国で、民はその正体に気づいてしまい「うわーっ、だまされたーっ、やめるーっ、聞いてませんっ、たすけてーっ」とか叫んでしまっているわけだが。そんな中、ここ、日本人だけが、冷静ににこにこして「平和」なのであるもの。え？　そちらの方は、お、既に、ＴＰＰ、ご存じ。でも？

「あーなんかあんなの面倒だからほうっておいたんだよ、それで騙されたのならそんなの、騙される方が悪い」ってか。いや、それはやっぱり騙す方が悪いんだよ。悪い奴が悪いんだよ。それに取り敢えず批准しなかったら助かったものを、やっちまったなんて。

ていうか、……もともとからオバマが、ああいう事やる権利もなんか米国の法律上ないらしいんだけれども（それがまた分かりにくいのだけれど、ＴＰＡとかいう法案かなんかの期限切れで）。ただもうこのアメリカの「現職」はごり押ししているらしく。そこに加えて日本が公約違反してまでもっと押したわけだ。しかし、そこまでの？　必然ってあるのかな、え？

「いいよ別になんだって選挙で選んだから自分が悪い、仕方ないのさ」？　「だってみんなが決めたんだ、だからみんなに従うよ」ですと？　おいおいおいおいおいおい？

それでも沖縄と福島で大臣各一名落選しているのに？　鹿児島では選挙勝ちたてのほやほや知事が、原発を止めてと要請しはじめているのに？　東北三県、結束してノーなのに？　つまりこの政治って、けして民意とか反映されてないよ？　で？　誰が「みんな」だえ、そのみんな、本当に三次元なのか。

「だってね、反対派は一部、少数でしょ、そんな地方とかで固まって聖域ぶったって、辺境の県民が反対したところでねえ、それはわがままだよ、だけど私達、みんなはね、みんなはね、数が多いんだよ、だからね、別にね、仕方ないし、関係ないし、何もこだわりないし、どうせそんなこと、どっちもどっちだし、まあまあ、私達多数派は、中立、是々非々でね、こだわらないんですよ、ああ、しつこいね、あんた、あーしつこい、あーしつこい、私達はしつこいの、だいっきらい！」って？

ふーん、じゃあ「翻訳」していいわけね？　つまり？　沖縄と福島と大分と東北は、犠牲になれ、黙ってろと、まあこういいたいのだね？　ふん、私も県民だが？　千葉県民でさ、ついこの前なんか核廃棄物を、家の窓開けたら見える場所に、「ねえ貯蔵しませんか」とか言われていたわけだけどね（結局、しなかったらしいけど）。で？　それでそういう「辺境」各県に独立されたら？　どうするんだよ？　それで？　お？　笑ったね、なーんて感情のない笑いであろうかっ。は？

「いえいえ」、だと？　「ははははは」、だと？　「別に」、だと？　「あらそんな」、だと？

「いえいえ、はははは、別に、あらそんな」、ただ？

「日本人はね、優秀だからケンカなんかしない、やることだけやって後は黙って我慢するんですね。それで、立派にやってきた、物分かりがいいんだね、国内はそうやって治めていくんだよ、でもやさしいから外国人には舐められるんだねえ、すると果して、このまま敗戦国でいていいのであろうかね、つまり海外においては一発ガーンとやらないとね、しかし丸腰ではね、舐められるしね、なんとかしないとねえ。まあ息子がミリヲタで詳しいのだよ、日本人であることを誇りに思えるようにしていたいからねえ、そして、どうせ死ぬのは貧乏人と島部の人だから、後は県民の運の悪い奴とか、党員でもないくせにアカハタ読んでいる奴とか、株屋でもないくせに『選択』読んでいるやつとか、そういう、例えばフリーランスの難病の中年の婆さんとか」

ほっほー、もう、なんか、後半随分、あてつけがましいねえ、またそれ以前にそもそも。

あんたったら！　要するに日本人の、その「優秀」さ「物分かり」の良さ、その「やさしさ」、「我慢」、どれも「日本人である事を誇りに思って」いい、「日本人の長所」だと、思っている？のかね？　まだ？　目が覚めないの？　ていうか。

でも実際、それが、それがひょうすべなんだよ、それこそ、ひょうすべだ、そういう人はもう、ひょうすべに取りつかれているってこと、な。あなたは、ひょうすべです。

「は、ひょうすべって何ですか」って、それは「表現がすべて」の存在だよ、というとなんだか言論の自由を守っている良いものみたいだけど、でも違うから。ほら、たとえば、つまりあなたの言ったフレーズに、私こうして、いちいちカギカッコを今、つけちゃったでしょ？　そして「表現がすべて」というこの言葉も、私が使う時もう、カギカッコが付いてしまっている、ね。ここ注目。

つまり、実はひょうすべとは、逆に報道を規制してくる存在でさ、しかも芸術も学問も、売り上げだけでしか評価しないで絶滅させに来る、いやーな存在なの。ならばなぜ「表現の自由」なのか？

つまり、ひょうすべが「表現の自由」として守るのは売れる大企業の、商業宣伝広告だけ、という事なんだよね。そんなひょうすべの正体、それは、……。

大きい、大きいお金の精なんだね。ひょうすべ、イコール世界的権力企業の金庫守護霊ね。だからどんなひどい事もどんな嘘も、そいつは、権力者にだけは許している。そういうひょうすべの、「表現の自由」とは、実はそれ、ほらちょっとこのカギカッコを外してみようよ？　すると、さあ、……。

権力や企業の告発報道だけは絶対させない、嘘つきの自由、搾取の自由。またその他にはそういうお金の精だけをを支持したがるような、売り上げ専一、強いものの天下を支えてくれる、麻薬のような、弱者虐待の自由、性暴力の味方、差別の推奨。それ簡単に言えば、ちかんごうかん、ひとごろし、まとめて言うなら経済人喰い、ヘイトゾンビ、それが表現のすべてだと言っている、そういうわけですね。

そう、そう、まったく世の中カギカッコ次第なんだよ？　つまり「優秀」とは、「やさしい」とは、本当にそうなのかどうか、カギカッコ外せば判ったものではないっていう話なんだよね、じゃあ、さあ。

取っ払いましょうか、すべてのカギカッコ、さて「優秀」、それは奴隷として優秀、で？「やさしい」、実は権力者にだけやさしい、故に、……もし権力者がなんかひどい事して世の中が地獄になった時も、日本人は、誰も権力者を怒ったりしないという意味の「やさしい」なんだよね。失政にも人災にも民は上を責めない、ただ、人喰い共喰いして、自滅してゆくだけ、どんな事だって「我慢」をするんだねえ。それも、……。

弱者だけを狙ってみんなで取り囲み、やつあたりして殺す、殺して喰う、それで「解決」だ。上と戦うエネルギーとか無駄、と思っている。「あっさりしている」のさ。

「そうそう、弱いものすーっと、間引きしてしまうのよ、だまって、上が困らないように我慢させる、隠れて、そーっと黙らせて殺す、笑って見ないふり、ええええなんとでも言ってくださいよう、なんとも、思わないで黙って笑っていますよ」。ほーっ、……。

本音！　言ったじゃん！　そうそう、「物分かりがいい」んだよね、さあカギカッコ外す、「物分かりがいい」、それは腐敗にも暴力装置にも絶対逆らわない、と変換して正解。

何しろこの国の人々は口をきくのがおっくう、説明が嫌い、市民運動の中でさえも時に「黙ってろ運動の障りだから」、電車の中とかしょっちゅう「黙ってろ痴漢被害を訴えたら電車が遅れる」。

「すいません、それ私の傘ですが」とかそんなん言うただけで、国挙げて叩かれる。男が強姦すると母親が責められる国。妻が謝る社会。多数が少数を押し退けておいて、少数がさからうと、いきなり機動隊。「ああ、それ、知らない」、「なに、聞いてないよ」、「あ……、きもちわるーい」、「下品だねえ、ほら中指を立てているよ、ははははは（でもそれはひとごろしに向うてだけなんだよいつもは気のやさしい人）」。まあ独特だよ我が国って。で、その一方、……。

ほーら、ＴＰＰだよＴＰＰ！　世界各国！　人民全てにわたり！　右も左も、またその言い出しっぺであるはずの米国においてさえ、民主も共和も、反対しているよ。だってこれ世界的暴力金貸しへの白紙委任状だよ？　さあ、我が国は？
ヘイ！　自分たち？　その「物分かり良さ」で未来を喰わせるのか？　誰に？　うん、だから。その名は、ひょうすべ、ひょうすべ？　うん、こうひらがなで表記するものなのよね、ただ、九州のひょうすべとは無関係だから。

そして……。

ついに国旗は片づけられ企業旗がはためいた。人喰い条約の支配する、ひょうすべの国になった。

日本という国はこうしてなくなった、などと書くとまるで排外主義のような言いぐさだがそれは違う。だってほら、あのバーニー・サンダース先生だってＴＰＰならば今もずーっと反対しているで。

その一方、選挙資金のたっぷりあるやつは、どんなに民主主義ぶってもなかなかにＴＰＰ反対というものを明言しはりません。それは口だけリベラル、仮面ファシスト。一見公平ぶり平等ぶりつつも、弱者からだけ、むしっていく、自分達の組合は金持ち組合連合、富裕組合内民主主義の、ヲタリベってやつですかね？

でもその一方ね、レイシスト等の一見ＴＰＰ反対している連中こそ、まさにまさに政権をとったら、たちまち、ひょうすべに寝返るよ。すぐにいいなり！　だってほら、ナチスがそうだった。というのもなんたって、泡沫候補にはひょうすべは金出さないから、一方泡沫は必死だから、なんでも言うんだよ、そしてまだ金貰ってないから言える事の範囲が広いっていうだけ。それで広告メディア批判をして見せるんだねえ。一種の恫喝として。また何よりも、世界企業ならば、影でどんなにひどい事する会社であったって、自分の傀儡には民主主義の仮面を付けさせたがるから。え？　ならば私こそ泡沫？　でもレイシストじゃないよ、一回だけどサイレントカウンターも行ってきたし（離れてひとりで立った、プラカには個人参加ですって書いておいた）。特定の国の人を憎む事もないし、ネトウヨにもおどされたし。その一方、……。

ほら！　レイシストは金融の腐敗に付け込んだり、マスコミの欠陥に寄生したりしながら、さも正当そうに民草の不満を収奪して、しかもそれを在日苛め等に向かわせ、罪無き者を殺すためのデマを拡散する。そしてもともと、そういう弱いもの苛めが今の、世界の趨勢だろ。ていうか、人間が暴力を克服出来ているか、……。

経済競争のどん詰まりをアメリカの金持ち達はたまーには意識するので、「俺らから税金を取れ」ってふっと言う事がある。そしてドゥルーズまで言っている「革命は何も産まない」って。なのに我が国の財界はメジャー意識もない、責任感もない。建前だけでも、ない。まあでも要するに世界全体にもそんなのないのかもね、で？　今？

食うものがあったって弱者を喰う世界。そう、そう、ヘイトとひょうすべの相性はもともと最高に良い。レイシストは最初からひょうすべの手下なんだ。

そしてほら、とうとう大名行列来た。この国はすべて、ひょうすべ城下町、斬り捨て御免の町。さあ、人喰い通る。天下公認で、どーん、どーん、って、大道練り歩く。

さあ、どうなった？　一軒の家の中のすべての財産、人間、ペットにいたるまで、別に金も借りていない外国の会社様から「なぜか」差し押さえられ、隷属物になった、うん？　地球に六百社ある巨大企業からね。やがて。

　ある一家まるごとが滅んでいった。要するにその家の子供の上履きに縫い付けられていた、「さん年あか組はにわあゆむ」とか書かれた、そういう名前さえも、いちいち引き剝がされ、なくなったのである。そして別に借金をしたわけでもなく、お世話になった親戚でもなく、つまりは一度もあった事のない多国籍の企業様に向けて、家の子供までもびくびくと気を遣うようになっていった。

「すいません、わたしこの上履き履いていいですか」、ていちいち聞いて、生きて行くしかなくなった、しかもそうやって聞いているうちに「あっ」、子供は、裸足になっていた……。

　それもこれも、政府がついたハンコひとつのため、まあ正確にはサインなんだろうけど、でもね、よく言うじゃない「あああ、うちの人が、保証人のハンコついたばかりにのう、うっうっうっうっ（涙）」って。

　でもさて、そんな馬鹿な事をした総理とは一体どのような総理なのか？　むろんそれは、七十年の平和憲法を潰し自国の貧乏な若者を戦争で殺せるようにしたお方である。ばかりではない、今のお年寄り方のずーっと納めてきた年金十兆円だかを、一瞬のバクチで使い果たした程の、気分屋さんである。ん、そこまで？　憎いのか？　国民が？

　ていうかもともと、この敗戦国において総理大臣というものはなにかと米国の家来だった。そして最近ではまたそのご主人の米国様が、既に多国籍企業の奴隷ちゃんと化してしまっていた。

なので、は？

「家来じゃないよ、アメリカと日本は対等だよ、七十年もの間、戦争負けたのに殺されなかった、農地改革までやってくれた」って？

だけどそのからくりは？　だって沖縄で人口の四分の一が死んでいるよ、（本土が殺させた、防空壕からも追い出したりして、その他、直にも殺した）その上子供が中にいるのに、米軍は家に火を付けたりしたのだし、ていうか要するにすべて（戦後七十年）沖縄をいけにえにして本土は生きてきたのではないだろうか？　農地改革だって当時は反対勢力の社会主義に力があったから、アメリカは革命怖かったからやっただけでしょう？

まあそれでも農地については（作者の家は土地失った方、地主）つまり革命怖いってところだけはましだったかもね。だって一方、……たったそれだけの「配慮」、損失の回避、がこの国は出来ないもの。権力者こそが、自分を保護されるべき「普通」の「特権なき被害者」だと思っている。でもだからってね、別に私はアメリカなんか褒めないから。

だいたい、戦後核兵器なしだとか言っても原発はいっぱい建てさせられているじゃないか。原潜立ち寄ったりもしていませんか？　基地の中とかは？　ていうかそもそも日本に保守とか愛国っていましたっけか、つまりＴＰＰに迎合しているのは、ただの植民地奴隷であるし、また口だけ形だけ反対しているのは、要するに泡沫でまだひょうすべから金貰っていないので、格好付けているだけのナチス見習いだろ？　ていうかむしろレイシストは、推進役だよね。だって「○○人は国の損失」、「損失になる人間は殺せ」、「○○病は国の損失」、さらに、……「役に立たない人間は殺せ」、なんて、まさにひょうすべそのまま。は？　「だったら誰が本気で反対しているのか」て？　うん、本気で？　反対？　ていうか共産党と、もっと小さい社民党自由党、そこが結局、一番愛国で一番保守かよ？　じゃあ個人では？

そういう人こそ消されてしまうから、なかなか見えないね。だからどこにいるかもよく判らない、例えば、……。

国会前でひとりだけ段ボールのプラカード下げて、チューリップハットでメガネかけて立っているお兄さんだったり、農水大臣だったのにいつのまにかいなくなっていたり、民主党から派閥丸毎消えてしまったり。元シールズの方、くわしい弁護士さん、地方議員さん……、で？　その他に？　反対している目立つ団体？　生協でしょ、医師会、そして農協。ああ佐賀の市議会等！　で？　何？　「ほーら利権じゃん」？　って思うわけか。でもね、少なくともＴＰＰの場合、それけっして、利権じゃないんだよ、人権って言うんだよ。まあ途中で黙っちゃった団体もあるかもだけれど、つまり「条件闘争」狙いなのか？　でもそんなのしたって、喰われるだけだよ、人喰いが「あなただけは喰いません」って言ったたってか？

……原爆症のお子さんから血液を取り、痛い検査で泣かせて、治療をしてくれなかった、そういうアメリカは、いまや、既に世界企業六百社の端末と化しているわけである。そしてちょっと政権取りそうな人間がいると、そこへ世界中の金庫から凄まじい量のお金がまったくの打算づくで振り込まれるのである。それは例えば明治時代の政商とかそんなものとは違う。反米は短命、それがうちらの国の政権の宿命だから。

中国が過去の被害を訴えるだって？　領土で揉めてくるだって？　それ以前に、何誤認しているのさ、日本は戦争で負けたんだよ。敗戦国なんだよ、今もアメリカからというか正確には、ひょうすべから、奴隷料金で割高の武器を買わされてしまい、農業叩いた結果兵糧も乏しいし、石油もない、地震も来る、もし戦争したらどうせまた負ける、なら、借金増えるしよ、世界中の核物質の捨て場にされるしよ、そしてもう今度という今度ったら、地球滅亡の時まで嫌われるしかない？

ほら、第二次大戦の後、いくつ判子ついた？　それからというもの七十年アメリカが日本に判子つかせる歴史。そしてそのどれもが人間を吸血する人喰い判子だでで。それをずるずるついていく隠れてついていく、要するにいろいろ、誤魔化す政権の下、一方でテレビ見て笑っている「無辜の人民」ね？　黙ってれば弱者が割り喰うだけ自分らは助かる？

は？　「おとなの対応」で選挙に行かないんだって？　ふん、要するに「馬鹿だからＴＰＰに引っ掛か」るのか？　まあそれはおいといて、昭和、平成。そしていつしか、ある時から。

……この国は金融緩和というものをやるようになった、なんかグローバルで公平そうでいいじゃんかよう、と何も知らされない民は放置した。ところが、たいていの規制緩和をやると日本は貧乏になるようなからくりになっていた。なんつか外国へ、ていうか、世界企業の金庫へ、ひょうすべの守っているそこに、お金が吸い込まれてしまう、仕掛けになっていた。まあそれを判っていて、そんな中で、また金持ちや法人の税金をまけてやる総理は一層金持ちに可愛がられ、その結果国の根幹であり本質でもある、民というものが疲弊していった。故に国全体が落ち目になった。で？　その帳尻合わせ？

緩和ついでに無利子や貸与の奨学金をがんがん減らす等の、格差つくりをしたね。後、派遣労働ふやして賃金削ったから、若い子のお財布とかそもそも、最初から五千円札さえやってこなくなった。こうして、世の中の九十九パーは貧乏になり不機嫌になり、ケチになった。

そして外国人等が悪いって言いはじめた。ていうかゴーマニズムだとかネトウヨが吹き込んだ。でもこれは信じる側も悪いんだよね？　だってここ嫌な国だもん、昔っから。何かまずい事が起こると、必ず「ヨソ」から「犯人」を捜し出す、でもそれは政府や世界企業の失態をごまかすため。自分で自分をごまかしてまで、権力を庇うんだ。権力さえ庇っておけば助けてくれると思って。いつからって？　うーん？　ずーっと前から？

さて、このような中、……。

中金持ちの癖に……。

「うち普通、むしろ被害者」とか思い込んでいる人々がある日、この不景気に愚痴り、都心のお昼休み大ビルのカフェ、いつものように、文句をたれていた。しかしなんという事だろう、これが、不幸にも。

その日いたのは、たまたま、都心や郊外に住み「ペンの力」を行使する「収入の安定した政治、経済、社会、国際問題、のジャーナリスト」であった（大記者たち）。彼らは嘆いていた、何を？

「ああ、このまま広告収入がなくなったら食べられなくなってしまう、なんとか、なんとか食べられるように、ならないと駄目だ」と、愚痴っていたのだった。

「ああ、食べられますように、食べられないなあ」と、繰り返して。と、……。

その上にひとつの影が差した、それは、テーブル越しに声をかけてきたモノ。今思えば、……最初から不思議だった。つまりたったひとつの影だよそれにテーブル越しなのに、そいつったら、そこらあたり全部にまるで、上から蓋したように全て遮ったんだ、今思えばねえ、そしてその声はこう言ったのだ。

「食べられる？　食べられないの？　ああ、食べられませんか？」、……。

からからからから、とそいつは笑った、それから。とても素直に、無邪気に。

「ひょうすべも食べたいよう、ねえ、日本人が食べられるよう、なって欲しいなあ」。

うん？　愚痴の延長だもの、お昼時だもの、お腹も空いていたし彼らはめいっぱい答えていた。

「そう、そう、食べられなくなったら、どうするんだよって、あなたも？　食べられないの？

まったく広告宣伝費から削ってくるんだよ」

すると相手はひどく親身な感じで繰り返して……。

「そうですよねえ、広告宣伝費が、ねえ、まったく、食べられなくなったらどうするんですよねえ、ねえ、こっちだって、あなた方が、食べられるように、なって欲しいですよう、ねえ、だったら……相談しませんか、あなたもひょうすべになろうよ、そうしようよねえ」

とっても流暢な日本語であった。方言はなかった。鼻濁音がきれいだった。

つまり、そのきれいな鼻濁音のせいもあって、ここでふと、顔を上げた人々はちょっと照れてしまった。さすがにあんまり露骨だと思いはじめていたから。そこで、……。

「ええ、……まあ食べられるようにねえ、でもこんなご時世では邪魔が入るというか、デスクも経理もあれで、給料も『普通』だし」。といいつつも、彼らは、「自分は日本人だから恥を知っている」と思ったりして、ちょっと口ごもった。すると、結局相手は、ずばりと言ってきた。

「さあさあ、だったら、食べられるようにしてあげましょう、だって、ひょうすべも食べたいから、この機会ずーっと待っていたの、災害の後だしねえふふふふふ」。

で？　契約がなされた。そのカフェでごく気軽に、批准もそこでやった。知ってた？　国民全体に効果が及ぶだなんて。相手は？　そりゃあ喜んだ。

「おおこれは素晴らしい、あなた方日本人これで十分本当に好きなだけ、未来永劫食べられるようになりましたよ、ではこれから起こる事をただ、黙っていてくださいねえ、そして、なんでもないと、民草に思い込ませれば、それでいいんです、未来永劫」。

最初の書類の中にはただ、「ひょうすべはわれわれ日本人が食べられるようにする、その代償にＴＰＰを実現する」と書いてあるだけだった、しかし。

その紙の裏にはすごく小さく「ここに書いてない事はすべてひょうすべの欲望にしたがう」と記述されていた、しかもあぶりだしで。スカンポの茎を折って出た汁で、書かれていたのである。また、その上からさらに墨塗りしてありましたし。

そうそう、それ付帯条項って言うやつなんですよ、それとってても怖いよう。

そしてむろん、相手は上機嫌だった。

……あはははは、さあー食べられますよー、これであなたたち人間、楽に食べられます、どんな楽しいか良い日々か、ですよ、それは糸井重里がコピー書きまくっていた時代と同じ給料。毎日ドンペリ、外車でディスコ。カラオケ三昧年収一千万以上よ、しかもそんなカラオケ代、経費で落とせます、でもその頃だってそこまで出来ていたのは日本の一部だけ。だからね、今回もそんなに出来るのはただ、あなた方ばっかり。

さあ、はんこ、はんこ、はんこ、つきますよ、ほら、はんこ、お約束っ。お契約っ。

書類を手にして、「黙っててくださいね」と去っていった。無論、人々は黙っていた。慣れたものだった。なんたってそれが広告主を守るときの、通常モードだもの。「ペンのお力の、力技」だもの。

ほらそこの、ホットスポットをデマだと言ってしまってからもずーっと原発稼働派の「よく調べないと報道が出来ない」皆様方、そして。

町一つ焼き払え子供も殺せ善人も殺せと、旗竿立てて住宅街を取り囲んだ悪魔達を「公平に報道」して、両論並立守った「いつも中立の意見しか載せていない」皆様方。

「沖縄殺される潰される」と震えているたった百五十人の高江住民を、都や府や関東一円の機動隊数百人が、地元に穴開けてぼこりに行っているのに、その間もずーっと、スポーツ芸能紙と化して「平和を守っていた」各紙各局様。あはははは、さあこれで食べられるようになりました。あなた方の契約のお蔭ですな。この難病の婆まで、最悪の場合薬価高騰で死んでしまうかもね。

ええ、そうですとも、皆様の「ペンのお力」です。

特にメディア批判をする固有名詞を出す、掲載メディアの内部に言及する、「中立にしていられない」書き手達を、ずーっと黙らせて干したみなさん。

今から日本は、人間は、丸ごと喰われます、うっうっうっうっうっ（涙）。

その一方、文学は、メタは、少なくともあっしは、延々と正直に書いてきたで、どんなに黙らせられても必死で戻ってきて。あっ、なんか聞こえてきたっ。

ひどい、ご挨拶、以下、ひょうすべの発言、続く、続く……。


——こんにちは、これは、ひょうすべです。御無沙汰していましたが、なんとも思いません。いつもお世話になっていない皆様方へ、さてこの会場においてあなたたち「収入の安定した反権力なジャーナリスト達」が「ペンの力」で希望していた、その契約内容をこうしてこうして、ほーら、ちゃんと、守ってあげましたとご通達します。

それで？　いかが？　ごまんぞくですか？


ややや、われこそは、戦争が付け合わせ、原発は召使の、ひょうすべでございます。

……そうです、そうですこのひょうすべこそは、音にも聞け、目にも見よ、かつて世界銀行の金庫の中で生まれ、それからというもの世界で六百社程の「感じいい」企業の社長室を渡り歩いていた、お金様の妖精です。

でもね、ひょうすべ、ひょうすべ？　聞いたことあるでしょう。同じ名前でね。

九州にかつて同名の妖怪いました。しかしその方実はこのひょうすべとは何の関係もありません。だって九州さんの方、調べてみたら実は、「勝手に名乗っていた」だけなんですねえ、つまり特許申請がしてなかったんです。なのでこちらが特許申請をしてしまいました。え、していたのじゃないかって、観光協会の方で？　ははははは、ＩＭＦから見たら、「していないのも同然」だったんですね、つまりカギカッコをはずせばね、奪い取った、ということです。

　ですのでこっちが「本もの、本物」なんですねえ。というわけで今後はこちらが「昔から」のひょうすべとなります。

（さて、会見もう始まっています。今時珍しく動画とかの中継もなしですが、記者クラブに戻ります。きっちり定時です。さすが、契約妖怪）。

――……ええ、そうです、そうです、あの時、皆様はただ「食べられない食べられない」と文句を言われた、それで、私は来ました。あなた方の望みを叶えましたよ。

　あの時からずーっと大きい広告をあげましたよ。けして引き上げるともいいませんでしたよ、そしてどんな差別広告でも児童虐待を褒めるコピーでも、お金さえ払えば、あなたたちはがんがん載せてくれた、しかし企業の秘密はけして書かなかった、「ペンの力で、表現の自由を守って」

くれた。そうそう、電気売っているだけでも「広告は必要」です。それでこそ報道は「厳正な中立公正を保って」くださってね。

さて、それでは今後どうするのか？　今後？

広告は表現の自由ですが、しかし、虚偽広告の告発は、企業の「表現の自由」を侵害するものとして罰せられます。報道を多額のお金、大きい広告で自由に統制する事こそが、「表現の自由」です。広告に制限をしてはいけません。むしろ広告から制限をされなさい！　つまりみなさん方は別に今まで通りの報道の仕方でいいんですよ、安心してくださいね。ああ？　はい？　質問かな？

記者達のひとりが、やっと遮った。しかししょうもない事しか言わなかった。

――あなた、……弁が、立ちますね。

ひょうすべは堂々としたものであった。

――そうですか、褒めてもらっても別に、お礼いいません。でもひょうすべはグーグルで日本語習いましたから、言おうと思えば言えます。それにこの、ひょうすべにだけはいくらでも表現の自由がありますから、なんでも言いますよ。カギカッコなしでね。そしてもし手下になれば、あなたもひょうすべになる、すると手下といえども、けっこういろんな自由が、思いのままですよ。なので、今から誰でもひょうすべコピーになれるＮＰＯ、作ってあげます。その名も「ＮＰＯひょうげんがすべて」です、それはまた現政権第一党「知と感性の野党労働者党」とは兄弟みたいなものです。ね、ね、仲良くするんですよ。

恐ろしいことに、……。

ここでやっと、人々は彼の声や姿を見た、見えたのだ。それまでは、見えなかったのだ。

それは、……足の長い、顔の小さい、耳の尖った、身長三メートルの、見たところ男性にも見える生物だった。笑うとエナメルで色が塗ってあると判る、きれいな牙が出た。人間用の椅子にうまいこと座っていた。ジェスチャーとかむしろしない。派手なマルチカラーの背広をきちんと着て。黒と白のスニーカーで。

しかし、その声はもう、前の時と違い、どこの国の人とも判らなかった。当然かもしれなかった。だって人間ではないのだから。存在はしていても、死なないし心もない。ただ食べることだけは五十億人分、そう、人間を召し上がる。

――本日から公用語も英語になります、誰もどの紙面でも現在只今から絶対に批判させません、広告料なしでも無料でももう、統制が可能です。どのメディアも今日からは外資百パーセントですから。しかし、凄いですねえ、昔なら十分抵抗出来ましたよ、でも勝手にしなかったのは、あなた方ですよ、あなた方こそ、レイシストのうしろだてで、戦争先導者です。あら？　あら！なにを怖い顔するんですか記者さんのみなさん、あなた方をひょうすべは褒めているのです。褒美はあげないけど、だって、今回の契約には規定がないからね。

さて、それでは、今からは、ここからはひょうすべの施政方針演説です、演説いたしますよ。この国をどうやって管理するか、それは、あなた方の持っている、――。

命、赤ん坊、未来、お金、土地、海、空気、遺伝子、血液、性器、プライバシー、天然記念物、個人の歴史までも、どうやって世界企業の資産にしていくかの方針を述べるのです。最も大切なのは、個人が無料で工夫して出来る事を、全て企業の傘下にして高い高い料金を取る事です。そうですとも！　特許なき「野蛮」を、ひょうすべは許さない。

さて、この、ひょうすべのいる地球六百社は「清潔で役に立つ素敵な品物や便利なサービス」を考案実現して、「人類全部」に供給している、「夢見るアドベンチャー」集団ですね。

そんなひょうすべは日本も大好きです、日本人とっても「やさしい」ですから。だけどそういう「やさしい」日本人もういなくなりました。今からここはオキュパイドニッホン、ワールドワイドスレイブ（ひょうすべは日本通なので和製英語も上手）。「自由」と「平等」と「博愛」の世界です。そうですすカギカッコがついています。

それはひとごろしの「自由」、弱者を殴る「平等」です、そしてすべてにあまねく、餓死とちかんとごうかんの偏り無き「博愛」です。

おめでとうございます、あなた方、これでもう「三等敗戦国」から脱皮しましたよ。つまりもう、国ではないのです。そして三等も敗戦もさっぱり消えたあとは、世界に開かれた見事な、公衆植民地です。

さて、この植民地において、これからはすべての契約というものは、保険ひとつ結婚ひとつでも全て英語でしなければ罰せられます。しかし日本語訳を付ける事は、TPP参加国に対する差別にあたります。とはいえ人種による賃金格差は野放しにいたします。自由競争で商品の価格を下げるだけ下げる、このためにはどんなひどい方法をとる事も「自由」になるのです。たとえばですねえ。

その「自由」の下に生卵を食べる事は禁止になりました。すべて粉末卵か冷凍卵、ゆで卵にしないと食品衛生法違反になるのです。だって日本の伝統食だけを保護するのは不公平ですからね。そもそも日本の卵は安すぎます。日本はもっと高い卵を食え！　地場の養鶏場は全部潰れてしまえ！　輸入品は一個が一パックの値段にしろ！　しないとＩＭＦに裁判させるぞ！　今後はツイッターの卵アイコンにいたるまで全て輸入卵を！　ああそうそうついでに文学部もなくなりますよ！　投資と関係ない部門は迷惑ですからね。そしてお勉強と言ったら、軍事研究とマーケティングと、後は医学薬学、商品開発です、ことに旧日本人を使った「自由意志による人体実験」が今後の研究と文化の礎になりますので、これで大変よく儲かります。むろん。

女性も男女「平等」に負債を負う権利を保証します。学費を払えない場合は戦争に行くかわりに、火星人遊廓で働いてもらいます。地球人でも名誉火星人になれば働けます。そして。

子供を生む事は趣味の自己責任でどうぞ。同時に妊婦苛め、不妊差別もご自由にどうぞ。それは表現の自由の範疇です。なぜならば育児や出産、教育は、植民地における短期収奪的経済活動とは、まったく、無関係な私事ですから。総理も人口減少が平気だったしね。

そしてあなた方はいつも「それは何の役に立つの」と人にも自分にも問い掛けるようにして生きなさいね、だってここは植民地であなた方は奴隷なんだから。もちろんここの住民は基本絶滅推奨です。土地や資産、遺伝子の登録さえ残ればそれでいいのです、ね、望み通りでしょう。だって、あなたたち、……。

自分達で望んでベビーカーを蹴ってきた。産めないようにしておいて、産まないと苛めてきた。産みたくない人には逆に産めと脅しつけ、その仕事や芸術を取り上げてきた。とどめ、欲しくても産めない人を、とことん追い詰めた（説教強盗）。

さあそれではひょうすべはこれから、参加十二ヶ国を一度に、管理していきますね。

お約束通りに、ご契約のままに、なりましたですよ、ねえ皆様方。

ヘイトクライムにも中立な両論並立して高見にとどまり、なんでもかんでも冷静ぶる「平等主義者」の皆様方の、「そのとても開明的で民主的な態度」、「聖域なき公平さ」このひょうすべにはとても、都合良かったです。

しかし、これには別に心から感謝しません、お礼もいいません。

よくも勝手にこのひょうすべの役に立ちましたね。

誰も脅してもないのに、よくもこのひょうすべに、国を売ってくれましたね。

なので当然報酬は上げません。だっていくら期待してましたって言われたところで、契約に謝礼の条項がないからね。

ただ今からはね、さあ、これが「未来」の新しい契約書です。あなたがたが地獄に落ちて責任を取るという契約内容で、ご褒美をあげますよ。

聞いたほうはさすがに気色ばんだ。

――だったら、あなたは地獄に落ちないんですか？

むろん悪魔はクリアーに冷静に、平明に答えた。

――はい、ひょうすべは死なないから関係ない。そして、あなた方は、……血判を押してコップの飲み物をお飲みなさい。まあ別に飲まなくても同じだけどね、これ最初の契約で義務になっているから。スカンポの汁で書いた付帯条項でね。

一生口の中に血の味がします。それであなたたちの年収に五百万円がプラスされます。ね、おいしいでしょ。そのミックスジュース。

それは、……開いた格差で生まれなくなった赤子の泣き声、沖縄百四十万人の七十年積もった汗と涙、農業二百万人の飢餓と漂流、日本語で報道や文学をやって、告発に努力した人々の舌、今から干物にされる難病患者の痛みとうめき声、膠原病だけでも七十万人以上はいる、またその他の無論、ガンでも白内障でも糖尿病でも、医療が受けられなくて苦しむ人々のあがきと消えた寿命。

企業のロゴが入った紙コップの中で、火が燃えていた、悲鳴が上がっていた。またその一番底の方から小さく、こんな声がした「本土では、こんなことまで、していたんですねえ」。

ひょうすべはコップを全部自分で回収し、丁寧に捨てた。

――さあ、飲みましたか、みなさん、それであなた方の喉は焼ける。誰が悪いって？　そんなのひょうすべには関係ない。ただ投資が回収出来る。後はこの債務奴隷の牧場において「熱心に効率を上げる改善に取り組む」だけです。

――え？　債務奴隷ってそれは、私達に債務があった場合だけでしょう？

明日から左遷される「人間性に問題のある記者」がひとり、呼ばれもしないのにその場に来ていて、（そもそも広告を取っていない新聞自体、つまり猫新聞とかは入れなくなっていた）質問した。ひょうすべは一瞬むっとしただけですぐに答えた。

――はははは、債務がない？　ええ、ええ、今は、ないですねえ、だけれどもたちまちに、つくってあげますとも。そんなのもう、あっという間ですよ。

ひょうすべは何も恐れませんよ。そして全員が食べられるように、喰われるにまかせるよう、出来るだけ殺しやすい「障壁なき自由」を、世界六百企業に保証いたしますのでね。

これがひょうすべの演説であった。そして……。

その日、記者達は、その後もとても「良心的に熱心に」、「見事に正確な」英語のメモを取った。そう、ひょうすべが日本語で喋ったニュアンスも全部そこで消えた。ていうかそもそも今からは公用語がすべて英語だから、日本語の新聞もうなくなるから。またアイムともウイアー、とも記者たちは書かず、ただディスイズと書いていた。「これがひょうすべです」。さてその後も記者たちはまるでプロダクションからクギを刺されまくったアイドルインタビューのような「ポイントを押さえた質問」をし、ひょうすべは「誠実」に答えていくのだった。

――すごい日本通と伺いました。

――はい、ひょうすべは、アニメよく見ますから、それにこの国の火星人少女遊廓のセッタイサイコーです。未成年有名アイドルのパンチラダンス、かぶりつき見学ね。総理も喜んで笑ってたね。

――おや、あなたフェミニストだそうですが、そういう少女搾取をどう思いますか。

――いいえ、いいえ、数字には男女の差がありません、そこがひょうすべのフェミニストなところ、だってあの売り上げ素晴らしい、「女の子が男に負けずおとなにも負けず」体売ったっていいじゃないですか、そうです「性差別」はいけませんよ、だから特に、何も抗議しません。数字あるのみです。

――しかし今のお話ですと、それで民は不満ではないでしょうか。

――不満？　契約は万能です、契約は永遠です。あなたたちは、約束した。

などど会話しているうち、……。

ひょうすべを怒らせたたったひとりの記者はクラブに現れた警官によって連行されていった。罪状は「表現の自由を守る」ための記者クラブ保護法違反及び、「自由な広告表現」をはばむ、投資家侮辱罪というものであった。そういえばなんだか批准前から、芸能スポーツの大見出しの影、奇妙に細かく、わけの判らない法律の改変が起こっていたのだった。

逮捕の間、他の記者達はずーっと下を向いて、メモをとっていた。捕まった記者の助けを求める声も三秒で忘れた。そして最後の一番「大切な質問」を終えた時に、全員はほっとした。我に返ったのだ。

――それでは未成年の火星人少女遊廓は今後もこの条約後も許可されるのですね、少女が性虐待されるのも自己決定権行使の、自由ですねえ。

――ああはいはい、数字、数字、だけですよ、それで平等です。公平です。

記者達は安心して一斉に笑った。

それにちゃんと判っていてカギカッコ付きでものを聞いたのだから、まったく「優秀」な人々だよ？　会見後？　なんか首相との銀座飲みがあるんだってさ、こういう、政治部ってのは。

は？　記者に失礼、いえいえだってここ、

架空ですよ、だってここは、「どこにもない国」、それは、ＴＰＰが最初の予定通り、六月に批准された世界なのですから……。

こうして我が国はひょうすべとの、約束の、通りに、なっていった。

2　ひょうすべの約束

……今日、全てのたべものの、ほうしゃのうけんさが、禁止になっていたと、判りました、ウラミズモへ転校していった友達の手紙で、それを知りました。その日の午後には旧北海道の農業特区でまた、農薬を撒かされていた自由児童が、中毒で死にました。残留農薬の検査も禁止になりました。もう国会前の中継にはすべてモザイクが、掛かっています。沖縄の記事も、新聞から消えました。ふしぎと少しだけ残っていた良い老人ホームと、安心な保育所が全部、廃止になりました。その一方投資家の出資している劣悪な施設では事件が起こり、新聞はプライバシー保護のためその施設名を、報道しませんでした。遺伝子組み替えの豆腐メーカーを公表した、トラック販売の豆腐屋さんが、逮捕されました。つまりこれらすべては。

日本の経済特区に投資をしている、世界の投資家を守るためで、しかもわが国の法律に基づいて行われたのでした。「自由競争に邪魔ものはいりません、価格を下げ、人件費をきりつめて投資家に尽くすのです」道徳の先生はそう教えました。

教室は高学年の時に、……一クラス二百人になり、先生達は一層過労で倒れるようになって、ひょうすべも時々便所に出没し小学生の女の子から食っていきました。つまり、――。

ひょうすべというのはその便所にいる人喰い妖怪の「あだ名」というわけです。だけど「絶対あの政党やひょうすべと関係があるね、やる事がそっくりだ」、と人々は言いました。またこの自称ひょうすべは実はマンガに出てくるあのカッパっぽい妖怪とは、まったく無関係の存在です、ひょうすべ、ひょうすべ？

その正式名称は「NPOひょうげんがすべて」。お国の第一党の仲良し団体、おとなのくせにそれは「ユーゲント」とか自称しています。

このひょうすべ、本人たちは表現の自由をすべて守ると言っていますが、守るのはただひとごろし（ヘイトスピーチ）の自由とちかんごうかん（少女虐待や女性差別賞賛）の自由だけでした。そしてそれ以外については一切、何もしませんでした。だって、政府は人間が自由に口をきく権利を、もうすべて奪っていましたから。

お役所の悪口や原発への文句、戦争がいやだとか、私たちは何も言えなくなってひさしかったですから。むろんひどい事に、ひょうすべはそれらのことごとくが平気だったのです、そして。

……今日とうとう、全部の経済特区で、売春がついに合法化されてしまいました、年齢は十五歳からと決まりました。ただその事前に行う芸能活動というのが十三歳からで、しかもそれ以下の年齢でも「天才子役」として政府に承認されれば、特区だけは、五歳から可能となりました。この国ではそれらが「表現」なのでした。

その夜から、……おばあちゃんは私の部屋で一緒に眠るようになり、自分の書斎に隠してあった残りわずかな高級お菓子も、私の寝室に引っ越ししてきました。それは、とても美味しかった。もともと食が細いしもう老人なので、ぽっちりと食べるだけの大切な干菓子を、私は三日で食べてしまったのです。でも怒られませんでした。やがて、……というかすごい早手回しで、「解放を喜ぶ自由少女達」という記事が新聞に載りました。同級生がその中に写っていました。わたしはびっくりした。

友達は全部の前歯がつながって、鼻は穴だけの顔になっていた。歯は入れ歯、目は幼児に見せかける巨大コンタクト、顔はピーリングでキューピー化し、髪まで二次元カツラとすっかり別人。肉で出来た人間には見えなくなっていた。ただシリコン注射の胸だけが還暦の肥満女性のようにでっぷりと垂れて、それはひょうすべさんのお好み、という事でした。

今ではメイクで顔を完全にアニメ化する二次元整形が大流行です、友達も二次元メイクをして体は三次元、「想像上」の少女となったそうで？・？・？　とどめ、「そうするとどんな目にあっても痛くなくなるから」、という彼女のインタビューも載っていたけれど？・？・？

友達は死にました。なのに、その記事の紙面で見た彼女は「ホテル住まいの表現自由な、セックスアクトレス」と讃えられていた。

「十二歳でホスト通い、借金は励み、自由な青春の自己決定報われ！」、と見出しがあった。そしてこれらの制度変更のすべては。

けして議会でいちいち法律を変えなくともよく、各県のお役所がしたい放題にできたからこそ、実に簡単に可能になったのです。つまりそれらの基になる「何と何を法律で決めるか、何と何をお役所で勝手にするか」を国があの時にばっちりと決めてしまっていたから。その上でそれを一番後ろにいる、世界のＩＭＦが守っているのでした。ていうか、……。

国が世界企業の気に入らないことをすると、世界企業は、ＩＭＦがぐるになっているところに言いつけます。そうすると裁判になり、国家予算にひびくまでの賠償金を、にっほんは取られてしまうのです。政府はそこが「嫌で」、故に前もって人々を押さえつけ、訴訟が起こらないように弾圧しているのでした。もちろん確信犯でさんざんこれを、悪用してもいるのでした（殆どグルですし）。

さて、そんな事になったのは私が九歳の時、二〇一六年、六月です。ひょうすべさんが日本にやって来た時。そして、そこから今までに戦争が二回もあった、という事です。

だけど、そんな中、「戦死者はゼロ」と先生は言っていた。また新聞も教科書も何も書きません。そもそも戦争とさえ言ってなかったのです。これもウラミズモに移民した友人に聞くまで知りませんでした。戦争だったのね！　それであんなに死んだんだわ、と。

にっほんは前の戦争法案の時に「生まれ変わった」のです。戦争がその時から出来るようになった。国名も日本からにっほんという間抜けな名に変わりました。内閣は人喰い妖怪のひょうすべとすり変わった。

「それは世界企業という名の妖怪である」とおばあちゃんは英訳の共産党宣言をぶん投げてけーっ、と言いました。まだ元気だった頃です。無論これよりずっと前から、どんな怒りの声も、テレビにも新聞にも出なくなっていました。ていうかそれ以前に怒るための燃料を、新聞もテレビも、せっせと隠すようになってしまっていた。それがたまにネットでもれると「炎上」とか言って別枠扱い、むろんネットの声なんて絶対書きません。というのもマスコミは「中立」なので、例えば、「けして先々どうなるか判らない事を、勝手に予測したり警戒してはいけない」と思っていたからです。またどのような権力ある世界企業にしろ、「会社の名指し」とか「実名のスキャンダル」は「個人攻撃」になると言うのでした。それに「さいばんめんどうでしょ」そう、企業の悪口を書くと訴えられるので大メディアは、だれにも書かせません。「ふふふー、なんといっても広告料が、でかいからねえ」と死ぬ前におばあちゃんは一瞬われに返り、苦しみの中で昔の彼女に戻って、そう言うとすぐ、息絶えました。

おばあちゃんが死んだのはひょうすべのせいでした。薬代が高く、母は店も土地も手放して薬を買いました。それでも、足りませんでした。その値段はまるで灯油や、いいえ、それどころか株やダイヤのように、高くなったり、安くなったり、それまでの日本ではあり得ないことでしたが、ともかく投機商品にされてしまったのです。その理由は、にっほんの薬の値段を世界企業が、勝手に動かすようになったからでした。人民がそれを止めようとしても企業は怒ってくる。政府がさせません。そして連中に誰の命令かと聞けばきっと「それはTPPを守っているIMFが、国内の経済を世界の自由にさせる規則を作ったからだ」と答えるでしょう。正確に言うと、TPPの中に隠されていた毒、ISD条項（昔はそう言いました。今はISDS条項と呼んでいます）というものがその原因なのでした。

昔日本という国があった時は、つまり国は、「オレの勝手だろ」と言って「家の中の事を好きに出来た」ものです。なのにひょうすべは今や要するに、「ハンコついただろうが？　勝手に出来ねえよ約束約束！」って怒ってくるのです。じゃ、自国を自国の勝手にする事が出来ない国？

それ植民地かも？　ていうかハンコついたの誰？　と私は思いました。するとそれは、選挙の約束を破った当時の総理でした。よその国の人民も必死で反対していたのに、そんな契約を、我がにっほんは調整に回ってまでやってのけたのです。

まあそこから批准というものをしなければ良かったのですが、とどめに彼らは国を、民を、少女を売りました。

おばあちゃんの病気は、三種類の薬さえあれば生きられる軽い膠原病で、それが当時国が突いた愚かなハンコにより、ステロイド一ミリグラムが一万円という悲惨な価格になってしまったため。え？――国民保険で半分でも、払ってもらえ？　だから、国民保険は、むろん、ぶちこわされました（それは並行協議で、骨抜きになった）。要するにそういう安心な保険というものが「自由競争の邪魔、日本国内だけ特別扱いの、甘ったれた保護」だという脅しが、ひょうすべからきたのでした。こうして全員が医者代にも事欠く身の上になったのです。――そういうからくりをおばあちゃんは、私にせっせと、教えました。それも、「お前……頭いいわ！　私が非常勤で教えてきた学生たちよりもはるかに理屈が回るよ」っておだてながら。無論……。

そんな中、世界企業のこしらえた国際民間保険が「そこはカバーしますよ」と勧誘に、つまり儲けに来たのです。ですけどもそれは、「雨が降ると傘を取り上げる」と誇《そし》られる大銀行以上の悪辣さでした。つまり保険料だけを毟り取って払わないわ、見捨てるわ……結局、助かるガンになっても家を失ってホームレスになる、日帰り出産で母子ともに死亡。患者のために、国が薬価をうまくコントロールなんてもう、あり得ない世界です。ＴＰＰ？「それはひょうすべが日本の保険と、郵便貯金を喰いにきたものなのさ、とどめに少女もね」、「戦争だって同じ、それは東京のひょうすべが県民道民を喰うためにやっている事なんだ、ほら、ひょうすべをごらん、にっほん人が八つ当たりしたいものだけをなぐりに行くんだよ、昔はね、……ヘイトスピーチとかレイシストって言ったものだ、そういう苛めと地方の少女を狙いに来るものは同じ人喰いで」。そう言いつつ、おばあちゃんは自分の紬《つむぎ》を裁って私のブラウスに仕立ててしまいました。「もう着物を着られる家計ではないけどね、なんとか着なさい、私は長くない」。

金の切れ目が命の切れ目、私はおばあちゃんの生きているうちにどんな事も聞いて、書いておきました。でも意味が判ったのは三回忌も過ぎ、おとなになってからです。「手で書いておきなさい、いつかきっと電気も止められるから」、おばあちゃんは冗談半分で言ったつもりだった。しかしその頃もう内緒で母は、土地と店を売る相談をしていたのでした。それでも薬代だけだったらそこまでで済んだかもしれない。だって、なんと言っても家は父のお給料がありましたから。ところが、その肝心の父が、結局、一番大変な事になってしまったのです。

父はある時から印旛沼の側にある火星人少女遊廓にはまりました。それがいつしかどんどん、ひどくなり昔は付け馬といったのだそうですが、借金取りを家に連れて帰るようになってしまった。昔この取り立ては男だったけれど、今は少女監視をする女性が、取り立てもするようになっています。

「ヤリテ」と呼ばれるこの女性達は「野党リベラルフェミニズム、手をつなごう男とだけ」という、長い名前の、政党下部組織にいる人喰い達でした。ヤリテは、無論その略称です。なお、その上にある政党はご存知、ひょうすべの兄貴分、「知と感性の野党労働者党」いわゆる「知感野労」です。この上部組織はほぼ五十歳以上の議員さんの集まりで、ヤリテの方は四十代以上の女性が中心です。まあ中には男性も混じっていますが、男女を問わず政府公認の名誉少女でした(おとななのに!)。

　でもそれは彼らに言わせるとですが、「猿ぐつわをさせられて口をきけなくされた遊廓少女達の、怒りの声を代弁するための当事者資格」でした。しかしむろん、物言えぬ少女に猿ぐつわをしたのはそのヤリテさんたち本人だし、その他にこの称号があれば「ヘテロの男性もたちまちロリ欲望を持ったままで真の少女となり」自由に女湯や女子トイレに入ったり出来るという法律まで存在していたため、当然地獄のような事になっていました。すべての女の子達はこの連中について、パブリックリピドーと呼んで恐れていました。連中は政府支給のセーラー服を着たりもして、セックスの「自由」だけを推進する「フェミニスト」だった。そうです、筋金入りの、カギカッコ付きなので……。

　そこで連中は少女が勉強や音楽や運動をしていると「偽善はやめて反権力なセックスをしなさい」とまず猿ぐつわをかける。そして「さあ代弁してあげる、ああセックスがしたいおじさんとしたい」とがなり続け、脅してセックスばかりをさせに来るのでした。当然若い子同士でやっていると怒ってきます。選挙権を十八にした理由もひと続きでした。選挙の結果だから自己責任だからとつくり込んで、結局は「自己責任可能」年齢を下げたいのです。当然売春の可能年齢をも。遊廓は国営であり、官製「フェミニズム」はすべて、そんなになっていた。

ほんの何年かで、絶対ありえないと思っていた事がさくさく起こりました。今では円さえなくなり、キモータという通貨になっています。消費税が上がるにつれて、銀行に預けてあるお金もどんどん減るようになって、家の貯金も私の振りそでや入学金に積み立てておいたものが一銭も使わずとも、勝手に毎年二割ずつ減って行きました。それはマイナス金利のひどいものという説明でした。しかも投資家が損をすると、なぜかさっぴかれるものなのです。連中は民草の貯金を勝手にしています。無論金利だけではなく個人のゆうびん貯金自体も国際的な自由競争から保護されたエゴという事になって、税金と一緒にさっぴかれるのでした。母は、焦って自分で直接相場に手を出しました。私の未来を買うお金は、ひょうすべとＩＭＦに食われました。

……九州の経済特区にある工業地帯で暴動が起こり、すぐ鎮圧されました。最低賃金百キモータで債務奴隷にされた人々の乱。先月は四国で農業特区からの逮捕者が出ました。どの県もなんとかＴＰＰから逃れようとして、にっほんから独立しようとするけど、うまくいきません。暴動を起こした責任者は無論収監され、裁判なしで国替え、別の特区に、送られました。しかもその損失責任者の娘さんは、生きた身体を「二次元化」され、「人喰い」の来る遊廓に「保護」されたそうです。その後「三次元リョナナイト」が遊廓であって、……。

という、詩歌の提出した手記（日記帳）を読み終えると、――「すごいですね」とだけ緑河は言って、一旦、それを返した。

それから、詩歌は初めて見た！　整い過ぎ清潔すぎる「男」の白皙《はくせき》にいきなり、美貌と似合わぬ貧相な涙がぽろぽろとこぼれたのを。緑河白馬、――この、いわゆるひとつのウラミズモ美男、つまり男装娘、はここ三ヶ月というもの日本に滞在し、最上級移民希望者の埴輪詩歌につきっきりであった。彼はウラミズモの高級公務員で、①公務として詩歌のウラミズモ入りの入国審査、及び、その指導、に当たっていたのだった、しかもそればかりか、入国後は②彼女の身元引受人としてウラミズモマリッジの配偶者となる、予定だった。またその一方、……同じウラミズモから詩歌に選ばれるため、同時期もうひとりの配偶者候補が、これは職業警官の浦知良《うらちら》も来日していた。が、詩歌は白馬を選び、彼は振られた。小柄で華やかで美しく、とても陽気、かつ繊細過ぎる「少年」……大の小柄好き詩歌がふと距離を置いた理由は、もし自分の「実態」を知ったら浦クンってびびるかもと思えたためもある、要するに不安材料を見付けたのだ。最初は三人で外であっていた。浦はにぎやかで、高級スーツに身を固めて詩歌を見つめ、ひたすら特有のウラミズモギャグとやらを連発した。しかしなぜかこれがひどい性差別ネタばかりその上ふいに……。「あ、オレいま、なんかヴァギ公が炎症でさあ、実は、男性保護牧場でちょっと」と意味不明の言葉を放つし、その後は詩歌に赤子のように笑いかけてから、携帯と共にトイレに立ってしまうし。すると、たちまち、――「あいつは交番通うのもアルマーニだよ？　通勤十分で制服に着替えるのに、そんなのでそもそも、生活できる？・」、二人きりになると白馬は、まるで批判そのものが目的であるかのような冷静さを保ちつつも、面白そうに、せっせと、浦の足を引っ張った。

詩歌は先年ウラミズモの公募移民に応募したのだが、審査に提出したその書き物の才を認められ、中途までの選考に通ったのだった。提出物のひとつだったフィクションの中で、戦闘能力の高い強い女性を彼女は描き、気にいられた。建国間もないウラミズモには女性がいくらいても足りなかった。そこは女にしか人権のない世界であり、建国により国内の「人口」は半分になっていた。その消えた半分を補うため、「共通言語」を持つにっほんでは、しばしば留学ではなく、絶対永世移民、が募集された。技術よりも思想と人間性。そもそもウラミズモに「健全」に住みつづけるには独特の方向性を身に着けるが勝ちで、当然、――。

この非の打ち所なき男性美の持ち主、緑河の性別は女である、しかも男装娘を育てる事を志したウラミズモの教育ママが、清く正しく美しく、それに加えてケンカも強くとの理想を徹底追求して育てた、サラブレッドである。ただ、欠点はクールすぎること。美し過ぎて感情が現れにくいのだ。そこが詩歌の、悩むところだった。

「でも、今、初めて私の前で泣いた、こんな完璧な人、いつかは捨てられてしまうと、不安だったのに」。あまりの幸福に、詩歌は少し思い上がった。知り合って三ヶ月、昭和時代のお見合いよりはずっと付き合っているけれども、いつだって冷静で必要な事しか言わず、頭も姿も整理されすぎた愛想のなさ。たまにかける眼鏡で一層美化される大きな素晴らしい水色の目は、しかしやや小心そうで生真面目一辺倒。むろん、けして意地悪ではないがとっつき難くて、そこが、むしろ素敵、でも自信がなかった。なのに今……。

涙ながらに最後まで尽くすと約束する彼。「産む方の母は産む、産まない方の母が育てる、ね、結婚なんだから、たとえウラミズモ婚でも」って。家事も育児も半分以上担当してくれるのである。

ウラミズモ婚はボストンマリッジと十九世紀に言われていたのと似た、良い感情に基づく、女性二人の共同生活だ。子供は相談で……「まあでもね、生まれればそうは言っていても、女二人で、取り合うんだよね、だから最初から子供を独占したい人は、人形愛者申請で、シングルマザーになるよ、つまり我が国では、女だけでいるから子供が増えるんだ、それは建国以来の、誤算だったそうだけれど」。旧県境を越えればすぐに、そこは女人国。TPP不参加国、イコール天国。しかしこっちの国にはもう地獄しかない。既に千葉の旭町も特区にされて、海際は全部基地兼植民地。

「最後の、口頭試問、注意しておくね、まず、移民として考えて欲しいのは、税に対する考え方の相違、ここおさえて答えて貰わないと、合格出来ない。それから戦争の実態、今度の戦争も二度とも実は、特区で人が、沢山、死んでいるんだ。それを戦争と呼ばずに海外協力と呼んで、腑抜けマスコミには一切報道させない、か、事故扱い。民間の船も、大量沈没しているから、そこも海難事件で処理している。そして全部の戦死者を事故死呼ばわりだ。無論、遺族年金なんてひょうすべが食っちゃったからもう誰にもあげられない。北海道では人口の五分の一が死んでいるそうだ。そして税についてにっほんの見方で見てはいけない、国のお金を民草が正当に使ってあげるのは権利である以上に国民の義務だ。政府の勝手にさせない、女性は生きて希望のある生活をするべき、ね、ここは押えて」。戦争があったのを少し前に、ウラミズモの知人から詩歌はきいていた。しかし白馬の言葉に、ただうなずいた。

いつも、……そうだった。お役所の資料から出てくる試験問題を、彼は冷静に単調に繰り返すだけで、けれどその無味乾燥こそ、白馬が彼女のために尽くす、情熱の姿を変えたものなのだ。詩歌が難しい問いをアレンジして反射的に答えられた日、ついに初めて白馬は歯を見せて笑った。真っ白で綺麗だけどそんなに丈夫とは思えない歯、そして「この人素敵だけど、女の人なんだ、妊娠したらきっと、骨も弱くなる」と詩歌は思って。なぜか白馬を自分の育てた娘のようにいとしく感じた。

二人がいるのは、個人宅の広大な庭にある「喫茶店」だった。庶民は断られる以前に普通立ち入らない。風よけのされた白のアイアンテーブル、借景にまでも、ラティス一杯薄紅色のバラが咲き誇っている。格差社会の上へ他国の公務員は、詩歌の手を引いてさくさくと乗り込んだ。「君はこのモカのストレートにしなさい僕この前来て、良かったから」。あ、……濃いコーヒーはもう、体に悪いかも、ならば、言うならば今、……ふと、日記帳が手のひらにあたる。

膝の上に載せた合皮カバーの分厚い自由日記は、古くて恥ずかしい。色褪せた「宝物」を母のおさがりの、ジバンシーのスカートの膝に載せたままで、今更、最終的に渡すのをためらってみる。コピーはとってある。また、高校で思い出して書いたのも相当混じっているから、子供の筆にしてはひねこびている。しかしそれでも「向こう」では最終申請書の添付書類として、強力なものになる。

庭の持ち主の家の中からは、もてなしとしての、セロの音色。「いいね、教えてる人のかもね」……しばらく聴いてから、白馬は言った。

「ではその日記を、原本を僕に、向こうに行っても、申請すればまたそのまま借りて、手にも取れますよ」。だけどこれで日本の男性には一生会えない。それは案外に（信じられない事だが）詩歌を悲しくさせた。「移住者は三代国外に出しません、それだけの覚悟で」、……ウラミズモに行く、昔の県境を少し越える。それだけでもう自由……二度の戦争の後、性的なアニメはすべて、リョナ絵になっている。日本の人口がどれ程減ったのかも、パン民は知らない。「その分違法入国の人が増えているらしい。多分彼らは国民よりもっと、虐待されているし、特区ではひょうすべが外国人狩りをして恐ろしい事に」……そしてウラミズモならば「アート」と称して、お腹やベビーカーを蹴られる心配もない。

　白馬がほっとしたように髪を上げた。爪の半月まで整ったウラミズモ「美男」の、工芸品のような指先、ホワイトブロンドの長髪（地毛）。詩歌はまた彼をつくづくと眺めてしまい、空恐ろしかった。……彼の私服の春ニットには自分で編んだという、レースの銀色トカゲ七匹が巻き付けられていた。

「母が精子銀行でちょっと張り込んで、僕を、日本製ではないので形成して、子供は絶対に八頭身の、男装美に育てようと思ったそうですよ、だけど母自身は女性婚で、女性二人の暮らしを選択したのにねえ」。繊細な白い顎、少しへの字の口許、ついにプライバシーを語り始めた彼。そんな白馬の手は赤ん坊の頭をくるむようなやさしさで、詩歌の古びた手帳を注意深く仕舞う。でも、それでも未だに表情を固くして詩歌の方は見ない。そこまでシャイだと判ったのはやっと先月のこと。でも、何もかもいつも、親切だった、……身内の苦労だけものすごくしても、結局世の中に対して放心している詩歌にとっては、何もかもが珍しく、ありがたく、とても慕わしい。

「ああそうだ、この詩歌という名前僕もう慣れたけれど、でも、やはり本名を」。「はい、それでは、埴輪あゆむ、にします」。埴輪詩歌、それはおさないなりに「凝った」つもりの雅号だった。小学校六年で秘密の物語クラブを主催した時から、学校でも使ってきた名前である。古い漫画や物語や落語、新古今が好きな小学生だった。中学図書館では朔太郎と中也。「わたしはもうこの名前で、詩歌で行くんだ」と思っていた。小学校の朗読発表会で、参観に来ていた地元の作家からも、彼女は褒められた。しかし学校の思い出で良かったのはそれだけ、……女子だけに昭和そのままの家庭科と、女学校の介護術が押しつけられていた、……。

詩歌は美術の先生によく絵を破られた、詩歌のすることは「授業妨害」と言われ、一度など学校特約の「NPO反権力実行団」の人を呼ばれ、一時間怒鳴られて椅子を百回蹴られた。上履きとソックスも没収された。没収物は当然ひょうすべさん達のネットショップで、号泣する詩歌の二次元似顔付きで売られていた。彼らはいわば、昔の反社会団体である。

「じゃ、埴輪あゆむ、としてここに訂正の判子を」、……国を、捨てるのだ。自分の日記の中の、人喰い国、ヘイト国家、戦争暴力の、反社会内閣を。

……我が国は国連を脱退するかもしれません。脱退の理由は国連の人々が国籍差別と女子高生いじめを、やめろ、と言ってきたからです。

……明日で私は十三歳になります。芸能活動の自主決定権がもらえる日です。絶対いりません。なぜなら芸能活動の殆どは強制少女パンチラと着エロという、「表現の自由」で出来ているからです。

昔、……何が起こっていたのかは未だに判りません。ただ、お父さんは、笑いながらハンコをつきました。つくじょお、ははははーといいながら、毎日、調子にのって。ヤリテに連れられて取り立てにきているお父さん担当の少女さんは、何も判らなくって。

お父さんが少女さんと気が合うのは同じ位に何も知らないからだと私は思いました。お母さんが泣くと父は、一層喜んで次々と「読まず判」を押しました。――ね、同じからくりだよ、TPPには六千ページもの書面があったのさ、それが秘密条約って？　読めない契約書に誰がハンコを押す？　なのに詩歌のお父さんも詩歌のお国も、悪魔の委任状に判をついたのだ、反社会団体相手にねえ、地獄の闇鍋だよ（とおばあちゃんは言っていた）。

母と私はもしかしたら、父に憎まれているのではとその頃から深刻に思うようになった。そう言えば父は何かあると昔から「お前らなんかなんだ恵まれやがって。資本主義のメスブタめ、少女さんがセックスワーカーだと言って差別したな、こんな小さいのにこんな苦労して、なのにお前らは茶を飲んでへらへらして」と言っていた。「だって私は子育てを」と母がちょっと困って言うと「誰が産めって言ったんだ、注文してないぞ」と、またへっへっへとからかうように、あまりにも、軽いノリで。だから、――私は泣けませんでした。でもある日、とうとう、ヤリテが茶の間に入って来てこう言いました。私を「自由意志で労働させるために保護したい」と。そして母と私を説得しようとしました。

「あなた、少女売春はアムネスティも認める合法労働よ（大嘘）、クリーンな自己責任で借金が返せるんだから、ねーっ」、などと言って、とても強引な人。
「ほら！　セックスという人間的行為を忌避するんだねアユムは」、……「お客さまを嫌う？　そんな差別ヘイトでしょっ！」、……「身体性を忌避するのは差別主義者だよ」、……そして母には、……「奥さん！　売春は立派な合法労働よ（にっほんでのみ）、あなたセックスワーカーを差別しているからアユムを隠すけどそれチャイルドアビューズね、さー、セックスセックス体を好きに売らせてあげないと、アユム、かわいそーっ！」、——母は当時辛さにぶち切れてしまっていて、私に当たるようになっていたのでした。だけどその時はばかやろう、と言ってヤリテを殴りました。するとヤリテは急に上品ぶりました。「ああら何をなさいますっ、私はＩＭＦにも、反権力実行団にも、連絡がありますのよ」。
　言葉が悪いのと手を出してしまったので母はしょっぴかれました。それでヤリテが警察に、本当に連絡がある事をわたしは知りました。「昔はね、そういうの全部癒着って言ったのだよ、でも今は言わないねーふふふー」ってまた、祖母が言いました。そしてその夜。

　日記はそこでページが切れている。おとなになる前に自分で切ったのだ。ズタズタにした。

　……国が変わったのは私の記憶だと九歳の頃です。それから毎年のようになんともひどい国になったものだ、と人々は言いました。北海道と九州の暴動に次いで、千葉国建国の乱が鎮圧されました。人参農家にはＩＭＦからの命令により、大量の賠償金が課せられました。千葉人参はアメリカ産の千倍の値段にされ、売れ残れば県民の借金になって……。

反差別法によって、コンドームの値段が高くなりました。性教育の時間に、痴漢をする人の気の毒さを知れと教えられた。全ての避妊薬がいきなり値上がりしました。

……国はカクホユウ国から武器を買っています。しかし島国のくせに兵糧はありません。にっほんの米農家が全部潰れましたから。今ではみんな世界農業会社の農奴になっています。そして一部の金持ちのための高級果物や、すべて外国に買い取る権利がある、漢方薬の材料や大麻、タバコ、を作っています。この「生き残った人々」は全員高利の借金に苦しんでいて、死ぬと、そのかわりにだまされた外国人が連れてこられます。ちなみに外国から来る農薬入りの米は急に値上がりして、一キロ五千キモータ。ラーメンは一食三千キモータのフランス製と、四十八キモータの毒物入りだけ。この地獄ではいまや難病患者も、すっかり「減りました」。でもそれはひょうすべが殺したのでした。新聞には病人が「減り」国民が健康になったという統計が出ています。

すべて海外から支配されて、既に国産品はロリエロだけです。今やパン民は自給の野菜もろくにないままに、エロコンテンツばかり作らされています。むろんその一次生産は嫌がる女性を素材にしてひょうすべがやります。にっほんはヘンタイエロプランテーションと呼ばれ、世界中の笑いもの……。

「伝統なんだよね、この国は昔、からゆきさんとか言って、本物の少女を外国に売り飛ばしていた。今だって少しでも本物を苦しめたいから、表現の自由に隠れていかさまをやるんだよ、だってそもそも二次元だけの人なら、わざわざ遊廓には来ないだろうに」、祖母は血管の炎症をステロイドで抑える事が出来なかったのでとても苦しんだ。だけど最後までいろいろな事を教えてくれました。父は「正しい事」を言って母や私を責めるだけだったから、だからお金を稼いでいなくても、ていうかもともと家も財産もおばあちゃんのものなので、つまりしっかりしているおばあちゃんが一家の、主でした。

……家を売った後。貸間では花を売れないので私は母と遊廓に花売りに行きました。人の良い少女さんが買ってくれました。遊廓の奥には大切にされている、トリヒサミオリという不思議な女の子がいて、私が毎週一番良い花を届けに行くと「あーあーおじょうちゃんねー味付けのジンギスカン三パック買ってきておくれー」と乱暴な言葉で、大きいお札を、渡してくるのでした。その少女は少年のようで肌が浅黒くあまりに可愛いので、偶然のふりをして私は髪の毛を一度触ってしまいました。赤ちゃんのようなふわふわの髪でした。しかし花売りも続きませんでした。

それと知ったひょうすべ達が遊廓前まで嫌がらせに来たのでした。もちろん私という三次元をねらいに来たのです。「おい二次元になってみろよ、お国のために金を稼ぐんだ」、いいながら人喰い達は母の持っている花と私を交互に狙いました。「ふん、花なんて何の役に立つんだよ」と聞いてきたので私は夢中で言った……「お弔いに！　お見舞いに！　お祝いに！　傷を癒すために！　心を励ますために！」。

だったら宗教だな、と言うと勝ち誇ってひょうすべは母を殴り蹴りました。気の毒だけど私はその隙に逃げてしまいました。

子供の頃怖い話を作っていた時、フィクションで書いた、アトムのような怪力少女では私は、ありません。本当は弱かった。それにお母さんが危険だと思ってもいなくって。でも、それからというもの母は私を恨むようになり、私は携帯もご飯も取り上げられました。

「これで……全部ですね」、まだ白馬が涙ぐんでいた。詩歌のあゆむは、ただ不思議に思っていた。白馬は何ヶ月もかけて書類を揃え、聞き取りの時間を充分に確保してくれた。すべて無駄がなくてきぱきしていて、詩歌はその頭の良さにうっとりした。ウラミズモは移民の国で先祖がなく、介護も安心、保育という言葉がわざわざ出されぬ程に、子育てが当たり前に行われるという。しかしそれにしても、なぜ？　茨城県だけが、独立し得たのだろう。千葉は無理なのに。

涙をぬぐうと、白馬はいつもの、冷静な彼だった。

「長文（詩歌の書き物）はぎりぎりだ、梗概を付けないと、口頭試問ではさっき言ったことに気をつけてね、審査は三人、僕は当然だが副々査に入る」。

九十歳の年寄りでも今は気軽に使う、電子メモのようなものさえ詩歌は持っていない。家族ももう全て自分の敵、今は遊廓に行かなかった事を母まで恨む。しかも。

詩歌、あゆむは既に二十二歳だった。今、……お腹には「夫」になるはずだった少年の子供がいた。「夫」は十二歳で精子銀行に最初の精通を残して、雑巾掛けと呼ばれる危険な「ボランティア」に行き、ひょうすべに食われた。むろん、もしそのような妊娠がばれれば、ひょうすべから腹を蹴られて踏みつけられるだろう。ひょうすべはその「ヘイトアート」において、杖の人も車イスも取り囲んで蹴る。彼らにとってセックスとは暴力の付け合わせにすぎないものだ。人喰い共ははまさに、二次元専一のおとなしい少年達の性器をも蹴って行くのである。秘めて生きるのみのやむなき欲望を踏みにじって。

詩歌、あゆむが精子銀行から精子を撤収してきたのは、保管費が世界企業によって吊り上げられたからだ。しかし無謀に過ぎる。しかもまだ妊娠初期、不安定である。本人は火星人ではあるが着ている着ぐるみも、地球人そのまま、要するにその「肉体」の感染性や強度は、まったく同じ。流産の危険性が高い時期だ。他、薬物、刺激物、微量の放射能でも、怖い、……頼りたい、今、もう言ってしまいたい。……「さあ今日中に口頭試問を仕上げてしまおうか」。ああ、どうしよう、でも……言うなら、今、今しかない。

「私、妊娠しているの」、……「え！」というのは一瞬で白馬の瞳は、たちまちに晴れる。……「ああ、つまり、僕の、子だね……おめでとう！　ありがとうっ！」、とさすが、ウラミズモ美男……でも「ず、随分早いんだね、て、手回しがよい？　だけど銀行は？　ここの？　じゃあ二人目は？　僕が産む？　つまり、僕の母の取引銀行のでね！」。「ねえ、もし」、「うん、なんでも、言って」、「もし、男の子だったら」、は？　う、うわ……。あ、うわ、うわ？　うわーっ！

「ごめんなさい、お願い私産むわ女の子よ絶対、でも」、――白馬の美しい顎がいきなりだらんと落ち、顔全部の毛穴が完全に開いた、ああ、これでは女のおっさんだ、とあゆむは思った。しかし明日にはもう子供の性別が判るのである。今の判定は非常に早い。にっほんに置いていくかウラミズモの男性保護牧場に産み捨てるか、中絶か、無論人権はない。そして子供は……男の子だった。しかし、次はない、貴重な、「夫」の子、である。

愚かな自分を罵りながらあゆむは地獄に残った。父親になってくれたのは当時ブレイク前、後の火星人落語中興の祖、埴輪木綿造、この随分と年上の師匠が、詩歌のため養子に入ってくれた。子供は木綿助と名付けられて、その五年後には長女、いぶきが生まれた。

3 おばあちゃんのシラバス

ご注意、膠原病の方へ、――本作ではTPPの祟りで薬の手に入らぬ膠原病の患者が、半世紀以上前の、治療法がなかった時代の症状に苦しみ、死ぬ場面があります、しかし。

現代医学において、この病は基本的に生きられる病です。痛みの多くは治療で激減します。また多くの合併症についても今は治療法が大変進歩し、予後の明るい方が殆どです。ただもしTPPが現実となれば、このようにして軽症でさえ苦しむ可能性もあると私は心配し、すべての人々への警告として、読むのも辛い症状をここに書きました。しかしこれはあくまで「近未来」、ディストピアのお話です。

とはいえ、全身痛等に、一部、私の体験(混合性結合組織病です、治療前の最悪の時の状況)を生かしていますので現実味がありすぎます。

該当される方はこの章だけはお読みにならない方が、良いかもしれません。

TPPに伴う国民皆保険の危機と薬価の高騰は膠原病患者ばかりでなく、国民の命を脅かすものです。しかもそれは**協定本体ではなく、並行協議等の関連において巧妙な改変が行われる**とも囁かれています。国民は完全に騙されているのかも。どうかご注意を。どうかご無事で。

おばあちゃんの授業とは一体なんだったのか、埴輪あゆむ、雅号詩歌は今も、折々に振り返る。最近の本人は子供の進路やその兄妹仲の殺人的悪さに、悩む年齢になってもいて、つまり遠い遠い昔の話なのに……。

かつて、高校三年からほぼ一年、祖母を看病しながら彼女の、家庭教師を受けた。それは「おばあちゃん大学」で、もし生きていられればおばあちゃんは「指導教授」として、それを六年間続けるつもりだった。けっして読み書き算数や家事裁縫のレベルではなく、「修士までの学問を、私が教える」と、しかし。

祖母埴輪豊子、雅号台与《とよ》は、結局そこから一年しか生きなかった。

詩歌が生まれてから豊子が死ぬまでずっと、彼女は、……詩歌を傷付けない快いもの、環境そのものだった。実の母よりも深く広く、流れる水。それはまた小さい事の積み重ねでもあった。幼い頃のシャンプーもつめ切りも「ほら、平気でしょ……」とさして怖がりもしない孫を奉るように彼女は動き、ずっと一緒にいて、ゆっくりとしてくれた。ただ病のせいで、すぐに指の付け根が痛くなるので、つめ切りは一旦手を止めたり、途中で疲れて横になる事もあった。そういう時は詩歌も真似をしてころんと横になった。

思春期に入り、母親と服を買いにいく度詩歌は喧嘩してしまっていた。が、豊子ならば、……急に大きな抗菌マスクをしてひとりで出掛け、くたくたに疲れて帰るが、ちゃんと「良いの」を買ってきた。いつもちょうど詩歌が欲しかったデザインで、サイズもぴったりだった。しかも母親だと「ほら、早く着て」だが、祖母はまず包装紙を丁寧に開けてうっとりと眺め、膝で歩いて来て洋服を肩にあててくれる。リウマチの手でゆっくりボタンも外そうとするから詩歌はあわてて自分でするが、それでも、おばあちゃんは着せかけてくれる。そして結局、詩歌は鏡ばかり見に行き、豊子には「ごめんねー、これすごーいすきー、もうおなかすいたー」とか言って後ろをみる。と、祖母はもう疲れ果てて休んでいるのである。

非常勤講師のお金は本代にも足りないのに、東京の大学に行っている時は、軽食やお菓子を買ってきてくれた。祖母と詩歌だけのおやつだった。「来月こそラーメン食べにいこうね」。それは二ヶ月に一度ある膠原病検査の数値が、良かったときにだけ許される「贅沢」であった。豊子のチャーシューは全て詩歌の丼に移動するものだった。

しかしそんな甘やかしのなか、不思議と詩歌は普通の孫のような、わがまま、やつあたり等をしない子供に育った。というのも家の中でずーっといると、なんとなくおばあちゃんは「弱い」と判るから。それ故かどうか、子供の頃から詩歌はたまにだが、おかあさんごっこをする代わりに、豊子に「注意」して休ませたり、また一緒の外出でも難病軽症故に誤解を受けがちな豊子が、不運にもトラブると、「前に出て」味方した。まだ子供なのに、自分は献身的で強いと詩歌は感じた。いつも、しっかりしなければならぬと、自分に言い聞かせる子供だった。その一方、相手に自然とたっぷり身をゆだね安心する能力も元々はあった。そして、「おばあちゃんが死ぬ？死ぬってどんな事?」とそれを克服出来るかのように「対決」してみていた。というのも、……。

「なんですかその目、あの方難病よって言っただけでしょう、万が一でも突然死もあるという事は、それはあなたが、一番知っておくべき事じゃないの、いつも感情的で、とても無神経ね」、……「私は心がきれいだから偽善は嫌いなの」という「コンセプトを生きている」、と称している詩歌の母親は、小さい詩歌に活け花の稽古を付けていて出来が悪かった時など、まるでその罰であるかのように、「単なる事実」を師匠モードでずけずけと吐き続けた。最初詩歌はまだ無防備な心であくまで泣いた。すると母親は目をぴかぴかさせて「感情的ね」とさらに攻撃し、「泣かない訓練が必要よ」と言い募った。さて、ついに娘がショックで倒れても「そういうことではね」と別室で花を活け続ける。それでまだ詩歌がぐったりしていると、最後に、安い菓子の大袋を投げつけてきたり、翌日にパンツの出るようなミニのワンピースを買ってきたりした。

でもそれらは詩歌の嫌いなものばかりだった。この母から、十歳頃、詩歌は凍結娘というあだ名を付けられた。元々は繊細な人間なのに、家庭内で感情がいきなりなくなってしまう。何を言われても「応えない感じない」。ことに、死とは何かが理解出来なくなった。

だから看病の一年、詩歌はむしろ冷静に見えた。まるで「おばあちゃん大学」に専念しているように。そして自分でも、「私が勉強している間はおばあちゃんは生きているのだわ」と思い込んでしまった。

中学からの詩歌の文系ひけらかしは、すべておばあちゃんから得た「財産」だった。

祖母豊子、享年六十九、それは膠原病にたまにある突然死だったが、まともな治療が受けられなくなって、悪化の後である。TPPが来なければ無事に生きられた膠原病患者七十万人超、その中の殺されたひとりとも言えた。長年あちこちの非常勤講師を一年で週一の二コマだけ、四十年間続けた詩歌の祖母は、ＴＰＰが批准後三年で動き出して国民保険が壊れ薬をうばわれ、死ぬ大分前から、勤めを辞めていた。豊子が死ぬとその娘で詩歌の母でもある埴輪ひるめは、ずっと冷静だったはずがふいに狂的に泣き喚いた、おばあちゃんを殺したのはお前だと自分の娘の詩歌を責め、殴りかかった。

彼女の名前ひるめとは、膠原病で紫外線を避けて暮らす埴輪豊子が、どうか娘が無事に日を浴びられますように原始の太陽でありますようにと付けた、古代の太陽女神の呼称である。ちなみに、膠原病は遺伝しない。ただ、かかりやすい体質はある。

このひるめは雅号に活け花の看板で貰った名そのままを使い、豊子の好きな外文や哲学は拒否りまくって育った。というより娘にだけ集中してくれぬ母に反発して「現実的」になった。加えて健康と難病では時に、話の通じ難い場合もある。ただひるめは「しっかり者」で二十代半ばで早くも、下手なりに平気で活け花を教えはじめた。やがて弟子や友達の教材用花の共同購入から、船橋津田沼あたりまでの、安い花のお届けに手を広げるようになった。しかし、豊子はそれを手伝わず勉強と講師を続けていた。学校が好き、易疲労《いひろう》のきつい難病の身、ひるめと詩歌を育て力も尽きていた。

それでも詩歌の事は、体の弱い人だけになんでも心配し繊細に大切に世話を焼いた。この病はすぐに疲れる人が多く、豊子は家の廊下でも玄関でも台所ででも、小さい詩歌に手を延ばしながらコロリと横になった。そうしていても孫を心配して笑いかけ話しかけるのだ。そんな祖母を見て詩歌は育った。豊子はこれから干す洗濯物を座って揃え、台所の収納に寄り掛かって休み、得意のグラタンが焼き上がるのを待ちながら、キング牧師の演説集などを、眠り眠り、読んだ。むろんひるめの手伝いでも、花市の仕入れなどは無理であった。詩歌が大きくなると、週一講師に行く以外は寝たり起きたり……自宅の広すぎる車庫にバケツを並べ、冠婚葬祭専門の大型店の隙間に生息する小さい花屋……昼間の店番くらいは豊子もしたけれど予習をしながらだ。無理をさせれば、生命の縮む病。

で、贈答用の花の写真を撮って依頼者に届けるのは詩歌の仕事、邸宅街に自転車で行く配達も詩歌だった。詩歌は奥さんたちの話をずーっときいてあげて、次の注文を取ってきていた。母親の仕入れにも同行して、重い生花を運搬するだけではなく、カンのよさを発揮して口を出した。花屋は冷える仕事なので、循環不全のきつい祖母はなかなか手が出せなかった。

豊子が発病したのは十代であった。その頃から色が真っ白で食の細い人だった。疲れて学校も休みがちだが成績はよく、二十歳前に難病と判った。同じ病気でも海外に出る人は無論いるのだが、彼女の場合は医師と相談し、留学等諦めてずっと親元にいた。通学圏内の東京で大学院を終えて、博士課程の時アルバイト的に、非常勤講師に。博士号は取れず、円満に退学した。

結婚してからは出産前だけ、むしろ体調良かった。もちろんこれも膠原病は個人個人で「出産直後に悪くなる人も多いけれど、本当に、それぞれでね……」。

祖母の勧めで「受験だけでもしなさい」と言われた東京の六大学のひとつに詩歌は合格した。受験料が無駄になるだけとひるめは言った。火星人少女遊廓から奨学金を借りなかった事で、詩歌の父親はとうとう詩歌を憎むようになった。以前の軽口や冗談憎みでなく心底にらんできた。まあもともと十五歳を過ぎたころから詩歌は、基本父親から嫌われていた。それは「おばあちゃん一派」だと思われたから。

「昔の、私達のころはね、親の仕送りをうけていない学生は少数派、胸をはっていた。けなげな苦学生と讃えられた、しかし恐ろしいことに今はもうそれが普通なんだよ」。

　そればかりか、男子は軍隊の平和貢献慰安基金から、女子は遊廓の輝く男女平等基金からお金を借りて、大学に行く事が推奨されていた。返せなければ自主決定兵士軍か輝く成人売春ワーカー、或いは遊廓のヤリテ見習いになる。つまりは戦死や負傷、買春客からの暴行強姦がシステム化され、「自由意志」で合法化されているのだった。ところが成人売春は値段が安いので生涯負債を負う、こうして。

「行きたい人は大学に行ける、進学率の高い先進国」となり、「当然」マスコミはこの広告を政府から受けて、都合の悪い事は黙っていた。ばかりか告発する書き手を干すようになった。とどめ、大学進学年齢は昔と同じ十七、八歳だが、中学、高校基金と少女遊廓の「合法勤務」で「稼いでおく」というコースまで出来た。遊廓防衛軍の中核になる、美少女兵の勧誘は詩歌にも来た。中学生だった頃の詩歌の将来については「自分で決めれば」と父親は怖い目で睨みながら何度も繰り返した。でも結局おばあちゃんが「遊廓にはやらない」と押し切ってしまった。「ああああ、少女の自由な性と抵抗をばばあが家父長制的抑圧で弾圧しやがったんだじょー、まったく第二次大戦を始めた戦争責任も、当時選挙権がなかったおばあちゃん連中の馬鹿さ加減にあるし、六〇年代の闘争が失敗したのも、弱者である男性に噛みついて運動を割ってしまったウーマンリブの責任だし」などと、バクシーシ山下を好きな父親は愚痴ったのだった。——家族会議、と言っても副業の花屋の店の裏手、台所に続いたお茶の間の小競り合いだけれど。

「それでもここのお姉さんは卒業したらヤリテになるんだじょ、ねえ場部美ちゃんっ」……父親ははしゃぎながらその日も付け馬で花屋の店先までついてきた少女さんの頭をぽんぽん叩いた。するど、内心はさぞ嫌だろうに、……。

「ほおはは♡♡、おははは♡はは、おおおおお♡♡♡、うぴ♡ぴぴぴ、……ずっぴずっぱー♡」、……少女さんは乾いた冷たい目になったまま二十一世紀の里言葉で笑い続けるしかなく、さらには目を細め頬を膨らませ、赤ちゃんをあやす表情で詩歌の父に顔を寄せて、「きもーたー、きもーたー」と繰り返した。つまりは払う物を払えと、必死で、訴えていた。

キャストの身長は百四十くらい、まだ中学生か、なのに遊廓の安物地球用スーツに着膨れしていて、後一年もしたら粗悪スーツの副作用で体が膨脹し、最悪体長二メートルを超えてしまう。だからって皮一枚下は同じ火星人、地球人とまったく見分けの付かぬ高級スーツの詩歌と、同じ魂、変わらぬ存在である。ただ、詩歌のスーツはおばあちゃんが決めたものだ。自分と同じ老舗に孫のも特注して。「男に嫌われるスーツください」と、しかし確実にそうなる事は殆ど不可能だ。だって着てしまえば本人本体の影響を受けるし、その上、隔世遺伝で詩歌は生まれながらの造型美人である。スーツはそういう元のモデル体型の体にはりついて育つ。とどめ、どんなにしたって女は女であるだけで嫌な目に遭う。それでも。

なんでもかんでもひとごろしさえも表現の一部だというような人喰いのひょうすべにでも、せめて女というものが三次元である事を相手に認識させたらなんとかならないかと、孫を甘やかす一方でおばあちゃんは工夫したかった。それで？　ドイツあたりの高級ヌイグルミのような「可愛げのない」感じに詩歌は育った。しかしそれははかない抵抗というもの、或いはむしろ一層、逆切れ権力の生贄かもしれなかった。つまりどうやったって人喰いは、ともかく三次元的なものをぺしゃんこの二次元だといいこしらえ、侮辱する事ばかりを狙ってくるからだ。それでもおばあちゃんは生きている間中、がんばってくれた。

だって、ほら、あの時も、……ローン用ソフトなしで、彼女は詩歌のための金利計算を終えて宣告した。「ほら、この利子、最初だけ安いんだよ、それにヤリテがどんな仕事か判っている？」。「金持ちに子供を喰わせるばかりか、理論武装して少女を脅すんだ、これは『表現の自由』の範疇だから、虐待になりませんと、大嘘こいて」。膝の上にはいつもの算盤、愛用五つ玉のが載っていて、それは、けして古風なのではなくオタク趣味だった。祖母は手書きの手紙も好きで、お金があった頃は紀伊國屋で雅号入りの便箋を特注し、手が痛いのにゆっくり書いていた。「生きていられる間は何にでも挑戦してみたいんだよ」。

苦しみを越えて来て、……ずっと、生きたい人だった。早口でも思考や判断は落ち着いていた。……「ね、銀行が直接貸さないものをなんで国が貸す？　最後は全部ＩＭＦから取り立てが来るんだよ？　国単位だと児童虐待労働でゼロコンマの数字まで搾り取って返すんだ？」。むろん以前だったら、その学費を、「おばあちゃんが出してあげる、自分ではもう年金使わないって決めたんだから、自宅通学だからなんとかなるよねえ」と言えたのである。しかし年金は貧乏人だけに課税される、輝くお年寄り税によって激しくさっ引かれた。無論金持ちだけはさっ引かれない税制になっていた。すべては時の総理が預かった掛け金を使って相場に手を出し、失敗したせいだった。そして、……。

詩歌が行けなくなってしまった大学の授業を、かわりに自分が出来るだけ教えようと豊子は言いはじめた。「でも最初の一年はまあ、それ自体がシラバスみたいなものってことさね、つまり何を習うかを教えるのさ」、でもそう言ったころの彼女はもう、減薬を自己流でするという自殺行為を、余儀なくされていた。

病院に行けば検査費用が掛かるから病状を偽ったり、急に行かなくなったり。むろん、危険になって来る。でも患者どころかもう勤務の医師達自身、首を吊りかけている。その上、ステロイドの効果はひとりひとり違う。そもそもおばあちゃんの罹っている膠原病とは幾つかの似たような病気を総称するもので、同じ膠原病でもまた時にはその中のどんぴしゃ同じ名前の病であっても、症状には差があった。要するにひとり一病の病である。故に治療を続けていてさえ、その予測は難しい。なのに国立でもどこでも診察料まで上げさせられ既にアドバイスも受けられないのだった。医師達も追い詰められながらぎりぎりまでは、薬価の安い間に処方箋を加減し、渡せるだけ患者に薬を渡そうとした。しかしそうすれば逮捕される世の中になった。誰もその事を報道しなかった。そう、すべて人喰いのえじきである。

だって、……こども、たべもの、くすり、ことば、そう、ことばまでもなのだよ。世界企業がマスコミを完全に掌握してしまったからね。元々世界最低な腑抜けのマスコミはむしろ、安心しきって被害者面で統制されていた。にっほん政府は大喜びでＩＭＦガー、を繰り返し、悪逆非道の限りを尽くしていた。そんな中で。

劇薬の副作用で人より早く進んでしまった白内障の目、それでも二十年前の「若向き」フレームのメガネをかけて、「博士まででも行かせてあげたかったのに」。そう言いながらも、計画を立てるのが好きな、おばあちゃんは少しだけ、ふと、元気になっていた。

薬があっても不調の時は何もかも辛かった……しかし当時指先はまだ腫れているだけで、潰瘍もなかった。少々残っているステロイドを頓服で使って、ところがもう体は立ち上がりにくかった。壁に手を突いて歩くしかなかった。食欲は落ち髪が抜けはじめた。平常時に息が切れるようになった。判らない病気だが普通こんなに早くは進行しない。ステロイドなしで血管内部の肥厚が進んだのではないか。つまり、いきなり急激に肺圧が上がる人がいる。しかしそれはごく稀でもある。この病は本当にひとりひとり違う。しかし、それでも豊子は張り切っていた。

「さあ、第一外国語バートランド・ラッセル、記号論は本人次第、ならば英文学の方は『ダブリン市民』にしようか、第二外国語はごめん！　フランス語以外無理、テキストは使っていたのがあるよ。そして会話の方はお家で出来るけれど翻訳入門は潜ってくれたほうがね、……学部ならどうせ旅行記とかそんなものだから、判らないところは家で見てあげよう。ええと、さてと……一般教養の社会科学、民俗学、経済学も潜りますか？　哲学だけは家で一年目ロラン・バルト、二年目は『記号と事件』だよ。三年目からのゼミはあゆちゃんの希望で創作文芸、……卒論は小説、政治学はお家でミクロ政治学、ていうよりかどうしてこんな時代になったかを自分の体験から知らせめて理解しようよ。だけど今年はともかくシラバスの一年です、シラバスというのは講義概要という意味ですからね」。肉の中に針が入っている、寝ていても痛くて眠れないとおばあちゃんは言った。

以前だってなんとか力を蓄えて講師に出ていただけだ。家ではよろよろしていても一歩校門をくぐると突如として周到に愛想良くなり、外では誰にも難病とも言わず、慣れた世界でなら案外に顔も広く、好かれていた、同僚だった講師達と辞めたあとも、背中を痛めながらも、メール連絡だけは「精力的」にやって。――ピンのフタが開けられない、ヘアブラシが痛くて持っていられない、膠原病が筋肉関節に来ればそういう日もある。だけどそれはメール相手にはまったく判らない。体調が良ければ外からは健康人にしか見られないし、その時だけ頑張れば症状がきつくても、痛くても割と、なんでも出来る人もいるという事だ。――おばあちゃんは上手に気を遣い情報も得ていた。「あゆちゃんの行くところへ、声をかけて頼むよ、テキストはコピーさせて貰いなさい。電車賃が無駄にならないように時間割を考えて。けっして正規の生徒の迷惑にならないように、アシスタントのする用はさっと手伝うこと。他の学生から文句が出たら、諦めなさい」。懇意という教授は左翼すぎて専任になれなかった大学の後輩だし、親友はというと今のヤリテフェミニズムに批判的なため、しばしば一年で馘《くび》になるという非常勤の七〇年代リブだったりした。詩歌は家を継ぐだけだと思っていたから、学校は文学部を受験するつもりだった。学校に執着があったわけではないけれど勉強がしたかった。養子をとるだけだと、何か淋しいから。

以前の豊子がメールをあちこちに打てたのは薬で指先の症状が消えていたからだ。でも最後は皮膚が剝がれ爪もやられた。「膠原病も五〇年代ならば、タイプによっては五年生存率十パーセント、つまり死ぬ病だった。でもそれ以後はステロイドで劇的に生きられるようになったんだよ。そりゃあ副作用が凄くて怖い薬だけど、二十一世紀はたとえば十年生存率九十七パーセント以上だとか、働けるし、生きられる病なんだ、それが……」。ＴＰＰと似た制度でインドでは痛風の薬価が四十倍になったという。豊子は、……どんどん弱ってきた。

それでも「授業」の時は最後まで家でも服を着て起き上がっていた。以前に潜った大学院のクラスで、ちょっとした事でも判らないと思ったとたんに、むしろすぐメモを取る学生の様子を見て、詩歌はおばあちゃんの側でそのまねをしてみた。ラッキーカントリーを音読するおばあちゃんは、その時だけ声が朗々とした。余談もやってくれた。それが「遺産」になった。

看病の傍らで勉強をというと、なにかいまいちな待遇のように聞こえるけれど、身内が難病だったために、その看病を公的な社会貢献としてカウントして貰え、詩歌はむしろ襲われずに家にいる事が出来たのであった。むろんひどい国なので難病患者の肩身は狭かったが、それでも看病は看病である。つまり、看病は少女に、という理不尽国家なので。というのも、……。

政府の知感野労は少女がぼろぼろの恰好をし、中年男に襲われ飢えて痩せこけ、タオルでも靴でも最貧国のような、汚れて編み目の透けた粗末なものを身につけ、十代で子供を産んで死んでいくことだけを望んでいたからだ。例えばそういう少女が隠れて授乳しようとすると「男性排除だ差別だこの特権階級め」とか言われて、人前で胸をはだけさせられ顔は涙の跡だらけ、飛び出た鎖骨は垢だらけ、それで血を吐いて死ぬというのが、TPP内閣の理想とする輝く女性だった。そのため、今では妊娠すなわち退学という制度もあった。少女は子産み機械で勉強はさせない、放課後は子守り、昼休みは素手でドブさらいとかが、「輝く大前提」。そして。

そのひとつとして、少しでも少女の自由時間や、楽なところを減らすために、政府は高校の「家庭科」の時間などを横領、要人のハレム的介護をさせるというのを、いきなり、決めてきたのだった。それは彼らが数限りなく繰り出してきた美少女徴用制度の第一弾だった。「さー女どもに責任を取らせるぞー」、だってさｗｗｗ、その上これで介護保険のお金までもこの知感野労どもは横領出来たわけで。

昔は、例えば国民年金に入っていないと、ご近所が親に文句を言ってきた。しかし今では火星人遊廓の美少女兵とかメイドたん介護をやっていないと「世間様」が怒って来るのだった。ともかく少女が飴一個でも嬉しそうに喰っていれば、またハンカチ一枚でも自己の所有物を持っていれば、被害者意識の塊となる政府だった。

要するにね、……なんにしろ連中のスタンスは明治の地主の坊ちゃん！　女はすべて未成年から重労働、働いていて字が読めず性的玩具。子守ひとつでも男の気に入るように衣服をはだけ、髪をみだしてはぁはぁ言いながら卑屈な笑顔でする。赤面しながら萌えエロそっくりの乳袋シャツに尻割れスカート着用、それを一番疲れる召使仕種で不自然にやる。そしてもし少女が過労死を免れるちょっとした方法を見つければたちまち、お上は被害者面全開で取り上げに来る。

「昔からそうなんだよこの国の男は、どんな用でも立ってやれ、素手でやれ、炎天下でわざとやれ……でもおじいちゃんだけは本当に掘り出し物だった。あの人がいたから私は生きていけたのかも」。

「今時はテレビでもネットでも当時のリブはアメリカのまねだと言っているけれど、でも、そうじゃないんだよ、当時の男の左翼の女性差別に怒って、自分の足元を見た時に気づいたんだと思う、私は健康運がなくって結婚運だけ良かったの、そして、薬さえあれば」。なのに……。

　人喰い条約ＴＰＰに調印した人殺し政府の責任において、薬を奪われ、あるいは適正価格の薬を買うことが出来ず、ついにこの島国の薬価を掌で転がす事が出来るようになった世界企業のえらいさんたちの笑い転げる天が下で患者達は。

　血管をド詰めされ関節を喰いちぎられ血管全部を切られるような全身の炎症に痛み震え、細胞レベルから襲ってくる恐怖と脱力に消耗しながら、内臓を焦がし皮膚を爛れさせた。そして指先を一本一本欠けさせられて手は上がらなくなり足は立たなくなり寝返るためにも地獄の痛みを堪え五感が全部襲ってくる程の重圧に潰され、時には内臓をやられ最後には理性も意識も言葉も感覚も熱と痛みに奪われて彼らは殺されて行った。もとい、彼らというか、殆ど彼女ら、である。膠原病は女性に多い病気だった。ただ薬さえ飲んでいれば、専門職でも開業医でも看護師でも、純文学作家でもなんでもできる人々が、或いはたとえ社会的な労働をしていなくても、家事や介護や子育てという労働に一家を支えていた人々が、或いはもし両親の世話になっていたとしても愛されて愛されて一家の中心であった人々が、ていうか嫌われてても百までも、生きたいだろ！　当然じゃないか！　それが大馬鹿の読まず判で殺されていった。人喰い条約が喰っていったのだ。

その話になるとおばあちゃん授業は結局、にっほん論になった。「当時？　うん、……オバマのスポンサーにさえも原発が入っていた。ヒラリーのところまでも医薬関係が強かったり、どんなに印象が良くても誰かがお金を出し、マスコミまで押さえつけて大統領になっていく、大統領より大きくて怖いもの、それがどんな敵なのかを日本の政治家は理解してなかった。何も考えてもいなかったんだよ。選挙民が死ぬという事さえもね。しかもね、もし何を考えているんですかと聞いたところで、ただひとつの日本語も持っていなかったはずなんだよ。つまりにっほん人が笑って黙っているのは別に謙虚だからじゃないのだよね」。

「民主主義ってなんだ？　それは決して本当の権力や責任者を責めないこと、そして弱くて普通の十人の中の九人がだまって一番弱いひとりを喰うことなんだねえ、またたまに少数派の自由という言葉がマスコミに乗っていたら、その少数派とはただ単に金持ちの事で、それは金をばらまくから多数を黙らせて味方に付けている」。

「何があってもにこにこして行列に並ぶ十人から一番弱いものが前に押し出されればたっと倒れる、人喰いはそれを喰って帰る。立派な多数決だ。その九人の中からまた弱いものをうまく押し出したやつは褒美が貰える。ほら本土は沖縄を喰ってきた。大家族は嫁を喰ってきた。金持ちから税金を取らないで一番弱いやつが誰かを必死で探すんだよ。生活保護の中から？　弱くて数の少ないものを見出して喰う、またはありもしない◯◯特権だのをでっち上げる、いい？　敵は◯◯国人というのが一番の間違いなんだ！　十年前に沼際の作家が言っていただろう、敵はＩＭＦって、敵は国内外の、グローバル人喰い企業なんだ！　だったら立て万国の労働者、ついに世界革命なのか？　いや、共産主義の理論はまだまだぜんぜん、駄目なんだね。だって交通、流通、関係性、こんな一律なものだけでは人間のコントロールは無理だからだよ！　一番駄目なのはドイツイデオロギー、宗教も農業も掌握出来ていない。マルクスはフォイエルバッハに反論出来ていないけど答えようとした！　ところがドイデはね、誰かが『編集』しちゃってそれをごまかした！　これこそがね、今のマスコミの起源なんだよね」。

　その時はただ速記者のように詩歌は書いていた。後でおばあちゃんがいなくなってから読み返した。

「思い起こせば二〇一一年、それは英文和訳の授業中で、経団連に出入りしてる学生がクラスに来ていたんだよ、その時初耳！　ＴＰＰなんて、おばあちゃん法律弱いからね、だけど当時はまだ経団連も損か得かが判っていなかった、それでも、試算する時にもう大前提があって、例えば金持ちが仏頂面で一億円の車一台買う、それと比べて庶民が居酒屋なんかで国中で楽しく飲む、さあどっちがお得か、それは前者に決まっている、という人喰い基準さね。数字潤うも民は賑わわず……、二〇一二年にＴＰＰ反対の新書を見つけた時、……ぞっとしたものさ、だってそれを書いた専門家の著者さえ、二〇一〇年時点でも判らなかったという、資料？　本当になかった、ネットにあった条文を偽かもしれないのに家で訳してね、でもネットにしたってね、たくさんはないんだよ。……」。

「総理であろうが、憲法学者であろうが、どんな形でも人喰いの相手だけはしてはいけなかった。

だって、ね？　協議だ再交渉だって暴力団の出してきた白紙委任状に、何が出来る？　警察に駆け込もうにも世界の警察はその暴力団とぐる。あの時、……国連の専門家は人喰い条約をやめろって十二ヶ国全部に、勧告を出した。どの国の国民も米の大統領候補全部も反対を唱えていた。その中で、にっほん人だけはにこにこして黙っていた。児童虐待好きで難民嫌い、人喰い常連の政府は走り回って、調整してまで、この年寄りを煮て喰おうとしていたわけだ！」。

「投資家の愛国？　ふふふふふーあり得ない。だって、どの金持ちも全員、外国に逃げられる。この国に残るしかないものが喰われるんだ、ていうか、難病の総理が難病患者を売ったんだ。同じ頃に膠原病の金持ち有名人がやはり、年寄りに医療を遠慮しろと書いたりしていたしね」。

「そうとも、難病だからって一パーセントと九十九パーセントは違うよ。戦争法案の時は国会前に、総理と同病の難病患者もデモに行っていた。女の詩人だよ。体が危険だと判っていて」。

「火星人遊廓が出来た理由かえ？　別に外国人を接待するためではない。この国の男どもを満足させるためさ、少女から絞った血で満腹のひょうすべを、今度は外国のひょうすべが啜り尽くすんだ。ひょうすべに吸われながら男どもは、自分達もまた吸えばいいと思っている」。

「昔がいい時代だったとは別に言わないけどね、だけどどんな金持ちでも三代相続税を払えば何も残らないと言われていた。それに累進課税と法人税というのがあったんだよ、だから日本に真の金持ちはいないと言われていた。でも小選挙区制になって二世議員が大量に出現する世の中が来てから、世襲と城下町をなんとも思わぬ当選者達の手で、格差はどんどん大きくなっていったんだよ。年寄り達は時代が変わったことを何も知らない！　だからお前の事だって『頭のいい子なんだから国立に行けば』と言ったりする」。

「輝くお年寄り法案」が通って、年寄りの「自発的安楽死」も増えた。マスコミはせっせとそれに協力した。混合診療とは何か？　ひとことで言うと「びんぼうにんはしね」である。赤ちゃんも消えた。子供を産むだけで百万キモータかかる。「もともとにっぽん人ほど子供の嫌いな国民もないと思うよ。赤ちゃんにさえも自分で行列に並べ、迷惑をかけるなといいかねない国だからね」。

……元気だった時でもおばあちゃんは人より老けていた。タクシーに乗ると「おかあさん」と呼ばれ怒っていた。先生と言われてもうざがっていた。おじいちゃんが死んでからも、ダイヤ一文字のマリッジリングを、ずっとしていた。講師に行くときは、シルバーのに換えていた。死んだ夫の傘やサンダルや上着をずっと持っていて、自分が使っていた、「靴も服も同じサイズだったの……養子は顔で選ぶのもいいけれどね、おじいちゃんみたいに養子むきの人がいい、おじいちゃんは小柄で可愛くて不機嫌な事もなく、なんでも手伝ってくれたんだよ、私が難病なのは判っていたけれどお産も一緒に医者に通ってくれて、膠原病検査の時はご飯作るなって自分で作ってきてくれて自分でご飯も炊いて、その時は換気扇もピカピカにしてくれて……」。

何も嫌な思い出がない。早く死なれたのだけが悔しい、と。ダイヤの指輪は随分、最後まで持っていた、「貴金属の値段は上がっているからね」と母親は得意そうに言っただけだった。いろんなものが身の回りから消えて、おばあちゃんは居候する人のように見えた。

詩歌はそれでもいなくなるという事を否認していた。

ＴＰＰ批准の二年前に、薬が有料になった時も、多くの難病患者は病気の認定範囲が広くなったのだから、自分達は仕方ないと淡々としていた。

ある時豊子は、近くの開業医に行っていて時間になっても、帰ってこなかった。詩歌はその時にとうとう泣いた。いなくなる、と言う事が急に身に迫った。全てが、切断される？「昔からいつ死んでも不思議はないのよ私は覚悟出来ているからね」と母親はそれを見て大声で言った。そこで彼女はまた再凍結した。悲しみ始めたら凄い事になるから。最後の看病は結構きつかった。凍結の中で一瞬「もう無理」と思った。でも薬さえあれば生きられるのに。

詩歌がまだ高校一年だった頃に豊子のいる大学に行った事があった。灰色の大きい大学図書館は電子化準備中で、おばあちゃんはオリーブ色の長袖チュニックに黒のスパッツを穿いて、夏だけど循環不全と痛みを止めるために、靴や全身にカイロを貼っていた。片手に江戸時代ほど古い学校備え付けの、ラジカセとプロジェクター用の同軸ケーブルを提げ、もう片方の手で自分のカバンと、授業で配る資料を挟めるだけ挟んでいた。マスクは付けていた。その姿で詩歌をすぐ見つけなんと！　駆け寄ってきた。学校では元気なんだなあと詩歌は驚いた。新聞は講師の共同控え室にあるのを昼休みに読んでいた。「家でだと私が先に読むだけでも、あんたのお父さんが嫌がるからね」。「難病って言うとずーっと無菌室に入っている、指一本上げられないと思っている人がいるんだよ。そして日本では本人次第とか思わないで全部一律に雇わないから、だから正社員とかは普通、隠して就職するのさ」、膠原病で易疲労性のきつい患者は、仕事以外の時間をぐったりして耐える。労働以外、何も出来ないのだ。

「当時からツイッターはあったんだよ、あの時TPP難病で検索してみたら、小さい小さい泣き声の『滝』が出来ていた。ぽつぽつといつまでも涙が垂れていた。言いたくても言えないよ体力も声も。クーデターするだけの体力が欲しいよ！　八十万人いたって、殆どが戦えない。声あげるっても唾液腺やられてて出にくい人までいる。いやそれ以前に新聞にも何も載っていない、中央のテレビにも出ていないしね、同じ病気の人で、気がついて地方のテレビの動画をブログに貼っていた人が、いたね。医学は金持ちのためにだけ進歩するのかな。でももし、皆気がついていたらきっと経済が下がっても体制を動かしただろうね。だって国が終わるだけじゃない。生活、ていうか、にんげん、ぜんぶ喰われるんだから。ていうか経済までもが、このざまだよう」。

「何も知らない連中が最初輸入の肉が安くなったと喜んで食べていた、しばらくして病気になり医者に掛かろうとすると医者は診てくれない、子供も同じ事、さあそのとき、喜んで食べた肉は一体何の肉だったのだろうねえ、自分の子供の肉を喰ってしまったのじゃないだろうか、あるいは北海道の特区の子供の肉なのか。生活も命も先払いで、楽になった楽になったと無理に思わせられて」。

「オランダでは十六歳から売春が合法だ。アジアでは子供が親から引き離され、笞で叩かれて働いてる国もある。この国の政府は、日本をそれと同じレベルにするまで、吸い取りたいのだよ、ひょうすべから見てまだ喰えるところの残っている犠牲なんだから。私も詩歌も昔は安全基準がある指定牧場産の品を選んで、外国の肉を買っていたけれど、でもそれが牧場の子供の肉に変わってしまうほどまでに安くしてしまったらひとごろしだろ、もともとね、農業も牧畜も、本当は国防を支えているんだよ。食料自給しないと外国になめられる、大切なんだ」。

「にっぽん人は妻や娘を家族の中に入れず消耗品と思う。政府も一家の長として嬉々として妻子を売り飛ばしたのさ。戦争とは外国と殺しあうもの、だけどそれよりももっと、国内の強いものが国内の弱いものを喰うということ」。

最近になって詩歌は実感する。そう言えば自分は、夫になるはずの男を喰われたのだ。

それは金持ちの趣味で殺されたマスコミの冷笑で殺された投資家のほくほく顔によって、殺された。そしてその結果人喰いたちが「さあ何に使おうかな御馳走も洋服もバカンスも車も別荘ももう飽きたよじゃあもっと投資して趣味の人喰いをやって遊ぼう」と思って集める、コインにされたのだ、命、未来、体温は、星になんかなるものか数字になったのだ。——メール添付で知らないアドレスから送られてきたファイルの録音に「詩歌、詩歌」、と声が、聞こえた。キスもしていない未来の養子。未来の奨学金を稼いでおくといって。十二歳で。「誰かしなきゃいけない仕事なんだよ」って。

……一緒に隣のソーカルヶ丘駅まで歩いて、世界の百キモフードを食べにいった。詩歌が、おばあちゃんこれ食べると必ずおなか壊すってと言うと、彼は関西から来た年寄りはわりとそう言うよ、味付け濃いからなと言ったりして……ふたりは往復徒歩で嘘井駅に戻り、小さい小さいスナックがやっている昼営業の百キモカラオケで、アニソンを歌った。ビニールレザーの割れたソファの陰、コオロギが鳴いていた。彼の顔をおばあちゃんは気にいっていて「私の好きな女形に似てるよ」と言った。詩歌はどうでも良かった。養子に来てくれれば。

「おばあちゃん大学」で習ったのは結局にっほんの歴史だった。「夫」もそこに「入ってしまった」、にっほんの歴史、……録音の最後に、よろよろした声で、「雑巾がけなんかじゃなかったんだ、僕等が雑巾なんだ」と微かに入っていた。彼の親にもお金は一銭も渡っていなかった。死亡保険さえも世界企業の保険会社がうるさい事を言い……。

　それでおばあちゃんは?――ステロイドが尽きてきた時、理性が鈍ったというよりも、苦しみに負けた。雑草を食べたり異様な断食法だの、……インチキ宗教はお金もなくもう少女もいない家を相手にしなかった。まだ動けた時、豊子は一度早朝に家からいなくなって、竜神橋のたもとに座っていた。そこまで我を忘れたのは痛みがひどいからか、秋なのに真夏の白いパーカーを被り、その時点の彼女には危険な裸足で、石の路上にいた。「お遍路行こうと思って、そしたら今そこでほら、S倉惣五郎さんが救ってくれるって」と、言ってしまってから冗談だと笑った。それで、元に帰った。薬がまだあるかもと泣きながら探す事があった。孫は貯金箱を割って、一錠だけ買ってあげた。

「最終講義」の直前、詩歌がそれと知らないで借りてきたアベセデールを豊子は喜んで観た。それは死んだ後に発表しろとドゥルーズが指定したインタビューらしい。「ドゥルーズが死ぬ前に?　自分の哲学モデルを虚しいと思ったって?　ふふふふふーあのね、宇野邦一さんの御本にあったのよ、我思う故に我ありとデカルトは言って、自己は動かせないと思ったそうだけど、でもドゥルーズはそれに対して、思う我とそれを観察する我の二人がいると思った人なんだよって、だから今自分でそれをこう受け取って言うよ、人間はね、自分の中の誠実さを貫いてもきっと、老化や肉体が裏切ってくる。ならばその誠実さの故に、複数の自己がある、というべき人間もまれにはいるのさ。へりくつじゃないよ。カフカだってきっとそうだろうね」。その複数性で、おばあちゃんは「死にたい」と「死にたくない」を繰り返した。自己決定権？　珍しく元気で朝風呂に入って、それからひたすら企業広告の「表現の自由」を元気にののしって、これなら当分大丈夫かもと思ったらふいに……。豊子には合併症で肺高血圧の疑いもあったけれど判定の難しい病気だし、にっほんには解剖などの予算もない。しかし肺高血圧症は百万人に三人の病気なのだ。つまり、……葬式の直後、反権力実行団と警察が来て、遺体を持ち去った。（企業名のあるバンで）。

「発展途上国の女の子はひどい条件で体を売らされる時、自分の名前も書けないまま契約書に同意をさせられてしまう。何が書いてあるか以前に文字が読めない。またそれ以前に自分とは何かを記せないという事だ。判らなければ守れない、ただ利用され虐待される肉体があるだけ、で？「自己などない」？　ならば自分の名前も読めない書けないからその身も、心もどこにも逃げられない。そういう娘を売り飛ばす親と同じなんだよ。それが、にっほんを売る事、国民皆殺、ＴＰＰ批准という事なんだね」。

4　人喰いの国

TPP通れば、十二ヶ国、墓場、……ここは？

灰色の桜に、満開の毒……金持ちは海外、……国丸ごと廃墟。


ひょうすべ、ひょうすべ？

ねえ、ひょうすべの国になると、そこはどうなるの？

うん、生命体がすべて、資源になる。誰も彼もがそこでは、人間も動物も男も女も……。

地球レベルの巨大な脱水機にかけられ、血を絞られ死んでいく。それが地球九十九パーセントの運命になる。にっほんはいわばその先駆け、医療の壊滅に農業の崩壊、本土よりもっと、きついのは島部、いくつもが無人島になってしまう。むろん、全国どこだって身の回りのことも、全てひどくなる。水道の水は「飲みにくくなる」、学校給食には「何か入ってる」、国民の体格も平均寿命も「古き良き時代に」戻っていくんだよ。うちらはもう小作人でさえなくなってしまい、世界企業のための食材にされるんだ。機械に放り込まれ、ミイラになっていく。

救急車を呼ぶだけで給料は吹っ飛ぶ。子供を産みたければローンを組むしかない。白内障の手術が受けられない老人の社会。どこの家でも目の見えない年寄りが泣いている。また車椅子を買うのに補助金を出せば「投資家との世界裁判」が「怖い怖い」、ほら「ＩＭＦガー」とお役所は言うだけで。たとえ老人でなくっても動けない人は、倒れ伏してしまう。動ける人さえも、ローン払えなくって道で寝ているから……賃金も待遇も坂を転げ落ちる。だってこれからは、……。水も食べ物も服もない国との競争になるからね。幼児まで働かされる世界と職の奪い合い。だけど世界的に行われる自由競争ってもの、それは搾取する側のひとり勝ちでしかない。

要するにひょうすべはにっほん人の、よそより長い平均寿命を切り取って喰いたい。全部の子供の顔に涙の跡がなければ、気に入らない妖怪で。うん？

でも小金があれば、助かるだろうって？　相手は妖怪だよ？　ならば郵便局の虎の子を危険な投資に、「使え」、と言ってくる。しかもそれを国が守ろうとすれば、ひょうすべとの約束違反になってしまう。批准しなければ助かったのになあ。むろん共済なんかもすべて廃止。それは国民を保護する制度だからね。屋根も柱もない？　いや、もう国が無いんだよ。

学校は「ひょうすべの菓子」に書いてあるように、詰め込みで「無駄なく」ブロイラー化する。また「価格の自由競争で」作られた学校給食も、子供に陰毛が生えたりのホルモン異常を呼ぶ。体にはむろん水銀だのあれだのの毒物が溜まっていく。とどめその原因は絶対に「判らない」。マスコミが「直轄」になってしまうからね。

ＴＰＰって何だ？　それは自由貿易を発展させるための契約なんだけど、似たようなものがかつていろいろあった。ＮＡＦＴＡだのＦＴＡだの、それがどんなに怖かったか、まともな政治家は知っているさ、ていうか自由貿易は怖いものなんだよ。

バラク・オバマ上院議員？　彼は自由貿易に反対していた。多くの人を貧乏にするからという正しい理由でね。しかし今彼は大統領、どんな名君だって、企業献金を貰い、悪魔のハンコをついた上は、ゾンビと変わらない。しかもこの条約は専門家にも判らないほど判りにくいもので……。

契約それ自体よりも、これに付いてくる、並行協議だの付帯条項だのが怖いんだな。

例えば地獄の釜のスイッチ、ＩＳＤ条項、今はＩＳＤＳ条項と書いてあるよ？　ほーら紛らわしい！　もう、判らない？　でもどっちにしろ正式名称はこうらしいね。Investor（投資家）State（国家）Dispute（紛争）Settlement（解決）、だってさ。なにしろ墨塗りの、秘密だらけで……。

このＩＳＤ或いはＩＳＤＳ条項、昔は発展途上国と取引をするためのリスク回避ツールだったもの。しかし今ではそれが悪魔の添付ウィルスに化けてしまっている。例えば、いきなり貧困、ある日いきなり逮捕、……。

そこそこ豊かな国でさえそうなる時は、これが絡むはず。「ひょうすべの約束」に書かれてるものだ。ただ、それでも他国では反対運動が起こるだけの情報は出て来るのにね。

さあ、この国において？　表現の自由って何の事だろうね？

高い大きい広告を出してそこで好きなだけちかんごうかんの推奨やレイシズムをやって、ポンスはその広告料でマスコミを買い取って、正しい情報を絶対に流させずに嘘をまき散らす、それが自由なのか？　芸術は「売れない」と追い詰めておいて反論出来ないように弾圧して行く、大声の自由かね？　同じことを蒸し返し低劣な嘘を吐《つ》きネットに沸いてたかり、デマの画像を作り、マイノリティを中傷して虐殺幇助を企む。

　ひょうすべは表現をする時にまず、相手に口輪をはめてから言いたい放題、すると本当の事や肝心の事は、すべて、マスコミの闇に消える。それは内部事情、それは世界企業の悪。「内部事情は下品だから禁止します」、「中立の意見だけ書いてください」、「具体名禁止」、「必ず両論並立」。

　こうして、足元を照らしてはならぬという規則の中、我々は崖っぷちの夜道を歩かされる。一方だけの自由に支配されて。そこに報道はない、言論もない、芸術も真実も告発も表には出られない。いるのはただ、ひょうすべ、ひょうすべ。

　弱者を虐殺してアートと称する自由、金の集まるところにある差別を固定化するための自由、だんまりを維持するためだけそこにある自由。ていうか、……。

　もし人喰い条約を批准してしまったら、それをくい止める事さえ微塵も出来なくなる。そうそう、ついに、ついに、ネットまで止めるんだよあいつら、そりゃ？　投資のためさ。

　原発を作らせない、戦争をさせない、武器麻薬を売らせない、毒汚染をまき散らさせない、本来大切な事が全て条約違反になって。とどめこの人喰い条約に規定のない時はすべてひょうすべの命令に従う、という契約になっている。そして？　連中は取り敢えず戦争を連れてくる。

　薬価の高騰？　そんなの一年で始まるかも、韓国ＦＴＡがそうだったから。水道代が一週間で四倍になったボリビア。やむなく雨水を使った国民も。

え？　この段落の具体的エピソードのソースは何って？　殆どは人喰いに逆らっていなくされた、元の農林大臣の書いた新書なんだけども。えっ？

　ともかく投資家と世界企業が「さあＩＳＤ、またはＩＳＤＳだ、ならばＩＭＦに、訴えるぞ」と一言言ったら、個人の権利なんて国ぐるみでなくなるし国連も助けない。それがこの人喰い条約の批准をしてしまった後の世界の、ルールだから。国対国民？　資本家対労働者？　男対女？　外国対にっほん？　うん、どれも大切だ、しかしこの件は、……そんな従来の構造では解決出来ない。つまり……。

　世界企業の隠し金対、殆ど全人類の生命財産心身、未来、そういう対立が本質的対立で。

　なので今度のウラミズモの宰相はこう言っているんだよね「世界企業への完膚無きまでの、国際徴税連合を作るしかない、それ以外に地球を防衛する方法はない」と、「どんな小国も例外なく、もれなく」と、やれやれ……気は心だがねえ。

　とうの昔にそんなの米国がやろうとしたんだって、但し自分ところはちゃんと例外にしてね。今もタックスヘイブンで儲けている州まである。ていうかウラミズモもやっているのかもね。

　強いものが勝つだけの「公平な競争」、だけど強いのは世界六百社だけ、喰われるのはそこの正社員と投資家以外、全部。日本のマスコミはそれを「公平に静観する」？　沖縄は選挙で民意を示したのに、「みんなが悪い」と称されてまっさきに潰される。

　……。

　おばあちゃんが死んだ、ていうか、人喰い条約に殺された後、「さーこれで楽になるじょ」と埴輪詩歌の父は喜び、「あーおれ本当にこれいやだったの」と、部屋中の紫外線避《よ》け、遮光カーテンだの窓ガラス用のフィルムだのを、とても感じの良い微笑みを浮かべつつ引き剝がして回った。

おばあちゃんは紫外線で病気が悪くなるタイプの膠原病だった。戸外で日除けをせずきつい陽を浴びると、首がかたまったり皮膚が切れたりした。家の中でも夏の窓際にそのままいると、すぐに微熱を出し悪化していった。そこである日の事、自分で人を雇ってガラス戸に透明フィルムを貼り、カーテンも目の詰まった遮光のものにした。それは「男の許可なくして貼った」ものであった。つまり、詩歌の父親の許可なくして……、生きている頃から彼はそれらを目の敵にしていたのだ、しかし、「え、……、だけど、家は、私のだからね、固定資産税、私が払っているのよ」、と豊子はいうわけで、生前、それは喧嘩の種にもなっていたのだった。つまりある時など詩歌の父は、……朝から一日好きな遊廓動画を見て家からコメントもし、笑いに笑ったあと、変に高揚した態度でいきなり、「いらないんだろこんなものっ」、と言い始めたのだ。笑いの勢いでさーっと剝がそうとした時、「あらーこまるんですけどーあのー、わたし日光がー」と無論祖母はにこにこしながら止めて、すると、……「えー、今は夜ですけどー」と彼は祖母の口まねをしながら、それでも窓一枚分剝がし、はっはっはっは、と笑いながら出ていってしまった。その時の父の顔というものは、なぜか、完全な被害者で涙目になっていた。母は「お」と静かにいいながらしばらくかたまっていて、やがて茶の間を離れ花を活け始めた。またその後、ずいぶんと日が経ってから……。

「あの時はさすがに……お父さんかわいそうだったわねー、涙浮かべて」と二回程言った！　詩歌は父に紫外線と病のつながりを何度も話したが、彼は聞いていなかった。というか、にっほんの男子は家庭内で聞いたことを、すべてたちまち無いことにしてしまうのだった。その一方、外に出れば常識も礼儀もわきまえていて、男同士だとむしろ自虐的なまでに、相手を立てて譲った。

豊子のお葬式の時、彼が素直にほろほろ泣いていた事にさえも詩歌本人は違和感があった。でもその一方でなぜか憤りもなかった。幼い頃からなんとなく父親が気味悪くて、それでも十代からは、祖母のために間に立ち、むろん憎まれた。で、豊子が世を去るやいなや、詩歌は父親を見失っていた。故に、例えば、自分の父親の「クリアー過ぎる」までの、そのうらおもて、何の感情もないくせにまったくぽろぽろぽろぽろぽろ、止まらずにどこから出るんだよというような透明涙を見ても「おとーさんのばかーっ」というようなセリフさえ出なかった。あ？　この人誰？　と思うだけで、というかおとうさんって誰？　と。そこでもし自分が「生前はおばあちゃんを目の敵にしてたのに」なんて言ったとしたら彼、さぞかしくどくどと反論するだろうな、などとつい想像してしまっていると、「お前が殺したーっ」と母親がまたまた殴りにくる。

つまり、母ひるめは、詩歌が火星人遊廓に行けば薬も買えたし、花屋も潰されなかったと言いたいのである。でも詩歌にしてみればそうなると豊子がどんなにその事を嫌がるか、絶対行かせまいとするだろうとも考えて、行かなかったのだ。だって実際にあれだけ反対したではないか。薬の買えぬ祖母が痛みに錯乱しつつ家を出ていこうとまでしたのだって、或いは詩歌のためだったかもしれないのだ。そしてもしもそんな祖母が我を忘れて「助けておくれ」などと口走ったとしても、詩歌はただ最後まで側にいるだけが一番と思っていた。だってそうなる前に、祖母はドゥルーズとカフカの話をして、複数の自分という考えがどういうものかの真説を教え、詩歌を守ろうとしたのだから。豊子が判断を誤る程に病状が迫ってきた日に、孫が情に流されぬよう牽制して。

　詩歌の思考は地球人とパターンが違うのかもしれないけど、自分が犠牲になったら豊子は地獄に落ちるという発想は今も変わらない。とどめ、祖母の看病を始めた時点で、詩歌はもう十七を過ぎていたのである。十八が「卒業」の少女遊廓には何ヶ月かしかいられない規則だった。そんな設定でもし勤めていたら……。

　そもそも、……少女さんたちが、最初に「レッスン料」だの「デビュープロジェクト」だので背負わされる借金は家一軒分だし、加わる利子だってもう「ＩＭＦガー」である。退職までに返しきれるのはごく一部の「エリート」だけ、というか「卒業」の際、本人の着ぐるみまで没収する銀行があった。火星人の場合着ぐるみ、スーツはまさに人間の身体と等しいのだが、それを没収してまで、返済させる。

　こうして、初めて見る自分の家庭は真空のようだった？　おばあちゃんがいない！　そして母親が攻撃して来る。それもふいに！

「なによーっ！　私はーっ！　店も土地もっ！　売った！　のにっ！」と茶碗を投げつけて。

「たった何ヶ月だから意味ないって？　言ったな！　ふん！　だからこそほんの少しの我慢だろ

うがっ！」などと。

「売った？　もともとおばあちゃんの家じゃないか」と詩歌は思ったし、また、「最初あんただって少しは、反対してたじゃないか」とも思ったけれども、看病疲れで言い返す気力もなかった。

葬式は家で行うしかなく、香典は父親が遊んだ遊廓の支払いに消えていった。でもけしてそれは「そんなに悪い行為じゃないじょ、だってこれおばあちゃんの故郷の火星救済対策費になるのだから、ね、お供養お供養」などと父親は素直に虚ろに説明した。それと同時に時に尊厳を保ったいい顔になり、「もしこのお金がなかったらね、旅奈《りよな》ちゃんが危険な遊廓にやられてしまうんだよ、君はここにいて恵まれているけれど世界には苦しむ少女が沢山いるんだからね、少しは社会性を養いなさい」などと、娘を「君」と呼んで「啓蒙」するのだった。詩歌は、当然、説得されなかった。昔豊子がおばあちゃん大学でＯＤＡの説明をしていた事を思い出していた。にっほんの海外援助の中には結局、自国の大企業や世界企業が、回収するようになっているものが随分あると。またそんな中でさえ、……。

母親はいつしか気を取り直していて、弔問客を待つ間豊子の霊前で、ぱちぱちと花鋏の音を立てて続けた。「ほら、お花はね、うそを吐かないのよ、無駄もないのよ」。

母にお花を習わなくなってから二年経っていた。店が傾いたら弟子もなぜか来なくなった。母親はお弔いに来た人を祭壇に導き、そこに花を活けて、詩歌を呼ぶとても師匠らしい説教をかまし続け、人前では彼女も穏やかで冷静、つまりは亡き母の霊前を作品発表の場とするのに夢中！　という状態になっていたのだった。

中学生になった頃急にごく一時期、父親が優しくなり、そんなのきっとパチンコででも勝ったんだろう、でも見ていてなんか妙に可哀相と詩歌は思った。が、今はそれこそ「女子中学生には甘いんだ」とだけ、身勝手の頂上としか思えなかった。そう言えばそのあたりで、父が実は地球人であると詩歌は母から、知らされたのだった。ひるめは何か復讐のような感じで詩歌にその事を「言いつけた」のである。しかし詩歌が驚愕し、「じゃあわたしお父さんの子ではないの」と尋ね返したら急に話がそれた。まあ、しかし、どうせ母は、昔から矛盾した事ばかり言う存在なのだ。ただ、そんな中いつのまにか、彼が地球人であるという事は家庭内では確定してしまっていた。

　遊廓に彼が行くようになったのはいつからだったのか？　詩歌は覚えていない。きっとまだ詩歌にその意味も判らない頃からだろう。

　こうして、父というものは詩歌にとっていつしか凍結状態の知らないおじさんと化し、なおかつ、そのデータは嘘吐き母さんが勝手に変造していた、つまり。

　おばあちゃんが死んだ事は、……本当にそのまま詩歌の身の上に繋がっていたのだった。

　思えば白馬と付き合うと決めた時、詩歌にはもう何の躊躇もなかったのだった。家庭を失うと同時に亡命を考えた。もともと「普通の」結婚のモデルを、詩歌は持っていない。ただ、別に火星人でなくても、葛藤のある家庭はあるに違いない、と。というか結婚て何かなんて判らなくてもいいんじゃない？　と。そもそも豊子に、ひるめに、それが判っていただろうか？　と。親子三代見よう見まね？　だけだったのではないか、という気さえして来ていた。どうせセックスとかも地球の風習なのだ。だいたい詩歌本人が地球人とうまく会話していても笑いあっていても、実際に自分の言った事が通じているかどうか、殆ど判らない。会話より、作文、作文よりフィクション、言語の後ろにある大前提が減れば減るほど、相手は自分に共感をしめし、その距離も縮む。若いながらそういう言葉の使い方で今まで生きてきた。どこに居ても所詮外国なのだ。そして、たまたま国籍のあるこのにっほんより……。

単語が共通のウラミズモのコードの方が自分には判りやすい。

なおかつ、ウラミズモはもともと同じ国だったにっほんの優秀な女性に、いくらでも移民してほしいと思っていた。またその女性が不幸であればある程歓迎してくれた。ことに優秀で不適応のきつかった女性程優遇された。無論、男性の移民などひとりもいない。だってもし男が行けば、彼は、……。

「特別な愛情ある保護」を受ける運命になるのである。とりあえず選挙権を失うのであるし当然全財産は没収される。散歩も本人の希望でいくものではなくなり、つまりリードなしでは出られなくなる。「なんかそれ、にっほんよりましなんじゃない。いっそ普通じゃない」と詩歌は思ってしまった。

父と祖母、二人の仲が悪かったのだって、それは養子と義理の母のというスタンスだけではない。また、祖母と母のありがちな葛藤がそこに加わって、祖母対次世代夫婦にもなっていたけれど、別にそれだけではなく、要はもうこの国の男の女嫌いさ、ウーマンヘイトが悪い。いやまあでもそりゃあ……。

おばあちゃんの方は無論、ごく普通の養子嫌い発言を陰で多発していて。「花屋のショーウィンド作る時もお金わたしが出したよ」、「そもそも店の土地も家も、私と、おじいちゃんのものだし」、「養子向きではない男なのよ、立場が、判っていない」、「責任取りたくないやつが勝手な事だけして、ひるめは、あいつの、顔ばっかり見て、肉でも魚でも全部自分の分食べさせて、いつまで新婚か」……。

が、詩歌の父親にしてみればむしろそんなのより、豊子のにっほん風でないハートの少ないメール、またアニメ声も出さず、なんでも自分で決めてしまう傾向とかが気に入らなかったのだ。さらに詩歌をもそのように教育してしまったため恨まれたのである。しかも彼はこの女家長が持っている難病というものを毛嫌いしていた。女は健康が当たり前で病気は隠すべき、そういう思想なので、難病の女性がテレビに出ていると消せと言ったりする。女が痛い、疲れたというと、女に変わった病気などない、病気の説明は男だけで十分だ、自分を特別だと思いたいのか、などと平気で言ってしまう……。

とつぎ先の母親が気に入らないというのに養子に入ったのは、これはひるめが望みに望んだ結果であった。

むろん、豊子もひるめが結婚した時から気にいらなかったのだ。「べたべたべたべたして気持ち悪かったよ、しかもまだまだ、まだまだ、ずーっとべたべたべたべたしていやがる。まったくげ、ん、ざ、い、そんなに男がいるのが嬉しいんだろうか」と、詩歌が思春期になると、たちまち訴えた。しかし以前にも述べたように、詩歌にとっての両親とは、なぜか遠景とか借景でしかないものなので、返事のしようもなかった。そんな詩歌の「同胞」の祖母は結局、にっほんに「適応」したまま死んだのである……。

祖母には再婚という選択肢はなかった。リブの薫陶をうけた世代であり、それに激しく共感し同時に、性については、無関心だった。個人的にはいつも皮膚や全身に炎症があるため、人間との普通の接触も苦痛なのだ。平気なのは詩歌と学生とヌイグルミと花。男尊女卑で育って男に我慢する体質の人間が自分の現状に照らし、リブという思想を我がことにした。しかしフェミニズムになって男性を仲間にといわれ遠ざかった。男がいない空間こそ理想だった。だがそれでも、……。

「あのね、おばあちゃん、けっこうもててたのよ」看病の間には、昔語りがあった。若い頃の彼女は、……メガネを掛けていても柔らかい印象、男性に圧迫感を与えない天然の距離感、シックな服装と魅力的な理屈っぽさ。どんな文系課目でもオタク話が可。リウマチが痛くても血管痛がしていても、それでも講師を止めない程話す事は好きだった。「言語だけが交流よ、本は友人」人前にいるとけして辛そうではなく何も省略せず、嬉しそうに幸福そうにずっと喋って、そして……当時豊子がいた大学院のその学年のその科は、少人数の中で四組が結婚した程の仲良しゼミだった。「おばあちゃんその頃指導教員ではない専任講師さんにも求婚されたのよ、まだとても若い優秀な方で、こちらは学生なので丁寧にしていたけれど、鈍感ていうより上下関係でなんでも判断するのね、良い方だけれど言っても言っても判らなかった……同じ科のおじいちゃんはハンサムではなかったけれどうまく間に入ってくれて、すると、邪魔でもないし怖くもないの、しかも養子に来てくれるというからそれで……私は母親と仲良かったたし、病気もあったからともかく母といたかったので、おじいちゃんに養子に来て貰ったの」。当時のＳ倉の結婚相談所は高学歴の養子を求める人で溢れていた。「だから結婚ってなんだろうってひるめを見ていてなんか判らなくなった、ま、いいけどね、別に、でもね、わざわざあんな男……」。

遊廓に「居続け」するようになってからの父親は、家に帰ってくると、まずトイレのドアの前でも風呂のドアの前でも、詩歌が入っていても祖母が入っていても、戸をどんどん叩く。「父性差別だじょー」と叫ぶのはどうもギャグらしいが、それは祖母にも詩歌にもあまりにも怖い。一度だが祖母が入っている時に風呂場の戸を開けた。「まあまあ、不安なのねえ、寂しいんでしょう」とひるめは言った。

「ドイツのご隠居契約ってどんなのか判る？　家屋敷を子供に渡すとして、年寄りは一週間に玉子何個肉何キロを受け取るかまで全部決めて子供はそれを守らなきゃならないんだよ」

豊子が死んだら土地と店と家を売る、それでうまくゆく、祖母がいなければお金も掛からない、父はそう言った。

が、……結局残ったお金は遊廓の少女さんに渡り、それでも、足りなくなっていた。ともかく、生前はいくらさっ引かれていたといっても少しは年金があった。無論、それらの殆どが本人の命と血管を繋ぐステロイド代になっていた事は確かだった。

（あまりの薬の高騰でごく少量を手に入れても焼け石に水、しかし絶対に必要。一方、正式に処方して貰うには専門医に行かねばならないけれど、そもそも診察だけでも保険なしの高額で行けなくなっている。高価な検査も、ついて回る。そこで無理をして開業医レベルで、なんとか頼んでアレルギーの診断を貰い、ほんの少量を手に入れていた）。

だがそれでも豊子は、時々は電気代を出していてくれたし、詩歌の学校の費用もたまに出てきていた。それはおじいちゃんの遺族年金と、おばあちゃん本人が講師料の中からぽちぽちと積み立てた個人年金だった（どれもごっそりとさっ引かれてはいたが）。そして……。

受取人詩歌名義の生命保険は？　残っていたはずだが、支払われなかった。つまり、「受けるべき医療をうけないで死んだものには払わない」という条件がいつのまにか、加わっていたから。保険金の支払い月額は薬五分の一錠程の額ではあったが、また本来は自分の入院に備えてのものだったが、それでも全てを薬代に取られる中、痛みに耐えながら払った金である。豊子は自分が死ねば、その金で詩歌が大学に行けると算用していたのだ。しかし、ひょうすべは払わない。すると、……父親は葬式で泣いたときと同じような感じで何も逆わず、ただただ素直に笑っているだけであった。え？　いいのか、それで？　しかしなんだかひょうすべ的には、無問題らしい。

要するに、このにっほんでは上は下との約束ならば破ってよい、事になっている。だって批准直前のここにおいて、首相は公約を約束と呼び、それを「新たな価値判断」で破ったと称していたではないか？　ていうかやらないと言ったTPPを、他国の民に恨まれるのに先導していた。一方グリム童話のカエル王子においてさえも、外国の王様は小さい王女に、その約束を貫徹させるのだ。しかしこの国で守るものはただ、「民を喰わせます赤子までも」というひょうすべとの約束だけ。また、この悪魔は民のつけあわせに、会社を、店を喰うので……。

まさに、ひょうすべの国となっていった。

そんな、ひょうすべの国は、……小規模の自営業が不可能な世界である。地産地消で輸送費の掛かりにくい新鮮な農産物、ひとりひとりに気を使う余裕あるサービス、長く使える丈夫な商品を少しだけ売る事、が不可能になっていた。また、同じデザインでほんの少しの顧客に、長く売り続ける品など許されなかった。

売りやすく一律ですぐ「壊れてくれる」、残った部品も使いまわしのできない大量販売のもの、それをまた価格競争し、値段をきりつめる、先のないレースを人類は生きていた。

外国の酷使される安い労働力、それも時には児童労働をさらに値切って使う。為替相場をゼロコンマの単位で切り詰めながら、世界各地から材料を集めるしかないため、商売は世界規模のチェーン店しか残れなくなっていく。そこに雇われた人々は生涯の過労、安時給に苦しみ、フランチャイズをとっても、経営を始めても、厳しすぎる条件にすぐ破産する、県の市役所のどこに行っても、世界企業のロゴとコラボが躍っていた、萌エロ商法のために地元の嫌がる女子高生をモデルに差し出し、あるいは巨乳二次元で煽って痴漢に襲わせ、女性が怒れば経済効果を謳って開き直る。しかし、収益はよその企業がすべて外国へ持ち去るのである。とどめ、それに味方する政治家もタレントも、口では何を言っていても、反社会勢力から家を買っていたりして、恐れられていた。国中の景気が悪化するような体制を国がむしろ、支えていた、ひょうすべに民を喰わせる約束を守って……。

にっほんは既に痩せこけた労働力の、世界、その一部分でしかなかった。

その上、景気が悪い原因のひとつに、消費自体の意味合いが変わってしまったという事があった。消費が美徳か悪徳かという事以前に、消費している人間を憎み足を引っ張るしかないほどに、格差が広がっていた。年寄りは先行きの不安さにお金を使わず、欲望が一杯あるはずの若者は正社員になれず、世代が共闘してひょうすべを撃つという事も、世界企業の奴隷でしかないマスコミの下では、ありえなくなっていた。テレビはむしろ若者と老人の対立を煽りそれは殺気を帯び、またどちらの世代もなぜか妊婦を狙い苛め、やつあたりする。子供は一層生まれてこなくなった。

人を雇わずに済ませるためだだっぴろい店内が無人になっていた。お菓子でも肉でもすべて種類をとわぬ一律のグラム売りになり、話題性のつもりかとうとう花屋まで、メートル売りになった。さて、そんな世界において、詩歌たちの運命は……。

気が付くと既に家は売られてしまっていた。ハンコはつかれた。そりゃひるめは参ってた。明日にも出ていかなければならない契約書になっていたし。

家の引き渡しを豊子の百箇日まで待ってもらえたのは豊子の中学の同窓生が買ったからで。と言ったって相手は不動産業者。しかもすでにここはひょうすべの国なのである。

都会のまとまった土地を買う外国資本はあっても、小さい一軒家などもう売れない。S倉ではただただ空き家が増えていく。家だけじゃない、何も売れない。

どんなに安くても買えない人々とまったく売れなくて資金繰りに詰まってきた人々とが、いつまでも平行線を辿る世界。埴輪の家を買った小さい不動産屋だって、結局数年後に潰れたのだ。

どこもそうだった。
豊子の看病半ばでひるめは、花屋を閉めていた。詩歌にしたって両方ではとても手伝えない。というかそもそも全ての商売が個人の自営ではやって行けないものに、なってしまっていた。ひょうすべが来たのは詩歌が九歳の時で、そこから閉店までまだ十年も経っていない。その破滅に向かって、最初、ひるめがついたハンコは、この国の殆ど全ての個人営業主がついたのと、同じものだった。麻薬のように、というか、破滅を少しでも逃れたくてもっと破滅した。側で見ている、発言権のない弱者には、むろん、その事がよく判った。

母親の判断に、詩歌は抵抗した。が、……店はまずコンビニ的な世界企業のチェーン花店にされる事になった。そして生花市場というものがついになくなった。仕入れに行かなくても外国の花だけが高い運賃で勝手に来るようになった。フランチャイズ料は凄まじいものだ。そんな中で仕入れるというよりあてがわれる鉢植えの花などは、大変美しいが、次の年にもう一度咲かせようとする、といきなり三メートルに伸びて枯れてしまうのだ。その一方毎年綺麗な花を付ける種類はというと、買った鉢植えに毎年毎年、新たに買うよりも高い使用料を払わせられる。しかも土にも鉢にも何かおかしな仕掛けや毒が入っている事が珍しくなく……、もし、何かあっても……それは一切報道されなかった。それらは花屋にも客にも教えられる事なく、三年後にいきなり、ある家の誰かが急病で死ぬ、などという証拠の残らぬ被害をもたらしつつ、ただ原因の判らぬ、社会不安の種になってゆくのだった。

切り花のメートル売り？？？　その他、このチェーン店においては……。

「バラ、ピンクの濃いの、咲きかけと咲いているのを五本ずつ下さい」というような店先での注文は一切出来なくなった。葬式にしか使わないような花をがんがんブーケに入れるように指示されながら、毎日毎日売れ残りの花を組み換え続けて、いつしか詩歌も母親も睡眠時間がなくなっていった。しかもマニュアル通りの対応をしないと罰金を取られるし、その監視のためにだけ覆面調査員がいちいちやって来る。そしてそんな馬鹿げた用をする人間の人件費まで、フランチャイズ料の中には入っているのだった。その一方で「人間らしい応対をしろ」と言って怒鳴ってくるのもいて、それは別に男ばかりではない。デパートは超高級品しか置かなくなり、それでも次々と閉店する。以前に花を届けていた邸宅街の奥様達は一層金持ちになり、気難しくなり、むろんチェーン店傘下の花などは彼女らの気に入らない。

経済を回していくからくりは同じでも、空気が違う、格差社会の中で発生した均一大量貧乏……まだ小さいのに働いている特区の自由児童の、恨みに満ちた視線も恐ろしいし、楽しみ贅沢にお小遣いを叩くという行為にも罪悪感が伴う。人々はそこでひとりひとり一層切り詰める。世間全体が投資に走る。投資した金は……。

すべてひょうすべのところに行く。そんな中で、平然と一億キモータの少女虐待装置を一個買う大金持ちの知感野労《ちかんやろう》、そいつひとりのために、全部の人員が動く世の中になっていた。すべてが人喰いの文化、それもそのはず、投資家の仕事は人を喰う事なのだ。

店を閉めても、残務はある。家を出るならば、引っ越し先も要る。

外国の輸入花だけが一律に巨大流通でやって来る花の仕入れは、その解約によってぴたりと止まった。一方あまりにも多額の違約金だの、止める時にも取り立ててくる手数料だの利子だの、大量の契約書にはっきり書かれてあった、さまざまの拘束がひるめを襲った。店を片付けというより、全部捨てて、住居だけぎりぎりの場所、すぐ近所に移った。引っ越し費用もまるでないから全て捨てる。思い出の家具や一生使えるものを。

新しい住まいはバンガローのような、外見の洒落たもの、しかし住みにくく沼に半分突き出したような平屋である。母娘で顔を突き合わせる狭いスペース。すぐ近くには昔の金銭感覚で思えば、素晴らしい中古建築が、信じられないような値段で投げ売りされていた。でもそれらはすべて、空き家のままで。というかそこを空き家にした人々も判で押したように、一帯に住んだ。とても安いから。

冬は寒くて夏は虫が多い、ひどく、不便なあたりだけで人が生きている。しかし中にはまた移民もいて、むろん騙されてにっほんに来たのだから、辛い生活だった。詩歌たちとの共通点は上の世代が高学歴な事であった。時に言葉が通じなくても親切な人がいたり、お祈りの大きい声が聞こえてきたりした。弱っている難病の人はそこでもすぐに死んだ。

みたこ教という教団が出来たばかりだと、引っ越し先で母と子は聞きすぐそれに接した。というのも母と二人だけで数本の花を持ってそこのお弔いに行く機会があったからだ。それは希少にも豊子と同じ難病の人であった。なぜか弔いの場でも後でも母と子は特に勧誘もされず、彼らは会えば淡々と挨拶だけしてくる。なんとなく不思議な、宗教だった。お葬式なのに派手な独特の踊りや、棺を覆うみたこ旗、という、本来は大漁旗らしいものの明るさに母娘二人は驚いたりもして、二人？　そう、二人である。いがみ合っても二人。

詩歌の父は、結局その家に来なかった。

豊子の死の直後、家を取られる事を父親は十分知っていたはずだ。なのに引っ越しの時まで遊廓に行っていてふと戻ってくると、ただ異様に引きつった顔で「おい、なんとかしろ」とひるめを怒鳴り、その後すぐ口を幼児のようにきゅっと歪め、涙目になって無論遊廓に戻った。その後は場歩美のところに居続けたらしいが最後に「失踪した」、と連絡が来た。しかし、中で殺されていたのだなあ、と随分後になってから詩歌は気付いた。だってそうでなければ何か理由を付けて、絶対にお金を要求してくるはずで、でも当時は本当に失踪したのだろうと思っていた。

その頃からひるめは一層頑なになった。「お父さんが帰ってきたときの準備をする」などと、空元気で「新商売」も開発して、……というのも。

花の仕入れの新ルートを見つけてきたのである。農家は全滅していた。が、自分の人間関係の中ばかりか近辺をぺこぺこしながら歩き回り、素人が庭先で作ったました花を、かき集めたのだった。むろん邸宅街の奥様方はその時既に、国内「自由農民」が世界農業会社の莫大な特許料の下、夜も寝ないで作らせられている、「秘密の花園」の花を取り寄せていた、一本一万キモータ、まさに格差社会の消費である。ならば詩歌たちからは買ってくれない。二人はやむなく、遊廓の少女に売りに行った。

どこも正規の花は世界企業の独占。結局、ひるめがしていた仕入れは、第二次大戦時の買い出しも同然の行為である。娘と二人、ヤリテに頭を下げてマージンも払い、夜の沼際から沼際へと徒歩で渡る、花売り親子。結果、ひょうすべに襲われた。詩歌は逃げられたが、ひるめには精神的外傷が残った。花売りはやめた。で？

その後さらにもっと恐ろしい事が起こったのだ。それはこのような小さい商売をする人全体を襲った不幸だった。たまたま、不幸にあって商売を止めた詩歌と母親は、その不幸だけをやっと免れた。つまり先述のように、……。

ひょうすべの花は、毎年使用料というか特許料と更新料を払わないと育てられないもの。しかしそこは買う人が花をパソコンのウィルスソフトみたいなものと覚悟しておけばなんとかなった。ところがこの地獄には二丁目があったのだ。

というのも妖怪共がにっぽん中の野の花にまでも特許権を申請してしまったから。似たような花売り、というか趣味で苗のやり取りをしていたような人々までが、全て、自分の庭のぺんぺん草についてまでも、本来なら払う理由のない金を払わされた。罰金や特許料にすごい利子までついた。それからはもう、個人の才覚では、庭に生えたものを売ることさえ出来なくなった。裏のヤツデを干して入浴剤にしたり、或いはエノコログサを猫の玩具用にと人にあげただけでも、「自然保護に反する」、「企業の特許植物を侵犯した」と逮捕される世界になってしまったのだ。

ついでに言うと「自分で捕った山菜を都会に届けて起業」だの、「最高級超特選霜降り肉」だので、自由競争を勝ち抜くはずだった人々も凄い事になった、大金持ち向けの商売なので、なるほどそれ自体は生き延びていたが、しかし。

ひょうすべは国を脅かして書式を整え、この「勝てる」、「強い」ノウハウまでも、全部、特許化してしまったのだ。人のものでもなんでも、申請してしまえば強奪完了。原住民の土地を、勝手に登記で奪うような手法である。無論もし少々書類があっても、また申請済のものでも抵抗不可能だ。というのもそれらもにっほん政府が加担して、「リセット」してしまったから。

ブランド牛の特別丁寧な育て方や、自分だけが知っている山菜の見付け方、開発した本人達しかやれないその行為から、莫大な特許料を、ひょうすべは取っていく。どの名人達人も、今までに倍して働きながら、最後は奴隷である。とどめ「家族のお手伝い」と称して子供までも働かせるように悪魔は仕向けてくる。それは「自由意志」を偽装させられたマジものの児童虐待労働であった。その横では移民の子がさらに、ひどい目にあっていた。「昔、子供がお手伝いをした古き良き時代にわれわれは戻る、家族の絆に」……とどめ？　ＩＬＯが何を文句いってこようが知ったことではない、ただただ「ＩＭＦガー」が怖いのである。で？

「あんたどうするの」、と母は娘に問うた。

こんな世の中に勉強がしたい？　「だって、おばあちゃんが……」。もぐりの授業に行くのだって電車賃は必要だ。家からパンでも持っていこうにもそれさえ母親は怒る。というか継ぐ店がなくなって母と娘の葛藤だけが残っている。

近場で仕事を探す。詩歌に何が出来るか、ウエイトレス？　そんなのもう中学生の美少女しか雇わないよ、しかもひどい条件だよ。条約直前だって東京のいい場所なら、競争率十倍を超えていた程だからね、じゃあ地元の？　普通の喫茶店？　それは既に人なんか雇わないよ。例えば老夫婦のひとりがひとりを介護しながらでも、這ってでもやっている。そもそもこの国の男は賃金をくれない。女をただ働きさせて、「養っている」とウソをかます。その上で女が何をしても、贅沢だと怒る。しかし成人女性を殺すまで拷問するビデオや少女買春やアメリカ生まれの武器三十億キモータなどは、けして贅沢とは言われないのだった。そしてさるところにだけ、お金も仕事もあった。つまりそこにだけは、……。

遊廓職員募集のチラシは家の郵便受けに毎週入っていた。なんでもかんでもネットになっていないところは、高齢化地方社会の特徴かもしれなかった。

むろん、詩歌はけして本物のヤリテになろうなどとは思ってなかったのだ。だってそもそも、……。

この国において連中は大変なエリートで、一般民からはイカフェミニズムと呼ばれて嫌われている一方、院卒後留学、またその国家試験だけでも十回はくぐらなければ駄目と言われていた。その上に採用されるのはほぼ全員が似たような都会の有名高校出身で幼なじみ、大学閥どころか高校、時には中学派閥である。故に、……大災害で地方ががたがたになり、今や経済格差で国の一部が第三世界化しているのに、「退屈な日常は変わりなく続いていく」という設定を信じている。というか目の前で少女さんが急病で死んだとしても何か取り繕うように「まあきれいな色」とかいいながら首を傾げ、それで視界全部に蓋を出来る教育を受けてしまっている。は？　でも死体を見たら世の中の怖さを知るんじゃないかって？　いやー、いやーっ？　なかなかなかなかっ？　例えばそんなの……。

その日のブログに「今日生まれて初めて死体を見た」とか書いて世界展開のインターネットに写真を挙げて終わり。もしその、死んだ人の親が泣いて怒ってきても、「はぁ、何がいけないんですか」と不機嫌をぶつけ、そう不機嫌になれば相手がびびると思って育っている、のだよ。で？

地方はというと、その連中のフレームで拵えた教育を受けて、凄まじい県部の不景気や廃墟化の前、ただひたすら都会人の口まねをし、同じスカタンを吐けるよう洗脳をされている。つまり県内の現実から目をそむけて、あたかも目の前が東京であるかのように振る舞う訓練である。またそういう都会化の成功した鬼畜な人材から、就職でもなんでも、登用されるのだ。とはいえまあ。

そういうエリート連中も一応、チラシ募集の現場採用と「平等に」、見習いで入るのだが、けして、実務なんかしない、というかフィールドワークとか言いながらたまに顔だけ見せて、現場では懐手。

その一方、一般募集のヤリテ見習いはすぐ止めてしまう、いつも人手不足、というのも例えば少女が妊娠したら医者に見せなくては、それより前に避妊をしなくてはと思うだけの、人情、というか現実感覚を持っている職員には、とても出来ない、ひどい業務だから。人の心を持っていては務まらないから、とはいうものの、……。

人喰いに喰われていく少女さんのお世話、それは恐ろしい事だが見たところは、何か、平和的なお手伝いに見える。子供の遊び相手、お洋服のお洗濯、三食作り、髪を結ってあげる、お使いをしてあげる、英会話を教える、活け花を指南する。なるほどそれならば悪いことではないし、自分なら少女さんを庇ってあげられると、詩歌は、そう、自分を騙した。ならばそれでお給料を戴き、たとえ休学休学でも大学に行こうと思ったのだ。にしてもねぇ……？

そこまで血迷ったか詩歌？　しかしやはりこの人喰い国は仕事がない。結果、すぐに走って自宅に帰れる沼際の遊廓、その少女さんの寮に、とうとう詩歌は勤めてしまったのだ。すると少女さんは朝から晩まで動画を撮られていて、ネットでいつも気味の悪いコメントをされ続けていた。それは複数アカウントの取り囲み変態。「この前行ったら実物はデブだった」だの、「サービス悪かった殺すぞ」とか、「もうババアだから退職しろ」とか普通にカキコされる。ばかりか、……この少女のどこが興奮するかとか、今射精したぞとか、……いちいち動画の小銭料金だけで「甘え（被害者面《づら》の徹底した卑怯糞嫌攻撃）」てくる。そんなところで着替えも風呂も公開である。普通どんな職場でも、またいくらネオリベ社会でも今はワンルームやせめてネカフェレベルでも個人スペースが要求される。しかしそれさえさせないのがこのにっほんの遊廓の、恐ろしさだった、だって。

「お知らせください♡、少女さんのどのような拒否も♡、このおもてなし♡国家では男性差別です。私達ヤリテ♡♡は、聖域なき公開による正しい男女参画社会♡を実現します、聖域ゼロ♡♡、お願い！！！　どうか！！！　お気づきの方はなんでも！！！　弊社♡、キャストマーケティング部♡」などという、男性を「虐待」しないようにたっぷり♡を付けた遊廓からのメッセージが、ずっと画像の下に流れている程なので。そして、……。

　全ての人間的行為がこの遊廓内では、二次元に過ぎないという契約書に、彼女らはハンコもついているわけで、アニメのキャラクターと同じように扱っていいとまで「弊社」は薦めてくる。しかし、んな事、現実にあり得ないはずだ、が、契約で本人がそう認めたのだから、いくら三次元に生まれついたものでももう二次元化されるし、二次元扱い出来る、と言い張るのである（とどめ、契約書全部英語、またはスペイン語）。

　人間の顔を二次元そっくりにするメイクや、アニメのコスプレで劇を行う、二・五次元ショー、それは人喰い条約直前にもう存在していた。が、ある日何の罪もないその発案、企画者、関係者は、いきなり「著作権法違反」で投獄された。なぜかそのあたりで、アニメのコスプレと着ぐるみのショーをもっと合体させたものが、二・六次元と呼ばれ出現したのだった。

　しかも条約後それは不気味にもリョナ化するようになった。アニメで刺されて血を流す場面では客に着ぐるみを刺させ、仕込んだ赤インクを流しているようなのが二・七次元と呼ばれ始めた。さらに着ぐるみに知感をしても二・八次元だからと放置された。それがまた風俗化もし、ついに殺人と化した。いつのまにかそれらは全部カギカッコを付けられ、すべて「二次元」と呼ばれるようになった。

　人間が殺され苛められているのに「またアニメたたきかよ、でも表現の自由だろ」とひょうすべはうそぶいた。

　逼迫した地方自治体は特区に遊廓を作り、そこで「二次元」をやった。そこの少女さんをかばうものたちは「もっと現実の実存女性の不幸に目を向けたら」などど言われてせせら笑われた。経済効率でスーツの「改良」競争が起こり、多くの少女さんがＱＯＬの低下に大変苦しんだ。は？　そんなもん弁護士が見たら絶対不当だと判る代物？　だがそもそも政府が約束を破る事を、通常業務にしている国なのである。ていうか馬鹿丸出しの墨塗り条約にハンコついてそればっかりはくそ守る……世、界、最、低、国、で。

労働基準法？　ないない、そんなの、だってここ特区だもん。国連は「忙がしい」し、ＩＭＦはおっきい数字見張っているだけで、むしろ「やれ、やれ、そんなもん見つからないならもっとやれっ」て思っているかもだった。だってお金貸す側が利子もとっていて、そんな慈悲深かったりするわけないじゃないかよ。しかも怖いものなしの世界一の金貸しが？　結果？　もうにっほんでは、世界企業の参入していない公的機関はない、ていうか民営化とは何か？　外国がにっほんの金を絞り取る装置にすぎない。こうして、独立行政法人遊廓の畳の縁《へり》を飾る、ブランドロゴまでも世界企業。

どんなひどい事でも「アート」ですむ、そんな世界の「秩序」が、守られていった。「表現がすべて」のひょうすベクオリティでは、痛いのも痒いのも腹減るのも全部、二次元だそうで、不眠労働も二次元、過労死も二次元。しかも遊廓の中ならつまり行われる仕事はすべて芸能・アート活動とされた。またそこでの最終的な勝者（ナンバーワン少女さん）は、世界の銀幕、天下の檜舞台に誘われるというお「約束」も込みで……。

しかしその約束が果たされるのは、いつの日であろう⁉　だってその確率は、あまりにも低い。

例えばこの作者が罹患しているちょっと珍しい膠原病、十万人に数人のものだけども、それよりもまだ、少ないんだよ、そうなった人数は。しかも審査基準は複数でほぼ全部最高点でクリアしなければならぬ。まず、例の動画コメント、いやまずその前に売り上げだな。しかし実際強力なのは政府要人の面接審査だし、また彼ら要人の急病に際して「親身で国際性のある聖域なき訪問介護」が「クレームなしに」出来たかどうか等とっても大事。その他、世界の偉い方々の夫人までいらっさる、各種会議における、国恥国辱馬鹿接待のお手伝いを何回いたしましたとか、そういう、まあ、なんじゃかじゃじゃよ、そしてやっときた年末のキモータ歌謡祭りで疲れ果てて本人が倒れて死んだりしたら、その損失は死後も借金になって連帯保証人にかぶってくるちなみに。この連帯保証制度とはこの国特有のものらしいのだが、ま、世界基準がどうであれ、おそらくＩＭＦにとってはお得なもののはずだ。

で？　もし遊廓外の、つまり無事でいる少女が、この社会で完全に遊廓ボケしたひょうすべから、勝手に二次元と見なされて被害を受けたとき、どうなるのか。それ、むろん、あわわわわわ、ひょうげんのじゆう、なのだ、ちかん、ごうかん、ひとごろし、ここは？　地獄の、一番底。

その日から、……詩歌は辞めたかった、でもここでさえ、詩歌のような見習いのこわっぱでさえ、とんずらは倍返しですよ、ほらハンコついたでしょのＩＭＦクオリティ？

自問自答しながらの半年であった。「なにやってんだ私」、うん？　「おばあちゃんいないから」ね、「自分だけは大丈夫」って思った自分？　そんなものはない？　だけど、いわゆる、誘惑に負けた？　わけでもない？　なんというか、国家から上から、下へと、ぎゅーっと、詩歌は落とし込まれた。逃げられなくって、IMFから、ふいに蹴散らかされた。

「そうだよ、こんなのみんな知っていたはずなのになんで来ちゃったのか、でもそうだよ、判っていたのにねえ」。「とよこー、とよこー、とよこー、かえってー、こーい」。

小学生の時、学校から帰ってきておばあちゃんがいないとまた校庭へ戻って、詩歌はジャングルジムの頂点に立って叫んでいた。

そうだよね「知っていた」んだよね。

このにっほんで働くヤリテというものがどんなやつか、そもそも詩歌は……知っていたはず、なのに、既に、家で結構接触あったのに、茶の間に入ってきたのはただ一度でも、その一度がすごかった、なのに、詩歌ってば、……。

「あの時」も直後の詩歌はただきょとんとしていて、しかしその夜あった事すべて何か息が切れて嫌なもんだからせっせと記録して、そしてショックによって心が動かなくなり、感情が一旦白紙になり、凍結した、だけれどもその嫌さ、実は、後から、じわじわと効いてきた。ていうかおばあちゃんがいた時は、それでもなんとか防げていた。ところが……彼女がいなくなったらその恐怖が、再び、完全に忘れたつもりがフラッシュバック。

「ひょうすべの約束」にあるように、詩歌の日記には何ページかに亘って破った跡がある。ウラミズモの移民局に提出するはずだったもの。

自分でその数ページを引きむしってしまっていた。シュレッダーにかけて捨てたけれど記憶は残った。それは父親の付け馬でたびたび家を襲ってきたあるヤリテが……。

ついにお茶の間に侵入して来た日、蛍光灯が消されて動画が光っていた。大きいディスプレイをヤリテは父親に運ばせたのだ。「性嫌悪で差別的な」詩歌と豊子は、「男女平等」を理解するまで、性教育の映像を勉強させられる羽目になった。その感想と顔写真とマイナンバーを提出しろ、そうしたら利子だけで待ってやると言われて。むろん一番の教育対象は詩歌なのであった。その日小さい茶の間で小さいローテーブルの前で。

……店先の花や雨の日の天井を眺める時のように、詩歌は豊子の背中にもたれていた。おばあちゃんの背中から顔を出して、出来るだけ機嫌良く凄い速さで、うんうんうんうんと言い続けた。ヤリテを肯定するふりを二人でしながら、おばあちゃんと、組になって、家族の体温でなんとか温もりながら、その発言を「その場」、耐え忍んだ。しかし豊子にしてみればむろん、まさに、心にもないなどというレベルでさえない、言葉の連打である。

それは？　「いやー、すごいなー、いやー、す、ご、い、なー、こーれはすごいっ、す、ご、い、で、す、ねー」。見おわったあとで「まー、こーんなすごいっ」、「まーあ、せーくすの深遠とはたーいへんでございますねー、いやーすごーい、うっわー、すっごーい」父親はそんな豊子の肯定に「少女のようにはにかみつつ」すっかり機嫌良くなっているのだった。

なんかウィークデー夜の八時ごろから深夜までの出来事。家庭は密室、家庭は……。

おばあちゃんはその後で貴重な頓服用のステロイドを正規の維持量程飲んで寝込んでいた。「指が一本ずれた程痛いよ、アゴも腐ってしまったよ」。薬もあの当時はある程度の調達が出来た。しかしその値段はそこからすぐ、ある日いきなり一晩で二十倍になった。まあどっちにしろ飲まずには生きられないよ、ストレスで入院する程悪くなる病だからねえ。それがヤリテの顔なんぞ近くで見てしまって……、人喰いめ、ずっーと演説していった。下手なきんきん声の三流芸人め！

「さあーっ、世界では何が起こっているかっ、こういう厳しい現実に目を向ける事ガー、進駐軍ガー、はいっ、今こそ問いなおす、子供のセックス権についてっ、考えようねーっ」。

上が黒の就職ヘチマ襟スーツに白の清楚なブラウス、下がストッキングなしの赤エナメルハイヒールとシースルー下着なしのミニスカート、これ？　多分私服です。だって正装はセーラー服のはず。まあどっちにしろノーパンの足は静脈全開、その名は海松目香愚花《みるめかぐはな》、その指導学生は女子トイレ盗撮闘争で名前を上げた、「筋金入りの闘士」伊加笛美である。故に、彼女の持参したビデオの中には愛弟子のアートパフォーマンスも入っていた。それは当の笛美が、トイレのペーパーホルダーの芯や、使用ナプキン入れの陰に仕掛けたカメラを、摘発されたのがきっかけで騒動になるという二年程前の、まだしもまだ、トイレ盗撮が犯罪だった時代の、ドキュメンタリーアート。しかしこの動画、実は何かやらせくさい、またひょうすべの画像加工というのは普通の事なので、何もかもまず疑ってかかるしかない、代物である。まあ加工であれそのままであれ、どっちにしろ、詩歌から見れば彼女らは呪われていた。だって、そんなの最初から炎上目的だし、つまり。

画面の中で、……笛美はわざとばれるようにトイレにカメラを隠して当然にばれ、さらに近隣の人に自分から名を名乗り、お友達に携帯で頼んで百十番して貰う。そこからカメラと一緒に泣きわめきながら、警察へと連行される。またたちまちそこへ、呼んでもないのにいつのまにか、「女子トイレ面積が広すぎるのを是正する会」が駆けつけてシュプレヒコールとなる！　そんな彼らはいつも幼稚園の教諭用女子トイレに侵入して、その面積が「男性より広い（当社比）」と言って怒る集団だ。しかも常日頃その広い床を男性差別の象徴とみなし、自分達の領土にすると宣言していて、例えば朝教諭の若い女性方が通勤して来られると、既に便器のところにうずくまっている。つまり、「なんか女性特権って水くさいでしょー」とか呟きつつ、ナプキン入れのフタを撫でながら睨んでいる。そこへまた何も知らずに入ってきて悲鳴を上げる新人女性がいると「うわーじろじろ見られてーっ！　僕らこそ被害者ーっ！」などとねちねち怒り、ついには「きにしなさんなよっ！」、「いーからー、べつにー」などと繰り返し、あたかもブルーフィルムに出てくる押し入れに隠れていた「説教強盗」のように、強弁する。挙げ句、恐怖でかたまった女性の姿を動画に撮影してネットにあげ、小遣いを稼ぐ。

しかし笛美逮捕のこの画像においては、案外に彼らは「女性の味方」な態度をとっていた。つまりせっかくシュプレヒコールをしたものの、担当する警官がけして言いまかせるレベルのおまわりさんではなく、どうも刑事が相手だ、これはやばいということを見てとったのだった。そこでたちまち態度を変え、彼らは逆に笛美を罵ったのであった。「この馬鹿がばれやがって」、「戦う気がないんだろ」、「レンジャーものでもなんでもっ！　足手まといだよっ！　女は」、……。

口々に罵り終えると、「さあこんどはブッシュやクリントン程権力的で横暴な、女子高校の便所で、戦うぞー」とさーっといなくなった。が、ヤリテはそんなつっこみどころなどなんとも思っていない。ひたすら動画を指して「講議」を続けるのみ。

「いいですか、この、女子トイレのほうが面積が広いのは白人専用車と同じで、差別なんですねー」と、豊子にまでメモを取るように推奨して。しかし、そもそもこの比喩は間違っている。

歴史上、女を白人に男を黒人に譬えてしまうと、選挙権から収入から、入浴順から財産相続まで、すべてその譬えがひっくり返るからだ。というか、よほど歴史にも制度にも無知でなければそんな譬えはできない。しかしそのようなあり得ないところに白人専用車を逆転させて持ち出せばこそ、この女子トイレ襲撃者どもでさえも、被害者と加害者をひっくり返せるのである。またこの被害と加害の逆転ポイントは、戦争煽動にも虐殺教唆にも、さらにはいんちきな恐喝言語にも、要は反社会やヘイト界隈なら、必ずや発生しているものなのである。

障害者と健常者、難民と自国民、幼児とおとな、女子高生と痴漢、選挙民と総理でさえもこれでひっくり返し、加害圧力を被害者ぶらせる事が可能となる。まあ、そういう、……。

イカフェミまたはヤリフェミと呼ばれる男性奉仕だけフェミニズムが選んだお薦め映像である。遊廓の少女用図書室から持ってきたそれはまだまだどっさりあった。しかもこの海松目は嫌な事にいわゆる正社員エリートの中で試験成績上位から上がってきたものではなく、「華やかなアートの功績」により出世した、タレント枠的な社員らしかった。本人は大学で教えてもいたというけれどそれも短期間らしい、という事は、成績で入った社員ならばともかく、この場合どんなやつかがまったく予測出来ないしそれなりに広い、豊子の学校人脈にもひっかからない。とどめ見た目からでは年齢もまったく見当付かない。は？　エイジズムだって、違うよ、だって豊子ならば、年代を見極めて好きな思想やリブ話を振って、詩歌にかかる飛沫を少しでも防ぐことが出来たよ？

海松目いくつ？　五十、以上？　とだけ？　年をくっているのは染めた髪の毛に腰がないことから判るけれども、五十なのか九十なのかも、もう判らない。顔はてかてかに幼女整形し、それでもほうれい線はがんがん出て来ていて、何かマカロニほうれんそうのキンドーさんを思わせる顔になっている。それで口許をわきわきさせながら明るくアメリカナイズ、されたつもり、「自分以外の女はみーんな、私の家来よ全員馬鹿よ」、の思い込み、そこからくそ下手な語りにがんがんと張り扇。が、その音が既に湿っている。ていうか威張れるだけ威張りたくて少ない内容を、ずーっと繰り返す。

「さあーっ！　人間の基本的権利！　それはまずセックスです、セックス、セーックス！　やれセックスそれセックス、基本的権利のもっとも保証されるべきもの、それは、セックスです」、にっこーにっこーと笑いながらもう口が耳まで裂けきているほーら、……既に、夜。

「さあ子供がセックスをする権利！　子供がセックスをする権利だよっ！　どうして子供がおとなから声かけられ拉致監禁され売春させられて強姦され性病になってて、殺されるためのっ、大切なーっ、そういうっー、子供がっ！　セックスする権利！　をラディカルフェミニズムは禁止したのでしょう、ねえアユム、あなた、けっしてセックス嫌がらなくてもよろしいことよっ！

私は昔は進駐軍今は警察と連絡があるんだからねーっ、公安の偉い人もみんなセックスをしたい子供の味方なのよーっ、だってほーらこの件の担当大臣なんてっ！　ひょうすべマネーしか頼るものがないのだしねっ、そういうわけなのよっ！　そして……心から認めますっ！　セックスの自由だけが、児童の人権です、じゃ、……お勧めどうするかは自分で、決めてね……」ちなみにヤリテの退職年齢はいまや九十歳になっている。だって金持ちは医者代さえあればいくらでも生きられるし、またそこから先の天下り先もいろいろ充実しているので。

「ねー、大丈夫よー、アユムー、お姉さんがー、セックスをー、出来るようにー、助けにきたんだよー、だからこれからはねー、たとえご飯がろくに食べれなくてもっ！　学校にもろくに行けれなくってもっ！　それでもセックスというっ！　もっとも大切でっ！　死んでも守るべき神聖なっ！　基本的人権だけはっ！　いくらでも好きなように、売れるようにっ！　守ってあげるからっ！」

話しながら少しずつ近づいてきて、衣服の上からだが詩歌をあちこち触る、しかし……。

火星人が自分の着ている人工肉体を値踏みされるというのはあり得ない苦しみである。「あら何よ、着ぐるみなんだから二次元も同然だわ、怒る事はないよー、アユムー」と言いつつヤリテは、それを楽しんでいた。それは、主には、嫌がらせの楽しみ。

おばあちゃんが「あらあらまあ、じゃあわたくしも」とか決死で心にもない事をいいながらヤリテの方に寄っていってすーっと手を握り、空いた方の手でいきなり自分のさし歯をくわっと外した。するとヤリテは急にクールなにこにこ顔となり、たちまち、詩歌を触るのをやめた。「あー電波ガー」とかおばあちゃんがわざと呟き始め、脱ぐそぶりをする。と、海松目はたちまち顔を反け次の映像の準備にとりかかった。どうせ少女以外の女に「興味」はないのだから。

……女のひょうすべが女児を襲うということのメカニズムは、この国においては特に放置され考えられてもいない。けしてこれらは同性愛と関係ない話である。というのも彼女たちは自分が女性として刷り込まれた差別や支配パターンを自分の肉体を犠牲にせず試すという事のみをしたいだけなので。というか、自分が犠牲になると嫌という気持ちはしゃあしゃあと持っていて、しかし男に向かって他の弱い女性を差し出し、それを見て楽しもうとはするのである。また時には既に若くない自分が、この国の少女好きの男から拒否されているという不安をなだめるため、敢えて少女を傷付けて安心しようとする。こうしてヘテロ男性にむけたパフォーマンスとして少女をかまうだけ。要するにひょうすべ男の目か、刷り込まれたひょうすべ目線の内心がない限りは、あり得ない行為。そういう……。

少女を犠牲にしてしまうヤリテ達にあるのはただ、損か得かという処世術、男にもてたさ、権力に好かれたさ、暴力好きさ、とどめ刷り込みリビドー、だけだ。そしてそれらが渾然一体となっている複合醜悪体の果実が、ヤリテの少女搾取、という事でＯＫ。だって、もともとのヤリテは割と美人で知性があり、というかエリートなので同階級の男性から求められていた。むろん結婚するものも珍しくない。ところが「難儀なことに」、どんな気を付けていても、年とともに老けてくるのである。いわゆる「おばん」になる。つまりもしこれに「抗わ」なければ、後は男性から省みられぬばかりか仕事も馘になり、またそのまま、戦争責任から老人介護、不景気や少子化の責任まで押し付けられてしまう。で、「それではにっほんから危険施設を押しつけられている、ウラミズモの女と変わりがないわ」と恐怖するのである。そこで自ら少女消費のエキスパートとなり、男の指南をする。あるいは「親友になる」事でなんとか「生き延びる」。

こうして、自分の肉体からも自分の欲望からも目を背けて、男とともに差別、支配を分け合って快感を追求するのである。男の快感は自分の快感、男の喜びは自分の欲望。人喰いに喰われて、人喰いとなるのだ、というのも……。

この時代、ことに格差社会において上同士の結婚が普通であるからだ。殊にひょうすべの男と十代で結婚し博士課程を出て、遊廓に就職し、ヤリテを名乗りながら悪事に加担すれば、「当然」ではないか。それでもう一生涯安泰に暮らせるのだから。むろん夫婦仲も「円満」になるのだから。

そう、このような女性においては、通常の嫉妬などあり得ないことである。妻は生贄の優位に立ち、夫好みの少女を一緒に虐待し、夫婦して若返りの薬にする。しかしなんという悲惨な薬であろう。

他人の茶の間で、ひどい映像を次々と流し、少女虐待のオーソリティを気取り「男と対等に」なるのが「キャリア」のヤリテ。だがそこまでにいたろうとすると実に「大変」だ。

ちなみにいくら家族パソ一台でも、詩歌は隠れてうまいことネット見放題している子である。どんなジャンルでもある程度怖いビデオなら内緒で見ていた。しかし海松目に観せられた映像はそんなものではない、だって、……。

セックスと暴力は普通違うものだろう（作者私見）？　それを何百回もずーっとグーで殴ったり、持ち物を壊したり、棒で叩き続けたり、バリカンで髪を丸坊主にしたり、なんか髪の毛も足の間も血が流れていたり、もっと怖いこともあったけれどどうしても思い出せないような、すべてもっと、凍結のひどい世界の不幸……ただ、妙にはっきり記憶に残っているのはあるシリーズ。一作目では、自分たちが避妊具を付けて強姦をしたので、その「配慮」に礼を言えと命令するシーンがあった。その続編は避妊具に溜まった精液を女性の顔にぶちまけ性器にも塗る。その続々編ではまったく避妊をせずに何人もがひとりの女性を襲撃、最後に、緊急避妊薬を見せびらかし、その上で「薬下さい」と言わせてから、嘲笑して顔に投げつけるのだ。しかも「ああ個人輸入の製品には偽物がなー」というセリフが入っていて、結局、妊娠したらしい。

それらと同時にまた、世界の女性虐待や性虐待以外の貧しい女性の映像を戦争や世界的危機を背景に延々と見せられた。

「さー世界の真実を目に止めましょう、コンドームなどという間違ったものを、着けてはなりません、それよりも毎日飲もう、緊急避妊薬」と、もう詩歌にしてみれば呪文としか思えない言葉を海松目は繰り返し、しかもそれが一番教育の勘どころだったようである。

要するに世界の真実がみじめなので、詩歌も同じように不幸になって悲惨になって、飢えてて病気になってくれ、という要求なのであった。

そもそも、少女ばかりの遊廓にこういうものばかり集めた資料室があった。そこには天下りのお役人が勤め、歩く修正主義と政府の自画自賛で固めた、大嘘の遊廓史までも編纂しているのだった。しかも、そこから持ってきた「火星人で良かった」というパンフレットをも、海松目は詩歌におしつけて去った。

ひどい事であった。そこには遊廓にしかない、「火星人の歴史」が書かれていた。無論でためであった。インチキな使い方のカギカッコと矛盾、資料の捏造だけでそれは出来ていて、一読しただけで、変だと判った。火星人というのは火星人少女遊廓のために便宜的に存在するものとひょうすべは思っていて、そこから逆算して火星の歴史をつくりこんである。さらにひどい事に火星の歴史は学校でも教えない。というか火星人本人が何も知らされていないままに、その時々の搾取する場所でただ、だまされる。

ひょうすべは折々の政策だけで火星人は先天性だと言ったり後天性だと言ったり火星などないと言ったりする。その場の都合で一緒に闘おうと言って来る時もあるし、火星は地球のお金で生活していると言いがかりを付けてくる場合もある、時には同化したのでもう消えたとか最悪の捏造までもかましてくる。そもそもＩＭＦは火星の存在など認めていないし、というか。

金と数字の世界から見て消えているものを、ここのにっほんでは、なかったものにする。そして自分達がしたくない事をさせる時に違う存在であると決めつけるために、まったく身勝手にその名を出して来るのである。要するにそこでの火星という言葉は地球の便宜のために使われていて、そのため他のマイノリティのようには「憎まれてない」のだった。「友好的」だった。でもそれでもなぜわざわざそこに火星史があるか。つまりは、……。

三次元の肉体を踏みつけにして血を全部流させ内臓も奪い、ぺしゃんこの二次元に「加工」するためだ。むろん単なるアニメの人間化、ならばそれは普通罪のない表現である。というかそんなの大昔でも、鉄腕アトムがスター千一夜のゲストに出たりしていて、面白いし楽しいものであった。しかしひょうすべはけしてそのような夢見る二次元だけの人とは違う存在だ。それとは真逆に、虐待の手段として二次元を使う。三次元の人間をアニメ化して、飯も喰わさず風呂に入れず、ひたすらこき使い強姦する。そういう二次元化の根拠として火星を使ってくる。

火星人はどうやら地球以外のところにルーツがあるらしく、人間そっくりの着ぐるみを着なければここでは生きられない。それをいいことにひょうすべから肉体と魂が乖離した存在と決めつけられている。特に女性は性虐待が心に入ってこない、残らないと大嘘を言われ使われているのである。「着ぐるみと心は別、人格がふたつ、笞で叩かれてもどぶに蹴り込まれても何も感じない」などと誹謗されて、……そんな複数性の誤使用が差別と偏見を根拠にして、行われているのである。火星人男性も危険な労働の恐怖が残らないとか勝手に言われて、危険手当てを安くされている。しかし、彼らはむしろ。

肉体に違和感を抱くから記憶を抱え込む。あるいはスーツが一生物の高価な買い物だった場合、所有意識を抱くから、むしろ身体性や一貫性を大切にする。でもそれはひょうすべからは笑って無視される。彼らは人の死も涙も言い分も全部無視して弱い立場を見くびり、火星人をぺらぺらつるつるの下位においてくる。最悪は「もう地球に慣れたからスーツいらないね」、と言ってスーツを奪い「自助努力」を強要して殺してしまう。

ともかく要するにそういうわけで、詩歌は火星人遊廓の歴史や客層がどんなものかを、ほぼ理解する事が出来ていたはずなのだ。そういうわけで。

「おばあちゃんのシラバス」に出てきたお茶の間会議、奨学金を借りるのに遊廓で働くという案を父母が出した時も、はっきり反対する根拠が祖母にはあった。「ね、お前たち、あの時の詩歌の顔、どんなに嫌がっていたか」と、でもたちまちその場で、……。

「くっだらない事だけは覚えているんだなあはははは」と明朗に笑われて終わり。それににっほんの人って三年前の事とかでも絶対に覚えていないらしい。またそもそも母親の方ときたら二人が見せられていたものを同じ茶の間に居てまったく気が付かなかったと、ずーっとずーっと主張するのである。閉じられた小さい場所、ひとつの家庭でもひとつの酒場でもその中において起こった事は見ていたものの記憶にさえ残らない事がある。それを覚えているとむろん怒鳴られる。そうやって、日本はにっほんになっていったのだ。ていうか人間の知覚ってほんまにいいかげん、ただし。

その一夜について豊子は覚えていて、しかもどんなショックでも自分からは言わなかった。つまりヤリテが来る少し前から詩歌はおばあちゃんと一緒に寝るようになっていたから、それで……。

一度だけ「あれ、ひとんちの、茶の間で、みにくいね、ばかだねー」、と電気を消した部屋で詩歌はふいに言ってみたのだった。すると時間が経っていたのに、豊子は何の話か、すぐに理解した。「あ?　あの人、けしてばかではないよ、ただ全員がセックスしてないと不安なだけ、そして政府が認めてくれないとセックス出来ないと思っているさ、また、貧乏な人や怪我している人を見下して安心したいのかな、そういう人がいるの、結構多いの」。——なぜか、その日から詩歌は安心して眠れたのである。

おばあちゃんのいる間、詩歌の未来には、誰かを養子に来させて子供を作り、店をやって行くという感触しかなかった。設定を生きて、親兄弟のまねをして、豊子に愛されて地面を生きていく。おばあちゃんが生きている限りにおいてそういう認識しか持っていなかった。火星人遊廓が家庭を破壊しに来た日も、彼女を通してしか、世間を見てなかった。

友達が作っている上等のぬいぐるみや、原画が北欧の古い絵本、もう使用期限が切れている古いピルやコンドームを見せて、豊子は避妊とセックスがどうなっているのかを教えてくれた。赤ちゃん人形が、眠り顔の女の人の体から、すぽん、と引っ張り出せる仕掛けを何度も試し、詩歌は面白がった。最後の看病の時、おばあちゃんは子供を産んだのに子供のような形なんだなーと、死ぬ前の月に体を拭いてあげて初めて気が付いた。昔遊んだ赤ちゃん人形も思い出していた。でも「そんなもんじゃないよ、血やうんこもがーっと出てくるのよ。縫ったりもするのよ、それに私の病気だと何でもお医者さんに相談するしかないし出産直後は悪化するから要注意なの。人によるけどね、でも私はお産自体二十時間以上、……まったく病気以外では一番痛かったわ、しかも後でおしっこが二週間出なくなって看護師さんにカテーテルでとって貰ったらまあ楽になった事、それは本当に気持ち良くて、でも気持ち良かったのは実はそこだけよ」とその日は口は利けたからずーっと怒って言った。でも怒っていたのではなくてリウマチが痛かったので、顔がきつかっただけかもしれなかった。自分が実際に子供を産んでしまうまで、詩歌にはそこも判らないままだった。
小学校の頃にまず言われたのは「おとなの男性とつきあってはいけないよ」というしめだった。「どんなに良さそうに正直に見えてもね、おとなだと偉く見えるでしょう、でも知っている人でも身内だとしても、まず言える人に言いつけて……子供に告白したり触ったりするものは、一生絶対に怒りなさいね」と。後は「怪我してはいけないから無茶をしないで」。「親に見せるのが嫌だったら私のところに、連れておいで」とも。

そういうわけで、……。

最初詩歌は適性試験で、少女さんたちに読み書きと英語を教える事になっていた。しかし考えてみれば勉強なんか出来る環境ではない。夜になるとその小さい女の子らが、上は軍服だけど下は異様な無防備、或いはスチュワーデスやナースのコスプレをし？　暑くても寒くても呼び込みをやっている。詩歌は思えばそこまでの苦労をして来なかったわけで、というよりこの少女さんたちが我慢してなんとか生きようとしている環境の中でひたすらびびり、自分が助かる事しか考えていなかった。それ故少女さんたちから露骨に馬鹿にされたり、また憎しみややつあたりを一番ぶつけられた。でもだからって詩歌だって若いのである。その上、けして社会運動家でもないのだから、自分の事だけ考えてしまうのは仕方ないのではないか？

ともかく、詩歌は初日からこの職場を辞めたかった、それが本音である。夜の少女さんたちの殺気を見た途端、走って逃げたくなった。しかしともかく半年いなければ、さもなければ違約金で借金が残るはずで、だが、……。

半年の我慢はなんと四ヶ月で済んだ。ただ貯金どころか、軽く持ち出しになってしまった。というのもその原因はつまり、クビだったから。但し、もうクビ歓迎という心境になっていた。とはいうものの。

そのたった四ヶ月の間に詩歌は夫になる男と、つまり幼いころの、約束だけした「夫」とは違うリアル夫、木綿造《ゆうぞう》と知り合ったのだ。但し。

当時の美しく魅力的な詩歌の脳内において、木綿造などは男の数にも入っていなかった。

埴輪木綿造は当時は古式という姓で、古式木綿造と名乗っていた。四十半ばにして未婚のまま、知り合って約四年後、もうホームレスになるしかないところまで追い詰められていた詩歌親子のところに、結局、養子に来てくれた。不幸のどん底での結婚であった。それは詩歌が前の「夫」の子を宿していて、結局緑河白馬との婚約を破棄した、直後の事であった。

詩歌の父親は既に「失踪」していて、その上ひるめは寝たり起きたりの体だった。母子二人の生活が娘の身にかかっていた。詩歌は海外からの移民のチームに入り、家事サポートの派遣に通っていた。無論間でピンはねも入るし、派遣先の主婦が顔見知りなのに威張る。店を売り親子二人で貸間に移った状態から、もう危機だった、最初から家賃も払いかねてそんな家で、しかも「夫」の子を人工受精で孕み、行く先がない。彼はその状況でひるめにわざわざ頭を下げて、埴輪家に入ってきた。

しかし遊廓のヤリテ見習いで知り合った当時はというと、実際、ＳＦオタク婚ならばたちまち百パーセントＧＯくらいの話の合い方なのに、詩歌は結局、なんらピンと来てなかった。

だって木綿造は職場の同僚に強制され「こういうところ何も知らないけど」と登楼しただけ。詩歌の方は案内や大広間のアトラクションの準備や、飲み物の注文取りまでもさせられていた。なおかつ、そこで客は少女さんを「選ぶ」から全員が顔をあわせる場所になっている。用が多いのだ。毎日毎日、大広間で少女さんたちは自分の「芸能」を見せる。「せいいっぱい君のキャラを伝えるんだよ」とか「今日は世界的プロデューサーが来ているから（大嘘）」と言われ、ダンスやレスリングに酷使されて。

沼際の風がちょっと臭ってくるような暑い夜だった。時期は詩歌が勤めて三ヶ月たった頃、つまりは辞めさせられる一ヶ月前。

木綿造は別に人喰いでもなければロリコンでもなかった。慣れた職場の先輩に引っ張られてやって来ただけで、といっても火星人落語の仲間ではなく、当時勤めていた配達下請けの会社仲間とである。要するにバイト、しかし、仕事といったら普通はバイトという時代なので、詩歌も「四十すぎて？　ふーん」とは思わなかった。ただ、そういう人物が落語家だと言われて驚いたのだ。つまり。

火星人でありながら詩歌は火星人落語というものを知らなかったから。知っている落語はすべて地球人落語で、ただ後者ならば、詩歌がおばあちゃん子で、ともかく古典趣味だから案外に聞いていた。

ところがその火星人落語というジャンルは勉強家の豊子さえもノーチェックというマイナーさ

である。また話を聞いてみると、そもそも高座自体決まった場所もなく、なんというか旧共産主義政党の慰問コーラス団みたいなのりで運営されていた。マスコミの表にもまず出てこない。そういうわけで、……詩歌が木綿造にあって初めてした事は、質問攻めである。例えば「それってお能の中にも現代ものがあるような感じなのかなあ、落語の中にも火星人落語がある、という事なの」とまず聞いてみたり、すると。

「いや……、起源からまるっきり違う、どっちかというと火星人落語は、アフリカの神話の方に似てるもので、ただ、人間しか出て来ない、それで、落語に分類された、でも本当はどちらも関係がなくて、勝手に似てい、て……」。

しかしそれならば詩歌は知っているのだった。アフリカの神話と火星のおとぎ話は結構似ていることも。むろん学校での知識ではなく、身内の口伝えで。

地球人落語と火星人落語に共通しているのは、ひとりの人間がまったく何もない状態から、せいぜい扇子等の小道具を使うだけで、数人の声を演じて行くというところである。が、そもそも火星人落語は江戸時代とかそういう頃にはない。移民で来て出自を隠しつづけた人々の間で自然発生し、その歴史はせいぜい百年程であろうと推定されるだけ。また、火星人はにっぽん全体でも百万人しかいない。だから地球人スーツだって割高になっている。そういう規模なので頂点を究めてもけして世間にもて囃されるわけではないし、そもそも火星人落語の存在を知っている地球人自体、千人にひとりとかそんなものなのだ。

「火星人落語の小道具は鉛筆と手帳、それとハンカチ、手帳が札束になったり、鉛筆が消防車のホースにもなる、地球にきてからのもの、いつか、そういう形になって、演目は全部、労働もの、地球でどんなひどい目にあったかを笑わないでただ、淡々と語るんで……」。

「労働？　だったらわざわざあなたがお客で遊廓とか来る必要ないのでは」と詩歌はすぐ追及した。「そう、誤解されたの、僕、僕、落語家なのでこういう世界を知るべきって、言われ、て……」。

語尾が消えてぼーっとしてしまうおとなしさの中に、何か奇妙な迫力が感じられる、その一方、い、い、セリフはくそ地味。「遊廓なんてそんなお金ないし、必要もないの、僕は、僕は……」小さいお雛さまのような外見で、でぶではないのに感じがぽっちゃりしていてなおかつ、とても清潔そう。だが、所詮、歳相応の、おっさんにすぎない。でもやっぱりこの人の語り方、なんか面白い、と語りものの好きな、詩歌は思った。

「ならば結局は自分で来たかっただけなんですか？」。気が付くと詩歌は平気でずけずけと踏み込んでいた。

するると、そういう同僚の思いつきにのった理由を彼は初対面でまさに正直に話すのである。つまり地球落語の方から依頼が来て、その時に少女さんになりきる演目を要求されたから、と。

「それ、火星史上、初の事だと思、……」。

「まあ、それは楽しみ」、と詩歌がつい無責任に言ってしまった時（でもその割に声が弾んでたりして）、相手は驚くほど真剣な反応をした。「えっ本当？　本当？　あっ！　……生きていて、良かっ……」。

「子供の頃、お嬢さんというあだ名だっ……」たという彼は仕種が日本舞踊のようにきれいだった。本当は地球落語がやりたかったけれど、心境も所作もぽつぽつと無理があって転向したそうで、そういう、本人にしてみれば辛いだろう話をなぜか、相方を決める前の酒盛りの中、つまり不快と喧騒の大広間の、ふとできた空白の片隅で詩歌は聞いた。

木綿造は詩歌より大分歳が上で、つまり、生まれた当時としては最高級のスーツを着ているはずなのだが、年代が古い。この高級スーツは一旦着てしまえば火星人にとって地球人の肉体と同じものになるため、安物と違って取り替えも利かぬままで、その古さに耐えるしかないのである。故に木綿造の場合、……。

いくら地球人落語の稽古をしても例えば、蕎麦を食べる所作や音声に不具合が出る（実際に食べる時には無問題なのに）。

翌日、何か彼が気になって詩歌は図書館に行き、火星人落語の調べ物をした。近隣に案外に資料があった。すると、……この落語は火星人の不幸を淡々と語るけれど、それはあくまでも自虐ネタでならなくてはならず、けして地球人に馬鹿にされるためにやってはならぬ、とゴシックで書いてあった。とても地味だし客も限られるそうで、……なのに、詩歌は、強くひかれた。「これだ！」と思った。

火星人落語というのは、普通の落語と違って、この圧倒的地球人社会の中で市場が小さい。落語家たちの生活ぶりも一般人とまったく変わらない。着物だって着ていない。

その一方火星人遊廓は政府の強力な補助があっても、結局高い、だから木綿造など本来、来るところではない。しかし普通にっほんの男は結局なんのかんのでたちまちここへ来る。というか理由をつけてやって来たがる。しかも無理やりに人を誘う。なぜならばこの世には男でも女でも政府公認でセックスをしていないと、しかも全員でしていないと不安で夜も寝られないというセックスファシストがいるからである。どんな理由だってここへ来られればいい？

というわけでこの木綿造が火星人落語期待の新鋭と判るや否や、ほーら江戸文化を学べよだの地球文化を学べよだのとあさってにあさってを重ねた理由がでっちあげられて、彼は、連れてこられた。だがそこは江戸文化どころか、明治時代はおろか、そもそも昭和にもなかったものなのである、TPP以後の児童虐待施設に過ぎないものだ。なのにそれをまるで室町時代からあるもののように、登楼客は全員、外国人までも、信じ込まされていた。それは例えば、「パナマ文書？　あはははは有名な偽書だよねえ」というような、誤認の花園だ。「馬鹿なの？　死ぬの？」の大行列である。

ところが、パナマ文書が実在である事も（おそらく年の功で）木綿造は知っていた。二人はこうして、知っている事も知らぬことも、初対面なのに語り合えた。

というかそういう話を、息の詰まる嫌な世界の片隅で詩歌は夢中になってしていたのだった。だがその一方、木綿造はちゃんと少女さんの要求も聞いていたのだった。で？

取材目的で二度目に来たとき、少女さんが当時、最も望んでいて実質禁じられているものを彼は買ってきた。それはコンドームと生理ナプキンであった。うまく包装してさりげなくひとりひとりに配った。うん？　無神経？　でもね少女たちは夢中で貰っていておっさんは必死で上手に、気配をけしていたよ。そうしておいて彼は少女さんにインタビューしてから詩歌と話し込み、二回とも自分はプロレス観戦しかせず、帰っていった。

ちなみにこの少女プロレスというのはかつての栄光の女子プロレスとはまったく違うもので、いわば有害な茶番である、というのも、……。

運動神経とか訓練、闘志を見せればむしろペナルティを科せられるエロ体育だから。それは泥のプールとか、適当に布団が敷かれただけの、とても舞台とは言いがたい貧相な屋内リングの上で、ただ少女がもつれあう。それも最悪の場合はろくな衣服も着けず、金属のビキニとかそんなものだけで、そこへ木の棒まで持たされて殴りあったりする。そもそも戦うのは一騎打ちではなく、必ず一チーム七人以上で、顔も全員同じメークにされており、そのまま動画配信されてしまうのである。すると、まさにいつも通りの失礼な命令コメントの言うがままに、少女さん同士、したくもない触り合いやキスやはしゃぎ合い、わざとらしい脱ぎまでさせられる。またそんな中でさえ少しでも戦いが真剣になると、観客は野次をとばしながら舞台に乱入し、少女に殴りかかる。それで少女がサンドバッグになっていなかったら、後で仕返しをしてくるのだった。ことにひどいのは、何人も固まっているところにおとなの体重でダイブして行く事、平気で煙草を持ったまま飛び込むのもいるし、笑いを取るつもりで自分が裸になり、腐った食べ物や自分のウンコを自分の全身に塗り付けてジャンプ、乱入する。

もし少女が骨折しても感染しても発狂しても後遺症が出ても、責任は問われない。

馬鹿にされ射精の目標にされるための偽プロレス。また少女が、少しでもまともな主体性や本気の戦闘性を持てば処罰されるのだ。というか本来の戦闘性を全部潰してしまうために戦闘の形式を取らせているだけなので、にもかかわらず、……。

これは国防のための軍備という事になっていた。だって首相もゲームのコスプレをしてここで遊ぶのだ。すごい予算だった、つまり……。

世界企業から武器を買ったお釣りは、けして絶対に妊婦のためには一キモータも使わず、全てここの費用にあてられていた。陸海空全ての将校は交代で常駐するようにされ、学者、文化人も軍備について学習する等の名目でここに居続けをした。戦う主体はいつも女であり、戦いの命令はいつも男が発し、負けると女が責任を取らされた。ことに「男女平等社会に向けて少女は率先して、国を防衛し活躍」する事になっていた。また、特定の政治家のために雇用された美少女兵は、単なるニックネームで提督とか呼ばれており、無論学校など行っていない。これが特に美しいと金持ちや権力者はたちまち引き取り、つまりおっさんたちは彼女らに「守ってもらう」のである。邸宅街に行くと、弱々しく綺麗な少女が外見を「二次元」化させるための、注射や手術をされた不安定な状態で、銃を持って深夜門番をさせられている。酔っぱらって通るおっさんから痴漢にあっている。むろんなおかつ他国の少女を襲うことも遊廓の客は夢見ていて、その襲うための訓練をもここでしているのだった。こうして、……。

小さい女の子相手に殴ったり蹴ったり十代になると流産させたりし、それは彼らの「冷静で苦み走った男の戦い」として粋がられていた。で？

そんな中、もし、自国が負ければどうするのか。無論、客は国民の中に女を入れていない。故にもしにっほんが負ければ連中はすぐ逃げる、あるいは自分も進駐軍気取りになって、自国の少女で普段手の出なかったものをも、一緒に襲えるかもしれないと夢想するだけなのだ。という……。

は？　それで？　なんで少女さんたちがコンドームと生理ナプキンを持っていないかだって？そんなの子供が出来てしまったら困るのではないかって？　でも。

にっほんの男はこの二つが嫌いなのだ。というかまとめて言うと女が困る事をなんとも思わぬのだ。そして分けていちいち言うならば、コンドームは面倒、生理ナプキンは贅沢、というのがにっほんの男性の知と感性（知感）なので……。

故に、大変不自然で女性が困るような避妊の仕方を彼女らはさせられていた。避妊具を着けない性交の後で飲み、ただ妊娠の確率をへらすだけの薬の服用。

そしてこの緊急避妊薬は既に世界企業の独占価格と販売になっている。これを少女さんたちは自費で使うしかない。絶対に避妊具を着けたくない醜いキモオタに「甘え（＝被害者面で行う徹底虐待の事）」られながら、本来緊急用のその薬を、毎日「仕事」の終わりに飲まされている。またそれでも薬がきかなくて妊娠する場合があるのに、その事も副作用も、世界企業のサイトには既に書いてない。それは涙目被害者面の男共のクレームにより、削除されたのだ、「だってーぇ水くさいからーぁ」とかそういう理由でもって。

とどめ不幸にもというかまあ、確信犯でもって、遊廓の「自由規約」が少女さんたちの「自治会」によって形成されていた。つまりは毎日緊急避妊法でコンドームなし、それで平気ですっ、というハンコを彼女らはつかされていた。また客に避妊を強要したり暴力に反撃したものは途中退職という決まりにもなっていた。二次元、二次元……その横でまた、……。

この少女さんたちには「世界の真理を知り社会問題に対する感覚と国際基準を身につける」という使命が課せられていた。最終的には全員が火星の闘争に参加して「地球の権力」を倒す義務があるというのだが、無論これも「自主決定」、させられたもの。

まあ要するに安いコンドームとかあればキャストは少しでも不安が宥められるし、たとえ何回かに一回でも頼んで付けさせられればともかく性感染症の確率が（気色悪さも）減る、つまりは助かる、しかし、……。

もしこれを中で働いている詩歌が買ってきてやれば、もう家にも帰れなくなる。だって遊廓とは悪い男が「欲望に負けて」来る場所なのだから。しかも少女さんにさして配分されないのに、いちいち大金を取る場所なのである。またどんな性的欲望でも叶うのだという幻想まで押しつけられていて、ありとあらゆる偏見を少女さんは受けている。

故にそのような非道な体制を維持せんとする、現政権の、お目こぼしにより、ここは指定暴力団の、おっと失礼、つまり警察以前に、ここは反権力実行団の立ち寄り先、というか利権場所なのだ。

要はそんな地獄で、何よりもインサイダーが、少しでも「上」の気に入らない事をすれば、ことに正社員ヤリテなら左遷やクビで済んでも、立場の弱いヤリテ見習いは事故に見せかけて殺されるのである。同時にまた客がヤリテ見習いにやつあたりして殺す事もあり、殺されまいとすれば、少女さんの危険、困難を見ないふりするしかないという構造になっていた。また少女さんも少女さんで自分が助かるためだったらヤリテ見習いなんかがんがん裏切る。「無理にコンドームを持たされました」なんか言い逃れしてくる。

　なんというか社会性も繊細さもなく、世界市場を密室にして生きている悪魔の業界、客は自己満足だけで鈍感な癖にびくびくしていて、しかもその小心さは自分と一緒に登楼した友達に対してだけに向けられたもので、つまり店の人々全てに対しては無神経全開、ケチみと攻撃み、嫌みとすけべみとだけが、錯綜するのだった。一方、だからといってひとりで来る客は、だいたいがリョナなので……。

　とどめ？　この二問題に関し、正社員の本職ヤリテどもはまずひとつの方を「子供のセックス権擁護コンドーム反対闘争」と呼び、またナプキンは勿体ないからボロ切れを使えというもうひとつに至ってはなんと「エコフェミニズム原始女性太陽闘争」などとおまゆうな名称で推奨するのだった。根本、女性に選挙権がなかった頃の感覚。

　そもそも清潔なナプキンが出来てもなお昭和の女性達は、生理を汚れと言われたり隠すのがマナーとか脅されていた。ところが二十一世紀のここはそれ以前の世界であり……。

　だってそんなボロ布を使ったりすれば感染症になりやすく行動も不便不自由、心も凍えるよ、根本に女性蔑視が横たわってこその女性観と言える。それは、女がたとえ塩むすび一個でも喰っていたら「あああ女の分際でそんなもの喰うな残飯を喰え」の世界である。そんな中、当時農村にやって来た助産師さんや保健師さんは生理の時、脱脂綿を使うようにと少しあげたりして啓蒙して回った。しかしそれでも、「こんな上等でまばゆく白い綿、汗臭い自分などには勿体ないから、使わないわ」というひどい「自己判断」をしてタンスにしまっておく「嫁」もいたわけで、女性はそういう自己奴隷化の世界に閉じ込められていた、でもその後、アンネの日という言葉を考案したり、聞きにくい情報を人に聞いたりして生理ナプキンを開発していった女の社長がいたりして、女性は少しでも過ごしやすくなって行ったのだ。というような話だってやはり昔は少女フレンドかマーガレットに書いてあったはずだ。が、……。

この善意のプレゼントの結果、古式木綿造は遊廓出禁になった。その上ずーっと親しく「あつあつで」話していたという事で疑われて、つまり巻き込まれで詩歌までも、アンチヤリフェミニストの烙印を捺《お》され、馘になった。

詩歌が辞めてから随分たって、ふいに高座のチケットが郵送されて来るようになった。彼女？当然に無視！　だって本人は不幸と貧乏の中、しかも黒歴史からの連絡であるし。なおかつ、ずーっと以前からどうも詩歌には、男性から記憶され特別扱いされてしまう体験がしばしばあったので、反射的に黙殺する習慣が既に、若くしてついてしまっていた。おばあちゃんは詩歌を男に嫌われるように育てたつもりなのに、結局もてていた。こうして木綿造の事を放置したまま、何年もの歳月が過ぎたのであった。ただもう移民しようとだけ詩歌は思っていた。しかしその間もチケットはずーっと送られてきて、そして、むしろ……。

白馬との結婚を想定し余裕の出来た時点で詩歌は、なぜかしげしげと木綿造を思い出すようになったのである。が、ウラミズモ基準でさえレベルの高い「男」である白馬と比べると、木綿造は本当におっさんに過ぎないのだ。でもなんだか心に残り、故にウラミズモに行く前に話をしておこうかな、とそういう感じで。ところが、皮肉にも。

詩歌が妊娠を告げ、その胎児が男と判った時、白馬は逃げた。まあ、結局は白馬の方こそ未練を残したのだが。

つまり、この男装娘緑河は、一言で言うと世間（ウラミズモの）が怖かった。というか、そもそも一生を公的にも支え合う自分のパートナーがそんな男の子の母親なんかになってしまえば、たとえ生まれた子を男性保護牧場に産み捨てというか「寄贈」してしまっても、生涯、公務員としての出世は難しい。無論女の子であれば「家族が増えるおめでた」として、喜んで受け入れたに決まっていた。「種は借り物」だと。そういう、本来はさわやかな国の人であった。

もともとセックスレス同性婚というか、ボストンマリッジに似た、ウラミズモの結婚、求婚の時点からこだわりなく淡々とした世界なのだ。プロポーズにしても、どんなに楽な国か、そこで二人で、ずっと一緒に、ゆっくりと休もう、美しく素敵な白馬が訴えたのはただそれだけだった。「ウラミズモには嫌な事は何もありません。あるのはただ無痛出産と、女性同士の温泉旅行や手のかからぬ衣食住、全家庭に無料で給湯される温泉、安い光熱費、安全な電車、楽しい夜道、信用出来る警察、好きなだけ友達との交際に使える時間、公的機関がすべて助けてくれるゆとり育児等の、素晴らしい事だけです。そしていつも、二人で料理、庭に花、温泉に飽きたら、井戸水で行水、どなる、なぐる、のぞく、……いばる、男は、……いません」、白馬の実家の写真も心ひかれるもので、元々農家建築だった広い庭先に、独特のガーデニングでモダンに配色した花々が咲き誇っていた。にっほんでは既に滅んでしまった地場野菜もどんどん品種改良され、移植先で育った印旛の紫人参もひときわ甘くなり、黒い鶏の青い玉子もこくを増していた。その玉子や野菜は、……。

なんというか、近距離でも運賃は結構かかるだろうに、鮮度を保つよう妊娠中の詩歌に、定期便でしばしば届けられた。そう、彼女を「捨てた」はずの白馬からである。

「男の子を産むなんて、あまりにもあなたが心配です。どうかとっとと早く排出して一刻も早くお体を楽にしてください」というようなメッセージがいつも、添えられていた。ドイツの出張で買ってきました、というピンクの縁取りの熊の涎かけも、「せめて女性の良き召使となるようお育てくださいませ」と「工夫」したものだ。そういうこまごました気の優しいところは白馬のようなエリート男装娘でさえ、優しい身内のおばちゃんのようであった。また詩歌にしても、けして白馬を恨むことはない。困りはしたけれど、……。

ウラミズモはささやかな贈答や家庭内の贅沢で、経済が活気付いている国であった。しかしその一方、……。

母と二人の生活はとうとう極限まで来てしまった、移民すると言っていたほんの一時、実はウラミズモから研究費名目で詩歌にはお金が出ていたのである。それはひるめとの生活を支えてくれた。しかし、その後の展望はない、詩歌の派遣家事サポートだけでは、先が見えていた。

女に仕事はなく、介護も家事も保育もただ働き、「少女をばんばん消費」するのだけが許された贅沢であり正義である国、百万家族に一家族位しか認められていない程に少ない生活保護家庭が、外で十年振りに牛丼を食べていても殴り掛かるという、何もかもが「アート」な、にっほんであった。

　ウラミズモで仕事を得てというか作家になるのなら、亡命後にっほんに残される母には、少しだけ送金をしようと詩歌は思っていた。でもその一方、これだけ仲悪い親子なら捨てていってもいいかもという、開き直りもあった。とはいえ、ウラミズモだってけして良いことばかりではないはずだ。だってそもそもそこは悪の国でひどい事にその財源は「けぇんぱつ」ではないかと言われていた。その上少女を売っているという噂があり、ならばまったくにっほんと同じなのではないか？？？　というか、いつだってウラミズモは……。

　肝心の事を何も報道しないマスコミから、最低の汚れ果てた「罵倒嘲笑するべき馬鹿女の国」として、扱われていた。バラエティーでは寸劇の差別ギャグに使われ、トークではウラミズモと言っただけで、人々は笑いだす。しかも、そういうのは結局オタクギャグに過ぎず、そもそも選挙に行かないような階層の人はウラミズモなんてまったく知りもしないのだ。なのにそういう人々でさえテレビは見て新聞はとっていた。つまり、……。画面紙面の中で笑っているからというただそういう理由だけで、彼らは何も知らずにそれが国名とも知らずに、ただ、ウラミズモを、笑っていたのだった。

　まだお腹も目立たぬうち、……詩歌はとうとう木綿造の火星人落語を聞きにいった。何年経っても、相も変わらず真面目なお嬢さんのような木綿造に再会すると、彼は少し痩せていて一層清潔感がまし、前よりもまだ、見やすくなっていた。「ずっと、前から、少女さんものが、……仕上がったので、聞いてほしかっ……」、彼は微笑んだ。何年もの間、チケットが届くようになったのはそういう事だった。心から詩歌に聞いてほしいと思っていたようだった。楽屋に届いている花にふと詩歌は惹かれた。店を閉めてから随分経っていた。

胡蝶蘭とかそんな派手なのはなく（花に関してはむろん詩歌はシビアだ）それはウラミズモのような丹精込めた庭先の花を自分でアレンジしたらしいものだ。可愛いのに緑が勝っていて（だが御禁制ではないのか？　或いはやはりウラミズモからの輸入品なのか？）、でも渋くはない。その日、……彼の演じた少女さんものは時々くすりと笑いがもれるだけで、淡々と凄まじく皮肉だった。聞いているうちにひょうすべの顔がむしろ、ふっと遠のいた。それで？

そのままま時間がずーっと続くような気がして、詩歌は舞台をおりた直後の彼に感想を告げ、真正面から迫った。しかもお腹の子の父を求めていると宣言して。「予定外もいいとこ」。つまりは若い女性として、自信満々だったという事であろうか？　いや、だって他に道がある？　でもよくも言えたものだね。でもならば？　ホームレスになって？　ひょうすべに腹を蹴られ？　母親をも殴られるか？

木綿造は受けた？　女は妊娠していたのに？　うん、案外そんなものだよ、いくらロリコン社会でも娘程若いのだ。つまり彼はもう四十五歳で、詩歌の父親とさして変わらぬ年齢であって、但し、「それはありがたい、僕を助けてください、なんでも言う事ききま……」。お互いの打算は誤算だった。木綿造は詩歌がヤリテ見習いのままでいると思い、養ってもらおうとたくらんだのだった。

にっぽんで四十五歳というと男性はおむつの取れていない少年、一方、女は十八歳を超えると産業廃棄物のような扱いを受ける。結婚生活は母親役である。

新婚早々、まず朝は起きてこない夫を叱りつけて詩歌が布団から引っ張りだす。そりゃあ彼、早朝まで自分で稽古していたのだもの、そして稽古は好きでも勤務は嫌い、当然だよね？ そんな彼の手に歯ブラシをぎゅっと握らせて背中をどついて、というかどつくと鬱が一層ひどくなるので、掌に力を込めてナースのように強く背中を擦ってあげる。でも、どうやっても、……家にいる時の師匠は鬱気味の脱け殻だ、仕事と高座とでぼろぼろになっている。一方詩歌は、日常生活で彼の手を引っ張り、神経症的な彼のカウンセラーがわり。また火星人落語への怖い感想を、「妻が妻が」と木綿造は奉る。ほら作家だってそういう男、一杯いるでしょ？

精神科の医者は一部の金持ちのもので、というか風邪薬さえも高騰している状況。でも木綿造なら贔屓の医者がみてくれるし妊娠中はウラミズモから安全な食物が来たし。で？ ひるめ？ おとなしいよ、そりゃ、そうでしょうよ（不気味だけど）。

赤子は流産せず無事に生まれた。

「はいーくまちゃん見てー」、と詩歌は子に笑いかけて……自分の手首に巻き付けた熊の顔のバンドをさっと差し上げた。と、……。

贈られたベビー布団の上に足を広げて寝かされた赤子は、黒目をきろっと動かして関心を向ける。その隙に詩歌は玉子を持つように力を抜いた手で、ささっとおむつカバーに手をかけ、たちまち取り替える。鋭く流れてきたおしっこの臭いを、反射的に詩歌はなぜかぐっと嗅いでしまう。この子は泣きだすと止まらないけれど、熊ちゃんを見せるとうまくいく事がある。しかし……、それにしてもこの紙おむつが最近ではベビーカーに変わってひどく世間から憎まれる存在となっている、またその他の赤ん坊用品にもにっほんではひどい税金がかかっている。でもともかく、木綿造はこういうものを帰り道でちゃんと買ってきてくれる男だった。子供はまるでハネムーンベビーであるかのように扱われているのだった。

働かねば落語を続けられない状態、といったってそれでも彼は業界のトップである。つまりこの国では現金があってさえ買えないものも、望めば火星人の資産家から届けられたし、その後の詩歌は一時だが、彼のファンを集めてフラワーアレンジメントのクラスを開く事も出来た、貸間では無理なので教室を借りてだが、ひょうすべと結婚した妻よりはずっと幸福だ。無論、子育てに関しても、木綿造のファンは助けてくれたし、また詩歌の「知人」からも時にはサプライズで、……。

彼女はある日、男の子の産着を全部ピンク色に出来た、それは下着に至るまで思いもかけない相手が贈ってくれたものだ。「それにしても、……一度会っただけで、……、これ、白馬さんから聞いたのかしら、でもなんでだろう丁寧な人、未練たらたら？」しかしこれも詩歌は「深く考えぬ」習慣が出来てしまっていた。ただそれでも礼状は書いて、ここだけ半返し、木綿造はというと、「これはどなたから？　きれいな色」とすべて自分の贔屓からだと思っていて、普段はまあそうである。彼はしかも「男だからブルーにしろ」などとはけして言わない。木綿造に対し、子供の父親が誰かは告げてある。しかし白馬の事は、亡命した上級生としか言っていなかった。そしてこの頃から、……。

「木綿助は自分に良い運を持ってきた」というような事を木綿造はしきりに言うようになっていた。

ちょうどその頃からから火星人落語は一般に知られブームになっていった。木綿造はイベント的なものにも出るようにし、木綿助が三歳になった頃ついに勤めを辞めた。自分の祖父母の一生を落語化する時間が欲しいから辞めさせてくれ、と詩歌に頼んだ上だ。とはいうもののやはり地球人落語のような派手さはない。だがついに、……。

東京に火星人落語専用の寄席が出来た。彼はそこで高座に上がる他、地方にも始終出かけるようになった。しかしそれでも一番多いのは市民教養教室のようなところのゲストであった。民間だと小さい信用金庫ローン相談の客寄せとか、趣味人のやっているジャズ喫茶でその時だけ演ずるもの。無論人喰い条約の下、それらの多くはいつしかぱたぱたと消えていくスポンサーで、すべて、地球人落語と比べればはるかに地味な存在。だがそれでも、ブームは来るものなのだ。市民権も得られて（こんな時代だけど）。

木綿助は五歳になり、夫婦は、長女いぶきをも得た。長男は眠り産で大変だったけれどいぶきは十五分でさくっと出た。破水しつつ車を自分で呼んだ二十分後、風呂場から母子ともに病院へ行った。日帰り出産でもローンで払う時代になっていたから、親孝行な子である。しかも師匠の贔屓には産婦人科医ばかりか助産師も多かった。医者にかかりにくい社会になった。助産師はひっぱりだこだった。ウラミズモからの食品はいつしか、来なくなった。

いぶきが生まれるまでの五年間に、詩歌は二回、流産していた。最初の流産から木綿造はお産の新作を自分で必死に工夫し、出来るだけあちこちで演ずるようになった。つまり、産婦人科の医者に好かれたかったのだ。

そして生まれた長女は、……保険が厳しくて国保もないも同然だけれど、親しい医者がいればなんとかなった。その一方「そういう知り合いのいない人」は悲惨だった。家を売ってガンを切った隣人が結局、ホームレスになった。ひょうすべに蹴られて死んでいた、というような事件が普通の住宅街でも起こるようになった。

子供が二人になると詩歌は妙に、前の「夫」の事をしきりに、思い出した。というのはいぶきよりも木綿助が可愛くて仕方のない自分に気付いたから。無論可愛かろうがなんだろうがわが子だって臭いうるさい邪魔だ馬鹿めがと思うのはしばしばであったけれど、それでも一応うまくっている時に子供を抱いていて、全ての血管にいきなり迸る、凄まじい愛情に自分でも驚いた。ああ、この子の父親ってあれっ？　師匠じゃなかったっけか？　でも「夫」っていったって、親より何よりもおばあちゃんにさえ「夫」とは言わなかったわけだからして、木綿造にはただ、「同級生」って、……つまり、誰も、この子の父親の名前すら知らない。まだ花屋があった時、「ボーイフレンド」で家にやって来ておばあちゃんは彼にココアを出し、その時に彼の顔を褒めてくれた。でもそのあと、詩歌は「夫」と二人で、おばあちゃんが行ってはいけないという場所に遊びに行った。それはぬいぐるみ掬い。あの日も見送る豊子は詩歌に、くどいほどに……。「ね、ああいうコインの必要なところにひょうすべはいるからね、お金なら少女も断るけど、コインを、ほら、って言われたらあなたでも受け入れてしまうでしょう」。「夫」は自分のコインを投入してくれた。

「夫」は学校の教室でよく、自分で考えた未来の家の図面を引いていた。家がないのならきっと養子に来るわ、と詩歌は思った。そして仮拵えの花屋も建て替えてくれると。ところが、……雑巾掛けに行くと言い始めてから、彼と、しばらく会えなくなった。というのも学校に来なくなったから。ふいに駅前に呼び出されたとき、「騙された」とだけ言って「夫」は、十二歳の男の子は顔をおおった。行かなければ親に迷惑が、と。その時詩歌は、彼もまた火星人であると知った。行く前に精液を保管して行くといい残し「会社の人が」と彼は小さい封筒をくれた……あれから随分たってメール添付で届いた切れ切れの録音の中に、子供を産んでくれと入っていた。でも約束はしていない。十二歳からの十年なんて物凄いへだたりで、そもそも彼から預かった書類の存在すら、彼の親でさえ知らないはず。

男の子の顔は、……今はもうどうやっても木綿助とさえかぶりにくく、まったく、薄れていた。「ああそういえば」彼、下の名前なんというのだったかしら、ええと、ええと、あああの時！ウラミズモに行っていれば流産なんてしないで私、なんというか、たとえば女二人で二人ずつ産んで、一家は「四人の子持ち」だったのかもしれないものねえ。庭に花？　井戸水で行水？　なのに……、自分の人生をふいにしたのかも。いや、やはり宿命かな、私どうしても男の子が可愛かったんだ？

　とはいえ、木綿助が可愛いのと腹立つのとは別だ。なんだろう？　しかもこの長男成長すると……。


　埴輪木綿助はもう中学生だ。今日もまた、殺意の目をした小さい妹いぶきに殴られて頭に瘤を拵えている。しかし「それでも本気で妹を殴り返したりはしないはずなのだけれど」、と詩歌は思っていて、でも、実はこの母親が留守の時に二人は何度も殺し合いぎりぎりまで戦っていた。また冷たい憎悪はむしろ兄から妹への方が先だったはずだ。ああああ！　詩歌は悩むが、でもまあいいか？　事件にならないだけまし？　って事？　だって、火星人落語のブームが去り、またそれ以上のジャンル危機で落ち込む師匠を支えて、詩歌は精一杯。そもそも、……。

　妹を殺す犯すという事件にさえ誰も驚かぬようになったこの国である。妹殺人は正当な復讐だの、また妹強姦は万葉の伝統だの、平気で言い募るひょうすべの国。その上にそれらのひどい事件は、一ヶ月以内に、すべてエロ化込みでアニメ化される。

　しかも、今気が付けば息子木綿助の容貌と性質、どちらも「夫」になるはずだった男の子とちっとも似ていない、銀行が間違えたのか？　いやエヾビヾデンヾスヾはあるよ。つまり彼と来たら、詩歌のあの難儀な父親にそっくりなのだ。実にへろへろとして。だからこそしっかりと気を付けて育てないと。ひょうすべにするまいぞ。女を舐めぬように。

またいぶきの方はというと、これもまずい事に詩歌の母親似。それは杓子定規で小意地が悪く、優しくしても我を張る。おかしな理屈を言って、言うことも聞かない。これならいっそ、無責任でもへらへらしていても、素直な木綿助の方がましだと思う程で。

しかし、……それでも詩歌はいぶきが一人称を「俺」としている事に期待したりはする。少なくとも夫に従わない妻になるでしょう、と。そこは詩歌の母親とぜひ、違っていて欲しい。

にっほんのパンチラ盗撮文化の中で詩歌はパンツもスパッツもいぶきには分厚いのを穿かせてきた、ただ、そういう、女子が身を隠したり安心して活動的になれる恰好の服自体、ウラミズモに注文しなければ手に入らなかった。その横で木綿造はおとなしい木綿助を一見可愛がり、近所の男の子に対するように気を遣っていた。でもある時、詩歌が外出から帰ってくると、木綿造は怖い顔で、幼いいぶきに稽古を付けていた。するといぶきは、……ひるめが何十年もこれ以上は進歩しないのにけして休まずに、活け花に通っていたのと同じようにして、何か杓子定規なにぶーい顔つきで、子供ながら父、師匠木綿造と、必死に、真剣に向かい合っていた。

火星人落語は差別や虐待そのものを批評性を抑えに抑えひたすら描写するという実に歯がゆくて反抗性の低いもの。落語の会話をしているうちにいきなり人を刺したりするというネタもあるにはあるが、その多くは微妙なバランスだけで成立する一見凹凸のない話である、演ずる側にも聞く側にも習練が要った。

木綿造と詩歌の仲は最初から老夫婦のようだったけれど、最後まで無事にうまく続いた。とはいえ木綿造は随分早くに脳梗塞で死んだ。人喰い条約は下流の人間の寿命をどんどん喰っていく。

一方格差社会の上の方では、百歳当然の世界になっている。

木綿造は最後は、図書館の臨時職員だった。

火星人落語がすたれたのはひとことで言うと偽物に喰われたからで、そっくりの偽物が地球人落語に統合され、火星人差別の鈍感な笑いとして、ロリエロ増量で「今注目される」ようになった。木綿造には仕事が来なくなった。ネタもひどい改作をされて、盗られてしまった。図書館で彼は静かに働いていた。しかし彼がそこで大切に管理していた落語の資料は、地球のも火星のもひょうすべに捨てられた。それは意図的であった。火星の歴史は、酷いはかなさで、短期間で、絶滅させられた。

詩歌の母親ももういなかった。ひょうすべ以前なら生きられたガンで、死んでしまったのだ。

……。

「大学の授業に行ってみない？　少しだけでも」と詩歌は、いぶきに問うた、残酷な問いかもしれなかった。むろん学費なんかないし電車賃しかない。おばあちゃんのような人脈もどこに潜るかも、フランス語会話や記号論を教えてあげる事も詩歌には出来なかった。すると。

「関係ない」と娘はただいつもの逆らう時のせせら笑いをして、ごちんと黙った。これがあの、知性ある埴輪豊子の曾孫なのだろうか、と詩歌は母親ばなれした冷静さで思いつつもふいに、いぶきに対して泣きたいような愛情を感じた。それは全身が歌いだすような娘可愛さだった。詩歌はまだ四十代だった。

木綿造亡き後も、家庭は変わらない。元々自分は父親のような年齢の男性と結婚をしたというのに、全員の母親となって家庭を経営していた。木綿助をひょうすべにしないために、いぶきをひょうすべに喰われないように、詩歌はそれだけは注意して育てた。木綿造もそれでいいと後押ししていた。人を踏み付けにしないように、三次元を二次元と言いこしらえぬように、こんな時代だけど真人間に育てたいと。

そう言えば昔、……。

まだ木綿造が生きていた頃、というかついに火星人落語中興の祖とまで言われるようになって、忙しい中で一泊だけ、家族は（晴れがましく）私鉄旅行をした、あの時、移動の車内で可愛い販売乗務員にまだ小さい木綿助が偉そうにし、得意になって呼びつけたり容姿を褒めたりした。するといつも気を遣って義理の子に優しくする木綿造が激しく叱った。ジュースを買うように渡していた小銭も取り上げたほどに。しかし、そういう時木綿助は泣かずに困るだけだ。そしてたった四歳のいぶきは勝ち誇っている。憎しみを込めてそういう兄を、あざ笑ったりして。

この二人は今も仲が悪く、その上現代にっほんの体制と真逆のモラルをたたき込んだせいか、二人とも学校の成績はいまいちであった。にっほんはマスコミが報道しないまま、ついに五度目の戦争に突入しかけていた。世の中に物資がないというのも普通になっていた。しかしそれ以前に埴輪一家が、貧困化していた。

新聞は世界企業のご都合しか書かなくなっているので、埴輪家ではもう取っていなかった。金持ちはむしろ言論が自由な、外国の新聞の電子版を取っていた、或いは新聞が知っていて隠している汚染情報などを、直接メールで手に入れ、知らずに不幸にあった人々に出くわすと「あんたら欲かいて騙されたんでしょ」みたいな応対をした。

東京に出ると京成線の駅ターミナルで、ウラミズモ美男を装った偽物が（つまりあの美しくて気がきく男装娘ではなく、本物のつまんない男が舞台風の化粧をしてわざとらしい動作で）安い服やアクセサリーをワゴンで売っていた。髭が面憎く胴間声で、「あーあなたはうつくしー」などと言ってのけた。それも女の買い物客が不細工、年寄りと見ればはやし立てて褒めあげ、上から目線のむさ苦しい秋波を送って、売ろうとした。ふん、あの国はもっと豊かだよ素敵だよ真面目にやれよ、と詩歌は吐き捨てたかった。むろんウラミズモは、……。

相も変わらずテレビでは馬鹿にされていたが、それでもウラミズモの品物の方が今では、実は上等だという認識が大勢を占めるようになっていった。それで男装娘の偽物までもが出回っていた。ただ、結局、何か危険施設があって言論統制のある、恐ろしい国という事は残り、それ故印象自体は悪いままであった。そこでは少女のデータも売買されていると言われ、軽蔑、非難されていた。その一方、国民は自分達の遊廓には自主決定権があって、少女の人権を保護する国家だと、にっほんを誇って恥じないのだった。それで最近にっほんの美称として、だいにっほんという国名が使われるようになった。と言ったって今の詩歌は何も、テレビさえも見ないし、すべて、どうでもいい。久しぶりの都会も虚しいだけで。

東京に出たって、何も買えない、ばかりかもう同じ国の人間とさえ思えなくなっていた。特区だって東京のはただ国際都市という感じで、田舎のブラック労働地帯とは別の国のようだ。しかしそんな中でも子供が煙草を吸ったり麻薬を売ったりするのは普通になっていた。危険ドラッグはまた合法になっていた。それは安楽死、少女売春と同じ理屈である。つまり、合法にする事でそれを「享受」する、人間の「自由」を守るという名分。

特区の病院では「自発的強制安楽死」まで許されていた。これは、「輝くお年寄り法案」の進化したもので、説得するのにも、無理に入院させ脅したり怒鳴ったり、ネットで同じ事を五千回も不毛に議論させたりし、病人を疲れ果てさせ、絶望させ、その結果自殺したくなるのを見るやいなや、殺す、という本当に同調圧力ばっかの国の、金持ちの収益から逆算した方法であった。そして安楽死の薬や処置もまた、保険金からすべてさっぴかれた。しかも世界企業のコントロールするがままにそれは莫大な額となって、時には亡くなった病人の遺産にまで食い込んでさっぴかれて行った。そうやってひょうすべが特区で絞り取った金は、すべてタックスヘイブンの地に持ち去られた。

振り返ればにっほんの凋落、ウラミズモの繁栄という歳月であった。災害の後、またひどい事に次々と大災害が起こった。思えばあの二〇二〇年、人々はよろよろしながら無残なオリンピックをさせられていた。野良猫とホームレスは同時に追われた。都民の子供の給食はどんどん粗末になり、ＩＭＦは、もっと税を上げろと言うばかりだった。それでもそういう金持ちの味方の知事ばかりが続くのは、なんと言っても東京には金持ち当然の金持ちが多く、また、上京して来て選挙権を行使する人々の多くが、自分だけは金持ちになろうと思って都会にやって来ているからであった。災害の後もオリンピックの後も、数字だけが潤い、民は枯れた。

詩歌はせっかく十年ぶりに東京に出たのに、ただ小豆色の電車に乗って千葉に戻るだけ。日暮里の駅でお土産をみても、サブレ一枚さえその値段の高さに、もう欲望が湧かない。スイカの残高にびくびくしながら嘘井駅を下りて、人喰いに喰い尽くされた町は沼の底のよう。幼い頃すきだったファンシーショップはとうに閉店になり、後は携帯を売る店になってそのまま十数年、ただ空き地が続く。ジ〇スコは世界企業に統合され少ない種類の品物が積み上げてあった。価格を下げるため店内はエアコンなし、倉庫のような眺めを鼠が走り、荷物を動かす「自由」外国人が、苛められるのもあってよろよろしている。がらんとした眺めに、レジはただひとつ、店員もひとり。国産農業を潰した後、安心した世界企業はどんどん物価を上げた。腐らないレモン、一個八百キモータ。切り口に「薬」を塗ったバナナ、半本売りで、二百七十キモータ。

どこを見ても自動車の部品と携帯の店しかない。ホームセンターも消え、他のものはネットで買っていた。車よりもパソコンがないと困る。しかし詩歌の家のはついに、サポートサービスが停止になる。

そんな中でおかしな噂を詩歌は耳にしていた。死者が蘇ってあちこちでコロニーを作って暮らしていると。国会前にまで現れるのだと。

なんで電車なんか乗ってしまったのか？　行けなかった大学のキャンパスにまた、なぜか詩歌は行きたくなったから。用もないのに東京になんか出てしまって、帰るとふいにひどく、頭痛がさしてきた。

住みやすくて気に入っている小さい貸間、木綿造の死後細々と無事であった事だけが、詩歌の「幸運」だ。夫は繊細すぎ真面目すぎたけれど、二人の子は大学に行けなかったけれど、追い立てられることなく、なんとか生きてきた。木綿助は結局みたこ教に落ち着いて、いぶきの就職もなんとか決まった。

師匠が世を去っても引っ越さずに住んだのは、少額でも生命保険に、木綿造が入っていたからだ。そしてひょうすべ以後は百件に一件も保険金を寄越さなくなってしまった悪魔の保険会社が、どうやっても拒否出来ぬほどにまで木綿造が健康的なというより切り詰めた神経症的な生活をしていたからである。しかしそのお蔭で、ぎりぎりいぶきを高校にやる事だけは出来たし、それでも困れば白馬が、（こちらから頼めば）うまく助けてくれた。また今は木綿助もなんとか、賃金を得ていた。頼り無い子でも、遊廓に誘われるのが嫌だと言いながらも、みたこの行事や付き合いを楽しみにして、不良にもならずに。

……出掛けた時とまったく様子の変わらない家の茶の間に座り、少し落ち着いた時、携帯ホルダーに入れたままの電話が妙に鳴った。いぶきには専用の携帯など持たせてない。家族でひとつなのだ。可哀相だけど。

着信には知らない番号が入っていた。詩歌は、……木綿助が連行されたのを知った。

長男の職場で問題が起こったのを心配していても、それまでみたこが狙われていると感じた事はなかった。夜になった。就職が決まって既に見習いに通っているいぶきが帰ってきた。その日からすぐ、詩歌は寝込んだ、そして無惨にも、「自分は今いぶきに殴りかかりたい、どうして？？？」と思いながら、その看病を受けた。母と娘はそりが合わなかった。庶民はもう医者にかからなかった。私は、どこかでやさしく可愛い娘を産んだ、とふと、詩歌は思った。すると、それは白馬の顔をして浮かぶのであった。

兄は帰らず妹の就職はふいになった。こうして詩歌がある日、ヤリテ見習いになると言い始めたいぶきを止めているうちに、おばあちゃんが玄関から入ってきた。

それは噂にあった死者の蘇りなのか、いや、そんなの大々的になるのはもっと後の時代、というか。つまり、この一家はそこで、だいにっぽんシリーズの通りに全滅したのである。

時が流れた、なにもなくなった住所に、遅すぎる手紙がもたらされた。

埴輪・詩歌・あゆむ様

ごぶさたしております。四十年もの間、連絡を絶っておりました。私は、あなたにふさわしい「夫」にはなれなかった「男」浦知良《うらちら》です。今ごろになってこんな手紙を差し上げる私をどうかけしてお笑いにならないでください。昔あなたが私のギャグを笑わなかったのと同じように、どうかあの時の真面目過ぎる態度で、必ず聞き入れてくださいますように。私は既に齢《よわい》七十目前、二十歳年上の妻を看取りおえて百箇日が過ぎました。ウラミズモの未来とにっぽん女性全員の救済をかけて、私は最後のお願いに上がりました。しかしそんなお願いの筋をまず申し上げますと唐突とも失礼ともお思いになるでしょうから。ここまでの間の出来事と今の私の、必死の状況を最小限、説明いたします。

あれから一生涯消えない悲しみと孤独の中に、私は、ひとりぼっちでした。妻がいても妻の連れ子達が何人いても。私はあなたのバブみに導かれて、一生を塗り替える事だけを夢見て生きました。しかしあの時あなたは、白馬を選んだ。過去は変えようもない。私は何とも出来なかった。だって白馬は本来のエリート、どうせ私は幼児からの国家功労者、自力のエリートです。

ああ、邸宅街に音楽が流れていましたね。私などは聴いたこともない弦楽器の音色でした。薄紅色の薔薇が咲誇っていた、そしてあなたは、あんな「男」を、まともに人造口髭さえつけていない、へなちょこのこわっぱ白馬を選んだのです。当時国内ではむしろ私と白馬が男装カップルになるのではと言われていたけれど、結局ライバルで終わりました。私はただウラミズモギャグをかますだけで去るしかなかった。それがあなたに通用しないものとも、知らぬままで。つまりは、すべてのギャグとは後ろに国家のコードを隠しているものなのでしょうね。だって、ウラミズモギャグは一見するとただの女性差別や古典的なマッチョ発言なのですから。それらは男を完全に制圧した我が国でだけ、ギャグと化すものだ。故に嫌悪をもってあなたは私を見た。そう言えば私は――。

この前、火星人落語というものを聞いてみたのです。しかしあのようなくすりと笑うだけとやらのギャグ自体、私にはさっぱり判らなかった。同じようにして、私のジョークは、あなたには受けませんでした。こうして緊張感に耐えきれず私はトイレばかり行って、帰国するとやつあたりで、男性保護牧場に気晴らしに行きました。そして試みにそこで同じギャグをかますと、男どもは恐怖で泣き、朋輩は腹を抱えて笑いました。二十三歳でした。

そして今私は六十七歳になり、気が付くと、総裁候補として指名されています。第一党「医療、農業、宗教」の党首として。しかも現在の私は軍事においても、産業においても、また民の望むストーリーにおいても国民的英雄と化しています。ただその事が少しも、嬉しくありません、とにストーリーにおいてそれは悲劇でしかない。今も求めるのはあの日の、薄紅色の薔薇だけです。むろん今後、国家功労者になるのはもう私ひとりで沢山だ。そういう気持ちです。復讐のために、私は生き延びたのです。

さあ、これからかけ足で、私の呪われた半生を簡略に述べましょう、私、浦知良、雅号アル・ファルド・アル・スュージャは、あの警察官及び元警察官、連続三十人殺傷事件の真犯人である、妊婦犯罪者浦来良《うららいら》の娘として、この世に生を享けた。身重の母が葬儀の場で、親族達に後ろから自分と夫の分の拳銃をも使って、乱射し続け、幼いころから可愛がってくれた高齢の元警察官たちまでをも襲撃した、あの事件です……、その時、私はにっほんの不幸な胎児として母の体の中で銃声を聞きました。覚えているのです。母は亡命し私はウラミズモで生まれました。当時の我が国は国家とは名ばかり、尼さんのようなへろへろの女達が、「宗教」を自称しながらやっていたコロニー、その延長でした。しかし今は、……、そうです。私は我が国と一緒に成長したのです。母を継いで、私は警官になりました。だけど私がそう言うと、あなたは、よくそんな殺人鬼の子供が、あの大切なウラミズモ警察に就職出来たものだと思うのでしょうか？　でも、それは間違いです。

ひとつの国家転覆が正義かどうかを、だれが決めますか。にっほんでは恐しい重犯罪者でもウラミズモ基準ならば、母来良は英雄です。ここでの母は、ただ、ゲバラのような革命の闘士としてその武力や勇敢さを讃えられただけでした。だって、警察官も暴力団も暴力装置でしょう？基本、同じものですよね？　むしろ、その結果としてこの国（当時はコロニー並だけど）に来た母は大切にされた。しかしそれは私にとってそんなに慰めにはならない事態でした。亡命英雄として迎えられながら、私の母は、そこまでで壊れてしまったのです。殺傷を正義と、信じて行っても、人の命をとることには呪いがあるから。不幸にも、……母は典型的に善良で優れた警官でした。良い警察官とは何か、学歴はどうでも、頭はロジカルです。

例えば母の調書は、引き締まった文で主語も明晰。しかし小説などは完全に馬鹿にして激烈に拒否りました。また当事者意識なども明瞭すぎる。時間の観念も明晰極まりない。

まず警察官にとって、一番大切なのは何時何分にそれが起こったか、です。いつどこで誰が、何を。そして内心をどのように捉えるかは繰り返して聞くことで事実との関わりを彫り込みます。つまりもし警官が変な事や頭の悪い事やわけの判らない事を行っている時は、ただ権力を背景に一般人を舐めているだけなのです。絶対に馬鹿ではないという事です。しかしその一方、馬鹿にならなければ平といえども、この○○商事（これは日本にいた頃の浦来良が御近所等で、○○署勤務を隠すために使った語、要は浦家用語である）は勤まらない。むろん、出世を諦めてでもネットで叩かれる女性を、助けてくれるような警官は稀にだがいます。しかし彼らは絶対にむくわれません。善良で優秀な人であればある程、必ずにっほんの警察に勤務する事を、地獄と感じます。

己の主語、時間、ロジック、その明晰さが凶器と化してしまうほどに優れた、良い警官の母は、ウラミズモに来て生まれた私に、幼いうちから自分の犯罪を分析させようとした。いつどこで何が起こったかをたたき込んで、私に判定させようとしたのでした。私を完全に良心的な人間として形成し、その上で自分の「罪」を許させようとした。それはとても辛い子供時代でした。殴られる事も辛かったけれど、魂が辛かった。

にっほんでの母は婦人警官の制服も似合い、小柄ではあるがおとなの女性として、世界基準で完璧に美しい女性でした。しかしにっほん基準である、巨乳二頭身、アニメ声のすべてから外れていました。母は頭も心も端正で正義感が強いため警察に入り、それは悲劇でした。母の従妹の美少女がストーカーに殺されるまで、彼女は虫一匹殺さない交通警察で、どんな些細な事もけして問題を起こさぬよう生活していたのです。夫も警官である以上その緊張感はいや増しました。無論、警官である以上どのような人からも嫌われ怖がられ敬遠されたのです。そして亡命後の母は無論、ウラミズモでも警官になりました。ウラミズモで言う、いわゆる、ひとつの警女になった。やがて我が国は、そうです、ウラミズモです。危険施設「けえんぱつ」の賠償や補助金と引き換えに、少女のデータを提出するように求められました。それはなぜかにっほんからではなく、世界のある大きい金融機関からでした。しかもそれだけではなく、たったひとりですが、三次元の本物の犠牲を求めてきました。私は来たばかりの移民の子で、しかも男との性交によって出来た立場の弱い女子。また母からは虐待され守っても貰えない。その上ひときわ美しく可愛く、綺麗でした。

私は母の手で家から叩き出され、泣きながら私に、蹴ってくれ殺してくれと謝る官女（ウラミズモの公務員）に奉られながら、政府の要人を少女接待しました。強姦されたのか、そうではなく何か気持ち悪い儀式でした。それの持つ性的意味をなんと、この歳になってまだ私は理解していません。ずっと子供のままで、ここにいます。大変、理不尽な事でした。また、不可解でした。だって、ウラミズモの少女は大きくて可愛げがない。まあ私は「にっほん仕込み」ですが、しかしそもそもそのように全体的に「質の悪い」この国からどうしてデータが必要なのか。私も随分長い事理解していませんでした。しかし中年になってある理解を得ました。そのために大切な事実をここに述べます。政府要人しか知らない事実です。

まず、ウラミズモにはもう原発がありません。あっても実験原子炉です。他にごく少量のプルトニウムを管理しています。ご存じのようにアメリカや日本は、けして原発を本当に欲しいわけではない。国民から税を取る理由として、絞りとったものを流すパイプとして必要なだけなのだ。ならば、ある、という事にしてトンネル会社のように資金を流せばいい。ところが、にっほんのどの県も当時、選挙にひびく程原発を拒否っていた。なのに政治家も「本国」もそこから掠め取らずにはいられなかった。そして……。結局はそのように段取りが出来た。しかしそれだけで彼らは結局満足出来なかったのだ。どうしてか？

答え？　原発は男です。それは差別的な性暴力の好きな男性から管理されて性暴力の好きな男になっている。故に、原発はたとえ表象であってもまた物質であっても、それは必ず、汚すものなのだ。しかしもし、下手に事故を起こせば国際的な問題になってしまう。大震災以後まさに、にっほんは世界から監視されていた。だからてっとり早く原発で稼ぎたい人々はこのような茶番を企画しておいて、けっこう儲けた。その一方でなぜかそれが土地を汚さない事に飽き足りないとも、思ったのです。殺しても殺し尽くせないにっほんの男共、連中はいつも。何かをを汚したい、出来るだけ無垢なるものを、それ故に核の処理施設はもっともさわやかですれていない土地に立てようとする。しかもその後汚れをまいた自分達だけはリセットされ、相手方についた汚れの方はその場に残して永遠に押しつけたい。

欲しくもない好みでもないウラミズモの少女、それを彼らは自分達の強迫観念のゴミ捨て場にしていたいのです。全方位で汚したい、これが彼らの醜い心性です。そもそもにっほんの原発には事故にそなえたフィルターがついてないと言うが、あれこそは……。

一方、ウラミズモにはもう、原発はありません。かつての県の時代の、既存の原発は今全て廃炉し終えました。しかしその結果が成功であったかどうか、それは不明です。その上プルトニウムをもちながら我が国は監視の対象にはなっていません。なぜならウラミズモは核拡散条約の外の国だからです。しかも国内から見れば、我が国は単に、にっほんの一部です。

そして私は？　一体誰の役に立ったというのでしょう。母は私の少女接待の後すぐに自殺しました。むろん、けして、私のためではなく。私の涙の中に、ウラミズモ六十年の繁栄がある。

薄紅の薔薇の庭から、豊かな弦楽器の音色から、私は逃げた。十八から五年間交番に勤務したのは意地もありました。国はこの私に金でも地位でもなんでもくれるのに。でも振られた一念、私はついに我が国に要求を出した。結局大学に入りなおし文系で修士を取り、その後また理系に転向しました。当然、国家は望むがままに、私に与えた。国家功労者というのは怒りの一生です。そして私の特許になる軍事利用の女性用戦闘スーツは、本来はお年寄りの体を起こすためや介護用力仕事のスーツだった、その転用です、元々の開発者は別の人だけれど、でもそこからさらに、他国において軍事に絶対転用不可能に形成した上で、平和商品として輸出を始めたのも私でした。むろん、国家功労者の命令ならばウラミズモの国民は絶対服従です。事業は成功し、財を得て、私は有名人となった。国の全体を私は見渡せたし、あるビジョンを持って、政界に出ました。

私の妻は国も出せぬほどの、資金を出してくれた私の恩人です。あなたを忘れるにはこれくらいの女性でないと、と思いました。彼女は途中からの移民で、実は、にっほんの財閥の出身です。二人は補い合う望ましい結婚だった。

妻は、……ヒステリーが強くて怒りが素晴らしく、その欲望の大きさが私を魅了しました。日常にも豪華な衣装を着て毎日怒鳴り散らす姿はまるで地上の女神のようで、私はいつしか支配されました。その上彼女は文句たれでとても怖く、その人間性にかけて、私をきちんとコントロールしてくれました。この教養ある、六ヶ国語を操る妻から、すべてを学んだのです。介護は文句ばっかり言われ辛かったけれど、私の会社の介護ロボットがよく、役に立ちました。それで私は彼女の小康の時、男性保護牧場に気晴らしに行く事もできたのです。それは妻も心から喜ぶしウラミズモの同胞も望んだことでした。つまり。

私は有名人としてウラミズモのテレビに出ていましたから。国家功労者で国一番の事業の成功者であるばかりか、その毒舌で国中の人気を、一身に集めていたのでした。

若いころから鍛えたウラミズモギャグはひときわ炸裂し、それで妻の望み通りに私は全国区から選挙に出て成功したのです。当然介護に入っても、政治家としての演説、議会、視察、勉強、陳情の応対等を休むことは出来ませんでした。それ故に介護の中でトーク番組のレギュラーをすべて降りました。しかし国家最高のエンターテイナーであるこの私が消えたので、ウラミズモの国からは笑いが消えてしまった。

人々は私を待ち望んでいたのでした、故に、私の保護牧場遊びは時に中継で放送されました。妻は録画して見ていました。その臨終の時、彼女は私に手を差し出し、あまりにもへたくそなギャグをかましました。「ほら、どうせ私のあとは若い人を貰うのよ、女はきれいなだけじゃだめだ若くないとねぇ」と、……私は苦労して大声で笑い、妻は満足した。怖いですからね。そして二人とも同時に涙を流した。妻はまだ八十七歳でした。しかしなんというひどい女性差別発言でしょう。お怒りになりますか。ごもっともです。でもひとこと、あの日の事も含め弁明させてください。

ウラミズモギャグは、特殊なものなのです。それはこの女人尊厳の国ウラミズモにおいて、わざと女性差別的な事や男尊女卑的な事を口にしながら、我が国の達成した女尊男卑を誇るもの、ぶるぶる震える男どもの前でぶちまける黒い笑い。スイカにかける塩のようなギャグなのです。またその多くは男性の監禁所である、男性保護牧場で披露される、それも男に対して復讐と調教を行っている時に、彼らを脅迫するためにぶちかまされるのです。どのギャグも基本男に聞かせて苦しめるためのものなのです。

「さあ、お前らはかつてこのような女性差別をし、口に出したろう、だが今はどうだ、よくも言ったな、ほーらそれを今言ってやる、さあどうだ、笑えるなら笑ってみろ今からが復讐だ」。

それは制圧した男を公的な場からすべて追い出した上で行われる勝利の逆説です。例えばこの牧場で公的な宴会がある時には「女は馬鹿だ選挙に行くな」という題名の歌が女達の口からめいっぱい歌われる。そして少しでも歌詞に笑ってしまった男は殺されます。でも、でも、ああ、あの時の私、なんて馬鹿なのか！　きっと女性差別発言ばかりの最低のやつだと思われたでしょう。ええ、そうですとも、本当に私が悪かったのです。

だってにっほんにおいて私の発言はそのまま、まさに、女性差別の発言でしたから。

ですので私は誓います。にっほんではけして、私はウラミズモギャグをかましません。むしろ今後、言ったやつを殺します。

私は日本で受胎されたけれど、女性差別の話は母から聞いたり学校で習ったりしただけです。なるほど国家功労者としての苦しみは現実にありました。しかしそれでも当時の私は、ご当地の言語道断な放し飼い男性の実態も判っていませんでした。こんなひどい国でよく女が生き延びているなあとは思いましたけど、肝心のところを理解していなかった。どうぞお許しください。そしてずっと苦しんでいました。その上どうしても連絡が出来ない、事情がありました。

ウラミズモ婚は、女同士の友情です、しかし友情とはいえ、嫉妬は大切です、当然の権利、モラルとして、妻は私があなたと交流する事を禁じました。私もそれが正しいと思いました。ですので長く連絡する事が出来なかったのです。独身の時に、一度産着だけ贈らせて貰いました。しかし結婚後は、お金はあっても妻の財産です。いぶきさんの学資を出してあげる事も出来なかったし、様子を知ることもせいぜい白馬から少し聞けるだけでした。そもそも白馬だって晩婚とはいえ、パートナーがいたのです。それは、遠慮はありますよ。

さて、これからの私はどういう国をつくりたいか……むろん予防国家です、軍隊より警察より予防警護団があれば、それで良いのです。だってもしあの時警察がストーカーの予防をしてくれていたら、母の従妹は生きていられた。なのに彼らはストーカーが「まだ殺していないから」という理由で平然と放置した。にっほんの警察は予防をしません。ことが起こってからそれを出来るだけ隠蔽して、それでも現れてしまうと、今度は必死で検挙する。故に死屍累々の中に検挙率だけ高い。しかもその検挙は無論、冤罪も込みでです。他の分野も医療制度も、農業政策も、にっほんでは予防をしないのです。

でももし、すべての法や制度に予防という概念を中心に置いた予防国家を作れば、誰も殺されない。戦争も起こらない。その国家にけして、中央集権を私はさせません。

と今宣言した以上、私は戦闘なしで、にっほんを占領するつもりでいます。今にっほんの現状を見るに、東京は宗主国で県は植民地、これを廃止するには各県による海民連合を作って、にっほんを解体し、東京を廃都するしかない。そして私は反事件主義、反中央集権、反戦争主義を最重要項目として、この連合を合議で運営して行きます。ひとつの都会に富の蓄積をさせません。リゾーム的な国々がその時々協力し合い、犯罪の捜査も部署や県境の硬直化をさせず、連携で行くし、沖縄と東京を対等にします。また反戦争の観点においても、今後はヘイトスピーチを戦争煽動と呼び、国家反逆罪のひとつに位置づけます。これは予防という概念によって可能になる事です。国家反逆予防罪により、戦争煽動を殲滅するのです。それは同時にまた殺人幇助予防罪によって自殺者やデマによるヘイト虐殺が出る以前に、そのような幇助見込者をすべて殺す事を意味しています。徴兵もまた、戦争幇助予防法により、戦争したい者を八十歳といえども庸兵として、他国に売り飛ばします。家庭内暴力も親族殺人予防法により、取り締まっていきます。そして権力とは何か？　女を舐めるものだ。そのすべてを圧殺すれば国は蘇る。男性保護法とは男性犯罪予防法でもある。

　これからは一県一県が独立して、海民連合が出来るのです。基地もすべて中央集権ではない合議制で決めていきます。そもそも私達元県民が搾取され捕獲されるためにだけ、大樹に縛りつけられる必要は、ありません。そして、ここからは夢です。ある日急に、各地バラバラの地域通貨だけが一気に統合される、そんな日が来ます。それこそがＩＭＦのコントロール出来ない世界通貨です。要するに、……海際の交番から、私はここまで歩きました。アルマーニのスーツはもう着ていません。

　私の心の中はいつも空虚で体力はありあまり、ただ人に好かれたい目の前のものに、そう思いながらけして手が出なかった。昔の私のような少女を見ると隠れて号泣し。なぜ涙が出るのだろうと不思議でした。国なんかいらない、ただ民に尽くしたい。でも民のために必要な家として国を守りたい。しかしその一方で、不安にも襲われます。だって、たったひとりのあなたさえ得られなかった。

今私は独身です。総理になる以上、ウラミズモ婚のパートナーが必要です。

結婚してください、もし無理ならいぶきさんを養女として、私に託して頂けないでしょうか。白馬から聞いて、とてもにっほんでは暮らせないような素晴らしい人材と思えてならないのです。それにこの国にいる事は大変危険です。木綿助ごときは助けようもないけれども、どうか、せめて、あなた方だけでも。

そもそも、今にっほんが五度目の戦争に突入した事はご存じでしょうか。最初二度勝った時も、オリンピックの後も、金はひょうすべが全部持ち去り、ただただ経済格差が開いただけだった。そしてさらに、次は地獄が来ます。今の戦争に負けた瞬間、そこはこのままならば核物質だらけの国になるはずです。大分前から、毒物が特定出来ないよう、検査を禁ずる体制になっているはずで……。

かつて難民を助けようともしなかったこの国家から、政府と大企業だけが外国に移転され、生き延びるでしょう、彼らは安全な先進国に暫定政府を置き、そこからだいにっほんの生きた少女を売りつづけ国を売りつづけます。そしてあなたの国土とだいにっほん政府は昔と変わらず、実に何の関係もないまま、売られ、売り飛ばされるだけの時間軸を辿るのです。

そうです、今からにっほんは、世界企業によって核廃棄物の置き場にされるのです。しかも、……。

TPP成立後、他の「無垢」な国を騙して売りつけた本物の原発が、今や大量に事故っているのです。むろん海外はにっほんに、賠償を、請求してきています。それは悪のＩＭＦでさえもびびる程の金額です。
この国はもう、自己破産させるしかないという事です。しかし、ウラミズモは必ずにっほんの女性だけは助けるつもりです、まあ男性については、家畜人ヤプーの国となるか、ウラミズモ支配下かを選ぶだけの事ですが。だってこのままだと。

　核廃棄物に加えて、日本の半分はまた軍事基地兼練兵場にされてしまいます。残忍な兵士の発砲により、多くの人間が死んでいくでしょう。家の庭先に乱暴者がきて、命や魂に係わる無数の嫌な行いを繰り返すでしょう。大国のお金もうけのため永遠の激戦場にされるでしょう。しかし詩歌さん、私はどうしても、あなたを救いたい。どんな成功も賞賛も、私を救わない。ウラミズモは今も、ただにっほんへの怒りで呼吸しています。むろん、……。

　怒りは何も解決しないという人々もいるが、ウラミズモは解決など望んでいません。私達はただ女と生まれて同時に、人間と呼ばれたい。女であって堂々世の光を浴び、道の真ん中を歩き、追われず笑われず、数を抜かされず、いない事にされず、生き延びたいだけです。なのに、私は時々死にたくなるのです。だからどうか、あなたの力で生きさせてください。私もひたすらにあなたを生かしたい。

　もしもフェミニズムが男の言い分の理屈の床を磨き、名を呼ばれれば歯を剝いて笑っているだけの「冷静」なものならば、ウラミズモにはいりません。ひとつの怒りがあれば、太陽は昇ります、米は育ちます、言語は永遠です。そしてどうか我が国に「表現の自由」だけはないなどと思わないでください。ここには、なんでもありなのです。ただ場所を限ります。

男性は保護牧場の中で最低生き延びる事が出来、その中なら、ヘイトデモでもロリコングッズでも差別エンタメでもなんでも許します。しかし、詩歌さん、そこに怒るというのもまた誤解ですよ、想像して下さい。つまり、これがどのようなひどい演出と報復を伴った「復讐アート」なのか、ウラミズモギャグなのかを。私は政界引退後ここの総監督になり、この復讐エンターテイメントに全力を尽くします。なぜなら私はあなたがけして笑ってくれなかった、ウラミズモギャグであなたを笑わせたい。喜ばせたいから。それが私という人間の最後の仕上げです。しかしこれらをすべて達成するためには、私は百五十歳まで生きなければなりません。

誰かにいて欲しいんです。結婚してください。民のために生きるけれど側にいてください。何もできないけれど良い国に住まわせます。平和に暮らさせます。私は私の民とあなたを好きなんです。

祖国万歳！　戦争反対！

この手紙が届いたとき、無論の事、詩歌は世を去っていた。

二千六十七年春、ウラミズモはだいにっほんを占領した。

5 埴輪家の遺産

たったひとつの愚かな判子により、こうして、大切な生命と独自の芸能をも保っていた一家、が、滅んで行った。「何も残らない」？　しかし、ならば、埴輪家というものはこの火星人一家は、最初からいないも同然なのか？　だって喜びも怒りも生命もあったではないか、だが、それはどこに？

全て無に帰したのか、何も残らぬのか、いや悲しくはあるものの、ささやかではあるものの残るものがあった。それは埴輪家の人々が書いたものと、語ったものである。但し。

埴輪豊子は知的ではあったけれど、その生涯を教壇と、詩歌の教育に捧げたと言える。また、その娘ひるめ、は生け花に熱中し書く方にはけして行かなかった。というのも、ひるめの母豊子は子育て期、病勢不安定であって、それでも週一の授業に集中したくて、娘をたびたび、夫や自分の母親に託していたからである。そのため、どうしても直接の影響を与えにくかった。またそんな豊子は、文学は好きでも体力が足りなかった。

「おばあちゃんね、書けるなら、書きたいのよ」というばかりで、詩歌はその傍らで「ああ、書けるなら、書く方が、いいのだなあ」と思って育ったのだ。

つまり、詩歌は書けたのである。

「国家元首」になるほどの「男」に見染められながら、結局気付かず、しかも男の子を妊娠してしまったせいで、早くに貧苦の中で死んだ埴輪詩歌、でも、書くことにはいつも、希望を持っていた。学生時代に書いたいくつかの短篇を生涯手入れし続けたほどに、努力を止めなかった。しかし惜しいことに今現存で完成しているのは、「ひょうすべの菓子」ただ一編のみ。後は時系列の不具合や大きい破綻があり、作品とは言えない。また、そのただひとつの短篇に実は、地元の不流行作家の指導が入っている。

作家は小学校の朗読発表で詩歌の資質を絶賛し、その成長を見守り、後々はウラミズモに推薦した。ウラミズモはこれを信頼して、いくつかのエッセイと日記、そしてこの「ひょうすべの菓子」の初稿のみで彼女を、受け入れようと決めた。

女人国にさえ行けば、確実に開花したであろうこの天才少女を、「沼際の噛みつき亀」と呼ばれる高齢の女性作家は、可愛がりつつ細かく、欠点も指摘、たびたび彼女の人生の聞き役ともなった。また、——。

この作家には、彼女の存在、その生命力にインスパイアされて書いた、短篇「ひょうすべの嫁」がある。十代を通じ、詩歌は作家をたずねて指導を受けまた、自分の生活や悩みを作家に語り、訴えた。つまり詩歌は詩歌で作家の発想したその「ひょうすべの嫁」という言葉を受けて二次創作のように書いていったのだ。さらに作家からその郷里の方言、伊勢弁を習得し、作品に生かした。

この師弟付き合いは随分続き、とはいえ結婚後は難しい夫にべったり依存されて詩歌の方から、疎遠になって行った。けれども、けして喧嘩別れではなく（作家も高齢になって、ウラミズモの援助を受けながらひっこんでしまっていた、彼女の方は大変長生きした）、書く事を、細々とでも、夫に煩わされても詩歌は止めなかった。

中年になっても、豊子の授業や作家の指導を生かしともかく止めなかった。とはいえ、夢のない世の中で発表のあてもない、風刺作ばかりが未完成のまま、……そこで、自信をなくすたびに、本人の「若い頃の代表作」を読み返して、褒められた点を思い出しつつ、楽しみながらせっせと手を入れたのだ。

つまり、「ひょうすべの菓子」とは、子供の語りで書かれたおとなのものなのだ。なおかつ、詩歌の生きた現実、時代を多く切り取ってはいるものの私小説ではない。主人公はブスなのに詩歌は美人だし。

四十代で急逝するまで、磨き続けた作品。そもそも最初から本人よりもずっと強くて、社交的な少女が主人公である。また書いているうちに思い出が美化され、花屋も実際より大きい店舗に書かれ、親も葛藤なく愛情ある人物のように、主人公も外国研究者と交流があるなど、おとなっぽく特別な存在に改稿されていった。ことにその中の火星人スーツについて。

地球人であれなんであれ装着すれは筋力が増強される介護、運搬用スーツというのは、実は二〇〇二年に既に実現していた。が、作中にある喧嘩に勝てるほどの品、ウラミズモで言うところの「男装スーツ」、「娘スーツ」は、手紙の主、浦知良が開発したものだ。

むろん詩歌はそれと知らず、ただウラミズモのそういう噂を聞き、自分の子供の頃にあったものと創作して、作品に取り入れた（初稿においてはただ、腕力、ケンカが強いだけの主人公であった）。「昔からあったら、良かったのになあ」と思いながら書き加えた。しかし、その段階では軍事理由等の問題があり、ウラミズモ国外不出だったのだが。

こうして長年、作品は作者と一緒に育ち続けた。改稿する間は、彼女もあるいは、幸福だったかもしれなかった、なのにある日ふいに、……。

不運にもそれは、「完成」してしまった。

他、「ひょうすべの約束」は詩歌の死後、作家が彼女を忍びその聞き取りを生かして書いた作品である。こちらの方がむしろ本人の実像に近い。

そして詩歌の子供、木綿助、いぶきもまた、少しずつその「遺産」を残す事になった。

詩歌の娘いぶきには、みたこ教団との関わり合いにおいて、短い人生を語った、自己語りがある。『だいにっほん、ろんちくおげれつ記』の中にそれが散見されている。さらに『だいにっほん、ろりりべしんでけ録』の中には若いながら火星人落語の究極芸と言われる、自分が殺されるシーン、を語る芸が収録されている。

他、『だいにっほん、おんたこめいわく史』において、火星人落語の新作、それも自作を埴輪木綿助が演じている。但しはっきり言って古典作品でもなく即興だし、父木綿造と違って、名人でもない。

という事で、大変残念なのは埴輪木綿造である。というのも彼はその貴重な作品をまったく記録せずに世を去ったのだ。これは彼の病的で不運な凝り性のためである。完全主義の敗北というしかない。というのも、……。

彼は死後も残すつもりの演目からまず十話を選び、それを完全な形で、映像化すると称し、迷いはじめたからだ。例の火星人落語ブームの間、いくつも引き合いがあったというのに、選ぶ段階で長考に入り、止まってしまった。その上でいくら催促されても、ただ自分を叱咤激励して一層精進し、稽古に消耗し、さらなる上達をと求めているうちに、亡くなったのだった。またどの舞台に上がっても、記録に対して厳しく制限をし、撮影も筆記も録音もさせなかったため、たまたま残ったというものさえ絶無であった。尊重していたはずの妻詩歌にさえも、その件では絶対に口を出させなかった。

故に一番優れた語り手の資料がここにはない、ただ「ひょうすべの菓子」と「ひょうすべの嫁」をここに収録する。

6　ひょうすべの菓子

とがはなし　つきのよざらし　しらできて　いまはよがみの　ともをするなり（――引用）

「怖かった」、時々、家のおトイレに行ってこっそりとそう、言ってみます。それ以外にどうしていいか判らないですから。変な行列に会ったことはもう黙っているしかないし、ネットでおとなの友達に言おうとしたら、メールが通じなくなってしまいました。もう、趣味の怪談どころではなく、ここのところ毎日ぶるぶるしています。本当にぞっとする体験でした。ていうか、ぞーん、となりました。ぞーん、ぞーん、ぞーん。

本当にぞーん、てなる事があるんですねえ、ぞーん、なんて言い方、ひょうすべ話に出てくるだけだと思っていたのに。つまり数日前まで私は軽くそんな内容でメールのキーを打って、送信を押したりしていたのです。ところが相手の返事が来るどころか、ふいにカーソルが変な方向に動いて電源が切れました。メールがあると思う事さえ甘かったのだとその時に気付きました。ここで完全にへこみました。メル友はテレビに出ていないけど偉い評論家です。ただそれでは食べて行けないのでゲームの宣伝や紹介をして暮らしています。けしてボーイフレンドというのではありません。いちいち連絡とかしない方だし（その人はもう、二十五歳です）、私もおとなの男の人は全部おじいさんと思うだけなので。

ネットでの私は花屋の店員ということになっています。家《うち》は本当に大きな花屋なのです。私はお店に働きに来ている従姉の写真を、自分のものだと言ってブログに貼り付けました。家族用のパソコンをお店が忙しい時に内緒で使っています。子供の携帯は禁止されています。

ネットは嘘ばっかりでしょ、と母は言います。私が歳をごまかしてブログをやっている事などまるで知りません。だけど見たいものはネットにしかありません。なるべく、こそこそとやるしかないわけで、しかもそこでの話は間違いも多くて、なかなか、人には広めようもないものです。そうそう、よそからのメールにも「出しているのに届かない」のがあるはずです。最近ではよくあることなのだそうですが、自分がそうなったのは初めてです。

私は来年から「おかあさん」と呼ばれます。十一歳です。

選挙に行けるのは十八歳からです。だけどそれより早く子供を産め、という事らしい。しかも自己責任で、誰にも頼らないで。

ていうか来年からもう、結婚出来ます。我が国の女の子は早く結婚しておかあさんになり、「自然環境の保護」や、「反核」をしなければならない。そうしておいて、産業の役に立つ子供を産むのです。産業の役に立つ子供を育てながら「反核」をします。反核ではなくて「反核」です。

ええ、ええ、「反核」と反核はそうとう違います。でもどこが違うのかはネットにも載っていません。ただ「反核」には大きなお金が動きます。その証拠に「反核」のカギカッコはずしてみい、セシウム飛んでくんでー、とゆるキャラの「クリーン」げんちゃんが喋っているＡＡ《アスキーアート》を、最近、見つけました。この、げんちゃんは原の字の日の中の一本線が目のマークになっています。その目はひとつで睫毛がありません。瞼もありません。外国にもそんなゆるキャラがあるというわけです。それはウラミズモという国のマスコットです。その国は日本の中にあるけど独立国です。ぶさいくなくそ高いワニのヌイグルミも流行《はや》っています。それもウラミズモのマスコットです。

　ウラミズモの事はあまりよく知りません。ただ電気料金の領収書に国名が書いてあるので、名前を知りました。

　というのもある時、私がテレビを見ていたら母がパチンと消して「我が家の電気代よ」、とみせたのです。すると料金の説明が百項目もあって中に、大きい大きい数字がひとつありました。それは「ウラミズモ対策利子」というもので、聞いてみるとよその国名です。ほら、と母は言いました。これ高いんだから、よそ見するならテレビを点けないで、と。

　そうそう、ごあいさつを忘れました。ヘルンさん。初めてお便りします。実はあなたが私のネット友達の中で、住所を知っているただひとりの方です。その上私と同じような古臭い日本語を使う手書きマニアの方です。ドイツの日本文学科の先生を手伝う、助手の方ですね。そしてお国ではヘンタイと呼ばれ、警察に調べられたり人々に嫌われたりもしている方、ですよね。

　あなたは去年、このだいにっほんのヲタク文化は大好きだけれど、それ以外のことは何も知らない、教えてほしいとおっしゃいました。でも、ごめんなさい、同時に結婚を申し込んでくれたのにはお礼を言いますが、実は私、まだ本当は十一歳なので、それでその事をいちいち言うのがうざいと思い、ただ結婚出来ないと言ってお付き合いを断ってしまったのです。またもし十二歳になってもあなたはあまりにもおじいさんなので結婚出来ません。だけどこれからは文通させてください。

というのもメル友は誰も住所を公開していないので、紙の手紙を出せる相手はあなただけなのです。なのに私はおばあちゃんの影響もあって、紙とか手書きとか好きなんです。他には怪談が好きで。確かあなたも、そう言えば怪談が大好きなのですよね。その上私の国の風習にとても興味がある、このだいにっほんはまるで怪奇の国だと。だからぜひ知りたいし怪談も集めたいと。

あなたの目から見て私達の国は、少し変わっているのかもしれませんね。子供の遊びとか学校生活、知りたいですか。

私の学年とクラスの事を少し紹介します。

わが国、だいにっほんでは男の子は十二歳になると、学校で、へいたいさん、と呼ばれるようになります。また、女の子は十二歳になると、やはり学校でおかあさん、と呼ばれます。

国民の祝日には男の子は「みんなの雑巾掛け」に行く事にきまっています。女の子は教室でひょうすべさんのお菓子を焼き、「ごめんなさいみんなわたしが悪いのよ」という歌を歌いそれを食べます。去年、あなたがメールで尋ねていたひょうすべの菓子です。

このひょうすべさんというのが何か、とあなたは聞きました。しかしこの国にいて、実は私達にもよく判りません。多分おとなの人もまったく判っていないのではないかと思います。ひょうすべさんはＴＰＰというもののあった年に、ＩＳＤ（Ｓ）というものにくっついてわが国に入って来たそうです。おんたこさんがひょうすべさんを連れて来たと、今の教科書には書いてあるのです。

また、このひょうすべは外国産の民間のもので、おんたこさんとは直接には関係ないと言われています。つまりわが国において関係ないとは、けして責任を取らないという意味です。ところで、実を言うと、このおんたこさんのほうも私はよく判りません。ずっといて嫌だけど個人には説明不可能な存在です。だけれどもおんたことひょうすべ、ともかくこの二つの言葉は、判らないけれど、この国で生活して行くなら絶対避けられない言葉なのです。

ひょうすべさんの菓子は、ふくじゅうのガレットと呼ばれる事もあります。それはいつも家庭科で焼いているお菓子と同じもので、ただ、普段より多くひみつの粉を入れることになっています。この粉は安いおいしいお菓子には普段でもよく入っているそうです。ことに便利ですぐ食べられてどこでも手に入る、子供の一番好きなお菓子には必ず含まれます。祝日の菓子にはこれを普段の千倍も入れているのです。

このひみつの粉を食べると女の子の中の二万人に五人がひょうすべを産みます。産む年齢は普通十二歳です。ひょうすべを産むのを女の子は嫌がっています。しかし二万人に五人は必ず産むのです。

その五人について、そんなに気にしなくてもいいといつも先生は言っています。理由は二万人の中の五人という数が大変少ないからです。他には。

ひょうすべを産んだ女の子はいなくなってしまうから「考えても仕方ない」ということです。それも産むとたちまち、全員がこの世から消えます。理由は産んですぐ自分の子供に食い殺されてしまうからではないかと言われています。でもそれならばそんな危ない行為は禁止しなくてはなりません。

だけれども実はそうではないのだということを言う人もいます。つまりひょうすべを産む女の子は最初から死ぬような重い病気に罹っているから産むのだという理屈です。産んで殺されるというのではありません。産む時にはもう病気で死にかかっていて、出産の時に丁度寿命が尽きるそうです。でもそれなら死体はどこに消えるのでしょう。

「死体については今調査中です、何が真実かはまだ判りません」と先生はおっしゃいます。

「今おとなや偉い人が調べていますからね、何十年もかけて本当の事を調べ、確実な証拠をあげてきちんとするのです。それで本当にひょうすべが女の子を食い殺していると判ったら、その時は正式の手続きを沢山して、それで、ひょうすべが産まれますと役所にちゃんと申し出た人だけが、自費で、高い高いお医者さんに掛かれるようにしてあげるのです。おとなはきちんと考えていますから……ね、ですから、あんまり、いろいろ考えたりせず、するべきことをして」

なるほど先生達はそう言うけれど、でも、気になりますよ。だってひょうすべの子は急に産まれるのです。この前はうちのクラスからひとりの子が、いなくなりました。国語の時間でした。しかもその女の子は教科書の読みの最中でした。つまりひょうすべを学校で産んでしまうというのは割とあるらしいのです。それまではずっと普通にしていても、ひょうすべはいきなり産まれて来ます。マンガみたいですが、本当の話です。

その日、クラスはいつものようにぎゅうぎゅう詰めでした。先生が寝不足で倒れそうなのもまいどの事でした。国語の時間でした。「あめにもまけず」、とその気の毒な女の子の読みが聞こえていた。それは私のいる場所の十列後ろでした。「かぜにもまけず」、……真面目な声でした。その声が急にくしゃっ、と絶えました。さらに、「じょうぶなからだをもち……うわ……産、まれる」と呟いてから、教科書を置いた女の子はついに、「うわーっ」と叫びました。

そうです。私たちはちょうど宮沢賢治の詩を読んでいたのです。

うちのクラスは二百人クラスで、教室はぎっしり、なのでその子の様子はもうひとつ判らなかった。ただ、本人が立ち上がった時にやっと、その上体が見えました。

昔の小学校のクラスというのは一組が四十人とかせいぜい五十人、そんなものだったと親は言ってます。その上机をひとつひとつ並べていたようです。ところが今は長机長椅子を二百人が使います。動く事も出来ず、後ろも、前もあまり見えません。でもその時は首をひん曲げてなんとか見たら、やっと少しだけ見えたのです。するとその子はやはり、私の知らない生徒でした。

クラスの女の子の名前を、私は、殆ど知りません。自分のクラスでも女の子同士口をきいたり、名前を覚えたりする事はとても難しい、だって。

学校で友達を作るとなると生徒はいちいち書類を出さなくてはならないし手数料も取られるし規則もやかましいので、実際、なかなか出来ません。ですので、友達はネットで見つけます。私の友達はおとなが多いです。学校の相談もみんなネットです。そのせいか私の考え方も言葉も結構、おとなっぽいです。

何か困っても、先生には言いません。そもそも先生の下の名前を、私は知りません。というか先生の名前はこの校内ではずっと、仮名になっています。昔の先生は本名を名乗っていた。でも今は違います。その女の子なんてきっと、担任の上の名前を仮名ですら知らなかったはずなのです。だって。

「先生産まれます、先生」と最初に呼びかけてすぐ、女の子は泣いて顔を両手で隠してしまったから。またそれからずっと、先生、という呼びかけしか出来なかったから。先生もまた生徒の名前を呼ぶどころか、最後までかたまったたままだったです。

だって元々生徒は番号で呼ばれているのですから。というかその先生なんて、「産まれる」と聞いた途端に黒板の方を向いて顔を隠してしまった。

その人は、はけんの先生です。「産まれます」、という女の子の泣き声ですぐ、「いえー、とー、なーん、でしたー、かなー」と急に地声になって、片手を頭に乗せ、くるっと回って、黒板に顔を向けて、そのままになりました。女の子は無視されたままでしばらく泣いた後、男子トイレに、走って行きました。

女子トイレでひょうすべを産む事は禁じられているのです。

「最後に行くトイレは男子トイレやな」、とこれも知らない女の子が賢そうに言って、ノートにそう書きました。「おう見に行こや」と男子が二人、ぱっと走って行きました。いいなあ男子は子供産まんでよくって、と私は思いました。でも男子はへいたいに行くし、雑巾掛けもあるので、損だ損だと言ってばっかり。ところがそんな身軽な彼らが廊下に出てすぐ。

わーっ、という叫び声が聞こえました。先生がかたまったままなので皆でその、声を追いました。見に行った男の子のひとりが廊下で吐いていました。もうひとりの男の子は顔を紫にして股を押さえていました。そこには女の子の右手とハンカチだけが残っていました。トイレへ走っていく前に産まれたのだろうか。警察は一応来たのだけれど、それは女の子の親を逮捕してひょうすべを保護するためにすぎないのでした。


「みなさん、みなさん、今回は右手とハンカチだけ残っていて、他は無事で家出しているかもしれませんから、あまりいろいろ言うと本人が傷付きます。黙っていてあげましょう」。

とても心配そうに優しそうに隣のクラスから来た先生はおっしゃいました。この先生もまた、アルバイトの先生です。うちの学校がお金を借りている銀行が先生を沢山雇っていて、はけんして来るのです。

はけんという言葉は去年からひらがなで書くようになりました。それは多分幼稚園の先生もはけんになったから。図書室も保健室もすべて、はけんの先生。小さい病院もほぼつぶれてなくなって、大病院が増え、今はおいしゃさんも殆どはけんです。私は六歳の時、産まれたばかりの女児について、「この赤ちゃんも、はけん？」と聞いたらしくて、今でもよくその時の話をされて親に笑われます。女児は、すぐ死にました。

ひょうすべのお菓子はその頃にはもう食べていました。家はお金はありますが商売が忙しいのでそんなにお料理とかに凝る暇はありません。そして普通のものを普通に食べているとひょうすべのお菓子は避けられません。

「自分がお菓子を一切食べなければいいのよね、要するに自分が悪いんでしょう」、と、あの後、クラスの女の子がひとりだけ言いました。するとその子は十日後にひょうすべを産みました。今度は左手とポーチが残っていました。「一クラスに二人とはえらい多いですなー」、と言った男の子は転校して行きました。「いらんこと言うたからですか」と私が聞いたときに、急に先生は能弁になりました。顔をまっかにして、あんなに前向きに、しっかりした様子になった先生を見たのは、初めてでした。

「いいですかかれはじんけんをしんがいしたのです、よけいなことゆって、じょせいさべつをした、じょせいがこどもをうむことをばかにしたのです、だからでていってもらいました、ね、みなさんもうじゅうにさいのりっぱなおかあさん！　おかあさん、おかあさん、おかあさんはみんな、へいたいさんにしたがってでもにゆきましょう、おとことはりあうようなことはあんちふぇみにずむです、おかあさんはせっくすさえしていればりっぱにはんけんりょくです、ね、おんなはみんなおかあさんになって、せっくす、せっくすおとことはべつのことでさんぎょうにこうけんいたしましょう」。

先生は拳を振り上げて節を付けて、ずっと怒鳴りました。でも、暴力は振るいませんでした。というのもクラスで暴力を振るう係の人は別にいたからです。だって別料金だから。彼らは銀行の子会社からはけんされて来るのです。「あの人達も、食べて行かなくては……なりませんから、ね」と先生は言いました（結局その人達は男ばっかりで服も武器もとてもカッコいいのですが、でもおじいさんばっかりです）。

しかし最近の先生って本気になるととんちんかんに喋ってひらがなで書く人しかいないのかなあ。私よりばかかもね、はけんだからなのか、でもよく判らない。だって、私ははけんでない先生に習ったことがないから。

昔の先生は漢字を全部正しく書けたそうです。黒板に漢字を書くという事が先生の仕事の殆どだったそうです。しかし今は国語の先生でもひらがなばっかりです。難しい大切な言葉はひらがなで書くように学校の規則が変わったからです。また先生本人があまり漢字を知らないからです。この前、憲法が全部ひらがなになりました。私はネットが好きなので文字はおとなよりも知っています。捕獲装置という言葉もほーら書けます。でも意味はまったく判りません。でも評論家の友達はブログで書いていた。

「ソーラーもデモも反核言説もスマートグリッドも、たちまち、今までの権力からの捕獲装置によって利権化された。これからは何が起こってももう報道されまい。つまり変革とリセットを唱える人々によって体制は維持された、まったく元のままの腐敗を温存して」。

なんだかお経みたい、結局じじいの言う事なんか判らないわと私は思いました。でもこれは彼が私の質問に答えてくれた最後の言葉なので保存しておきました。彼のブログは、もうありません。ツイッターのアカウントも消えています。でも私が尋ねたのはこういう言葉なのに。

「ねえねえこんなに節電しているのに、なんでずーっと原発使ってるの？　なんで電気が高いって夜七時に寝かされるの？　電気代を勝手に高くして会社も潰れないのに、なんで男の子は雑巾掛けに行くの？　そしてどこかに、粉の入ってないお菓子、安く売ってないの？」

まったく男ときたらちんぷんかんぷんだわ。

粉の入った菓子は別に、不味いわけではありません。むしろおいしい安いのに入っているのです。粉を全世界に届けるようにしたいと、わが国は思っているらしいのです。また国中のどの人にも行き渡るようにしたいとも、思っているらしい。先生に隠れて、私達は思いっきりうわさをまき散らした。

「どの菓子にもひょうすべの嫁の粉が、入っているらしい」

小四の時にひょうすべの嫁になったらどんなに怖いかという話を急にしました。クラス二百人のうちでその時、ひょうすべを語れたのは五人だけでした。その五人で当番室に集まって怪談仲間になろうとしたのでした。保健室は先生が見張っているけど、当番室だとおんたこ当番が帰ったら誰もいませんから、そこに決めました。私達はその時初顔あわせでした。リアルの友達ではなく、いわゆるオフ会です。会ってみると全員ぶさいくでおんたこ当番はやらなくて良い女の子ばかりでした。

だから話がけっこうはずむかもと楽しみにしてたのです。だっておんたこを好くか好かないかでもう全てが違います。そうです、さっき私はおんたこが何か判らない、と言いました。でもそれでも私はおんたこが嫌いです。おんたこが何かを誰ひとりとして、説明出来ません。だけれども好き派と嫌い派ははっきり分かれるのです。嫌い派はことに話が合うはずです。ただネットではあまり突っ込めない話題です。結構危ないという事は、子供でも判っていなければなりませんでした。

表ブログで私はおんたこという語をＮＧにしています。しかし裏ブログでは盛り上がっていました。直に話したらどんなに楽しいかと思っていた。その上全員が怪談好きばかりで、最初は本当に楽しかった。なのに最後は二度と会わないという自然解散になってしまいました。たった一回の会合です。あんなによく話せたのに台無しになって。しかも大喧嘩で終るなんて。

会の五人中三人は、私のクラス外の人、ひとり同じクラスの人がいたのもたまただった。同じ学校のこの女の子達と知り合ったきっかけも、当然ネットでした。中の二人とは裏ブログの方で知り合ってそこでの私は自分の本当の歳を告げています。他のメンバーはその二人の知り合いです。同じ学校なのにネットからなのです。そして怖い話を自分達で考えるオフ会をしようとしたわけです。

ネットだけだとつまらないから直に怪談を語りでやりたい、ていうより、これ以上電気が高くなるとネットが出来なくなり、怖い話も集められなくなる。それで、自分の飲み物を持って私達は集まった。

学校の飲み物は値段がやたら高い。でも持ち込みは禁止です。水道があるのはトイレだけでしかも濁り水です。自販機のペリエは一リットルのもので千二百キモータ。飲み物はハンカチと同じように今は必携です。じこせきにんなのです。

くそ狭い当番室には偉いおんたこの死体や足型が飾ってあるので本当にうざい、でも好きな怪談をみんなで作ろうという機会が来て、さあここでしみじみ、一緒に飲み物を飲んで話し込もうという気分が最初から、漂っていました。そこで。

「はじめまして、こんにちは、私そこの埴輪花店本店の子です。埴輪詩歌と言います」と自己紹介をしてそれから。

そうです私の欠点は気が早すぎて時々欲望のままにつっぱしることです。本当ならそこでその後次々と他のメンバーの自己紹介を聞いて、その上で最初に発言する許可をいただかないと駄目なのです。ところが私ったら。

ついそのまま、「ねえみなさん」と大事な提案をぶつけていました。

「この際ネットで言っていたホラーという言い方は止めて怪談と言いません？　古臭いですか？」と夢中で、はねあがって。

実は真先にこの事を言うつもりで、家で言う練習までしてきてたのです。ホラーと言うとただスプラッタなのとか私の嫌いなのもあるけれど、怪談と呼ぶと、わざわざオフ会に集まるだけのねうちがある良い語りが出来ると思ったから。まあ怪談という言葉はドイツ人のあなたに教わったのですけど。

言ってしまってから、あ、私って勝手で失礼な女、と赤面しました。ところが「殆どは」いい人ばっかりだったので。

「そうやな、怪談て言うといい感じがするわ、そもそもホラーというと、ゲームみたいで」、まずひとりの女の子がすぐ賛成を返してくれました。「怪談、かいだん、難しく言うほうが怖そうやね」ともうひとりも。そして黙ってるひとりも、にっこりしてくれて、その子はちょっと見た事もないような髪型をしていました。――小学生は美容院禁止だと思っていたのにそれは、とても風変わり、そもそもそめてはいなくても地毛が栗色です、長い長い縦ロール。その髪を揺らして、両手の指先をちょっと合わせて叩くと、嬉しそうにうんうんと頷いてくれる。そこで私を含めた四人は安心してえへっとかそれぞれ声に出して笑った。すると、そこで、変な声がした。知らないキャラだった。まず失礼な笑い声が長々と続いて。

「そっかーあ、同調したいだけか、あんたたちって、みにくいよねええ」と、急に。

あれ、っと思った。チャットルームにこんな子いただろうか。ネットの知り合いとそのまた知り合い、顔と名前さえまだ合っていません。だってもし反対意見なら例えば「ホラーって言葉も軽くて好きですけど」とか言えばいいだけなのに。

ルームではみんなうまく意見を交換していたし煽る子はいなかった。まあネットの煽りなら今はもっと小さい子供でも慣れています。ところが目の前で言われると迫力が違います。こうしてみると相手は口元に黒子《ほくろ》がある。上唇を歪めて三角にした口で噛みついてきました。最初は誰も、特に気にしませんでした。ただ、まず賛成してくれた女の子が「へえ、これが同調て、なんで判るの」と軽くいなしただけで。

私はその時、あっ、これはいつものあの人や、とすぐに感じた。チャットの時、反論を質問で言い返す癖があるメンバーです。すると。

「やれやれ批判されたら逆上か」と黒子の子はまだ棒読みで言っている。逆上？　同じ土俵に上がらないままに、偉そうにするのならほっとけばいいのですが。

「なんか、難しい言葉知ってはる、偉いですね」と別の女の子がすっと追い打ちをかけました。

ああ、この子もネットのあの人とすぐ思った。チャットではいつも次々と残忍な昔話を持ってきます。でもその前後に必ずしゃきしゃき挨拶してさっと人を褒める。その上オフで会ってみると、意外にも声がきれいでとてもいい感じ。そうそう、このネットの早打ちと真逆なもちもちした遅い声で、あの残酷な感じの怖い話を、今から聞けるのだ。なんだか本物の妖怪や殺人犯と会っているみたいな不思議な気分やわ。ああ、どんなに怖いかと、わくわくしてきました。ところが、まだ言ってる！

「ああありがとういい性格ですね、めごと嫌なのねー」と冷たい笑いがちの声。ふうん、じゃあ次は私を煽るつもり？　でもこっちは、相手している暇などありませんでした。

「もう、もう時間惜しいし」と私はまた勝手に話を進めてしまいました。「前にツイッターでうわさして怖がっていた、へびおばさんよりも、怖がれるのを、誰か知っている？」と。そこまでもう、我慢出来なくて、私は祖母が持っていた「赤い服の少女」の紙マンガ本をついついカバンからすっと出してしまった。どういうわけなのか、私は電子書籍があかん、それに紙は物質だし、電気代もいらないし。ああ、でももっと盛り上げてから後で見せようと思っていたのについ出してしまった。で、たちまち、「わああーどうして画像上げへんの」と質問魔の女の子が私に抱きつきました。

じじばばの世代のマンガは絵が暗くて豪華です。背景もぎっしりでストーリーが多い。私は夢中で大声で笑ってしまった。「だって知らん人に見られるの損やから、それにそんなもの送ると電気代のことで、親に叱られる」と。すでにみんなもう狂乱です。早く話したり聞いたりしたいのです。怖い話はその内容以上に、人から聞いたり聞かせたりすることが面白いので。

質問魔の子が本をすっと両手で取って、読みはじめました。そのお返しで、「これ松谷みよ子の怖いの」、と戦争物含みの文庫を私は受け取りました。ファイルのやりとりは容量も時間も大変だし、親に内緒ではとても出来ません。

なんとなく場が熱くなって空気が、前に進みました。するといつのまにか黒子はなぜかはっきりえくぼを出してずっとにこにこしている。ああああこういう女は人にも数にも負けんでも、空気には負けるのやな、あなたさま、その笑顔が憎まれ口の代わりやろ、私は店屋さんの子やからそんなの、よく判ってるわよ、と思っていた。

だって最初の自己紹介の時も、すぐに煽られて放っておきましたから。「はにわ？　しか？　はは、ならしかのしかかあ、親がアニヲタではねえ」とえらく古いことを言われただけですし。

詩歌と書いて、しか。そしてならしかではありません、これは、はなしかの「しか」なんです。そして詩と歌はきれいな漢字をあてただけで、「しか」とは平成より前の言葉。落語家のことを一部の人が略してそう呼んだそうです。

そう、煽る子なんかまったくどうでも良かった。そこからはしばらく本当に楽しかったです。

一生で一番楽しかったくらい。

中でも「へびおばさん」をもっと怖くしようというのがあまりに楽しかった。「伝説」の本なので実物を誰も読んでません。でもその知ってる部分だけで、おばさんが女の子を苛める時に、どうするか、縄でくるとかそんなのは普通すぎる、と相談して、だからおばさんが蛇女になるところでもっと怖い動作をさせる事にしよう、となった。「では、追って来る時だけ目玉と口がひものように伸びるのどうやろうか」、「ならば食べた蛙が全部蛙の卵になって髪からトコロテンのように出てくるようにしても」、話していてわくわくしすぎて気がついたら「埴輪さんて、天才やわ」と言われたりしていた。でも褒められたことよりも話を好きに作り替えるのが楽しすぎて、私はうっすらと涙を流していました。

語りの中ではやはりあのもちもち声の子の、松谷みよ子さんの、炭鉱の怪談というのが一番怖かった。「あなたこそ声優になれるわ」とお返ししました。だけど……。

四年生の女の子が集まっていて、怖い話が好き、すると結局、ひょうすべの話にいつしかなってしまう。仕方ないのです。どうしようもないことで。

クラスでいきなりひょうすべの話が始まる事は、四年になってからはもう普通でした。大体四年生でいきなり怖くなる。同級生に言うしかないので、クラスで場当たりにやらかすのです。だって親に言うと、普通の親なら、とっても怒ります。そして、「ひょうすべの嫁なんかたった一握りやろ、ほっとけ、いちいち怖がるほうが無駄」と黙らせる。またひょうすべを産む事にしても、「二万人に五人やろ、もう考えるな」と教えるだけです。というか私はどうやったってひょうすべの嫁にはなりません。ただひょうすべを産む可能性は私の場合二万人にひとりではあるけれど、あるらしいです。

どっちにしろ呪われてるなあと思いました。怪談の時は死ぬほど楽しかったのに、それがひょうすべの呪いで、趣味の怪談に本物の恐怖を混ぜられてしまった。

お化け話はぞーっとして終わるけれど、ひょうすべの話なのでちょっとだけぞーん、とした。そう言えばそれが私の初めてのひょうすべ話でした。でも今思えば。

本当にぞーんとする百パーセントのぞーん、それはもうホラーとも怪談とも言っていられない。トイレに駆け込んで便座の蓋を開けて囁くだけです。「怖かった、怖かった、なんで見たのやろう、助けて、助けて、……」。

その助けての声は、自分の声のようではない感じになっています。人の分までも言っているようで。

そう、あの時もひょうすべと怪談とは絶対に分けたほうが良かったです。だってなんかその後で急にみんなの煽り耐性が尽きてしまったから。というのも、「へびおばさん」の作り替えが面白すぎて、私もかまえが取れてしまったし、他にも良い声の子が声優になった時の芸名を考えてあげたりして、みんな、あまりにも素直になりすぎたから。その間黒子の子はずっとにこにこ笑っていただけです。ところがいつのまにかひょうすべの話、まじ、祟りでした。

でもそれでも怖さを競うというのはその時は楽しいです。ついつい、そのまま流されてしまった。だけれどもそこからは一気に、ぞーん、でした。

それはつまり、マンガをまだ膝の上に載せたままの質問魔の女の子が、本からぼーっと離れていくような目付きでいきなりこう切り出した時（本当にふいに始まります）。

「ひょうすべの嫁になると嫌われても判らんようになるて、泣いている人の足を踏みながらにっかにっかむっかむっか笑ってござるって」

あっ、これ知っとる、語れる！　そうですあの時、そう聞いただけでもう、私はぽん、と背中を押されたと思いました。でも本当言うと、私はひょうすべの噂を、他のメンバーに比べて知らないのです。というのは私は他の子と比べると子供を産むとしても二万人にひとりだし、嫁というのもあまり関係がないのですから。

なのに、ああ、これは私というより、多分私に何でも教えてくれるあの神より偉い先祖星の霊が語りに来たのだわ、と思いました。何よりも「足を踏みながらにっかにっか」、という言葉が私のハートに火を点けてしまったのです。というか、話が降ってきたのです。心に先祖星が教えてくれたひょうすべ情報がだーっとわきあがって。

まるで大昔から知っていたかのように言葉が勝手に、私の口から飛び出るのでした。これは嘘やない、昔誰かから聞いたものか、先祖星の教えやわ、と。それでつい早口になって、沢山喋った。

「ひょうすべの嫁になるとどろどろの井戸に、百万年入っているのと同じくらい疲れるんて」、そう、そう、と誰かが合いの手を入れてくれた。「にっかにっか」と言い表した最初の子がぱっと嬉しそうに私の顔を見て、ぱし、と私の手を握りました。

もどかしい、もどかしい、と思いながら、私は自分がひょうすべを判っていたと信じながら続けました。

「ひょうすべの嫁はそこら中塞がれているて、痛いというのではないけれど、苦しいのやて、それで自分は泣かないけど、他の女がみんな泣いていると、やっとちょっと楽になるらしいて、なってしまうともう風呂に入っても気持ち良くないので、髪の毛に何がついとっても判らんようになるので、その上に」

と言って私は言葉を切りました。そろそろみなさんにお話の続きを作っていただかないとと思ったので。

「誰もみたことないけど、嫁は夜、首のない馬に乗って殺した女を、お供に連れているて」

さあ、先祖星は他の子のところに飛んでいってその子に語らせるぞ、と私は思った。そこから首のない馬をみんなが思い描けるように長く黙りました。すると。

その空想よりもっといい感じで私の語りに合わせた素敵な言葉が、もちもち声で、別の事を言った。関係ない話です。でもそれが間に入るとアクセントになる。あああ、素晴らしい。

「おかあさんが言うていた。道を通る人から聞いた話です。なんにも持ってない女の人がひとつだけ何か持っていると、ひょうすべの嫁はそれを奪いにくるので、泣いたり首吊ったりするところには来ないんて、そのひとつだけを取り上げてしまわないと、ひょうすべの嫁は肌が爛れて、口から腸が全部出て百年痛いのやて」

「そうそう、その腸で馬の首は切れたらしい」、と私は、ちょっとあつかましいかと顔色を見つつつい補いました。しかし、許されました。だって手を繋いでいるのだもの。私の話は許されたのでした。現実の怖いものをお話に取り込んで怖くなくする魔法をやりながら、みんなでくっついていたのでした。

そこでほーっ、と四人が一斉に安心しそれぞれが飲み物に同じように手を出した、同じケージの中で重なって寝ているモルモットのように暖かくなった。この地球で他の人にも先祖星を分け与えることが出来るなんて、感動やと思った。でもそれよりも他の子が私を許している事が素朴に嬉しかった。

心がかろやかになりほーっとして来ました。ココアとかチョコレートとか学校の販売機はそんなものさえ値段も倍の二百キモータです。だけどそれぞれが口元に容器を持っていってふふーっとゆるみながら。その時。

「やれやれ、もっとレベルを上げてくれないとね、首のない馬なんかどこでもある話だろう、これじゃ誰も金は払わないね、つまらん、くだらん」と、いつのまにかまた、あいつが首をこきこき折っています。しかし、彼女がいる事を私たちはもう忘れていた。

ここで自然と、相手のアクセントが違う事に気が付きました。地元S倉の言葉でもないし、三代前の国替えで集団移住して来た、私達のアクセントともまるで違います。

黒子は当番室の少ない椅子に勝手に座って、声もどんどんおとなのようになっています。組み換える足が短いのに腕は長いです。

ええ、確かに、「首のない馬」なんて世界中の怪談に出て来ると思います。四国の夜行さんなど、子供妖怪辞典にいつも出ている程、私も昔からよく聞いた話です。だけど、私は話の二番目に発言したのです。だから先祖星さんのしきたりならばお話を引っ張る係だと思います。

それで他の子が想像していろいろ言えるように最後言葉をわざと少なくして気を使ったのです。誰でもお話に入れるようにわざと普通の言葉にしておおまかにしてみたのだ。

そしてもちもち声さんが違うことを言ったのも三番目の発言者だから予想出来る展開です。ならばここから私は彼女を絶賛して、また首なし馬の話に戻し、補ってもらいたいものだ。そんなの当たり前でしょ、だってお話はそうやって作るものなんだから、と私は思っていた。でも違うのか。

親も兄弟も先祖も昔から私の所ではそうしてきた。私の話の進め方は間違っているでしょうか。何よりも首なし馬は人に聞いた事実です。どこで聞いたかを忘れていても、お話の中になら入れても構わない、はずだと思った。でも。

「退屈なんだよね、どっかで聞いた話だ、何も怖くない、金は払わんね」

私は別に腹は立たなかった。ただ、気がつくと私の心から、先祖星さんがいなくなっていた。

「ふうん、じゃあお尋ねするけれど、それは、一体誰が怖くないの？　またもしお金を払うとしたら、そもそも、どこで値段を決めるの」

質問魔さんの素直すぎる地声に、煽り屋はすっと横を向きました。明るく笑って、椅子の上できれいに体をひねって、スルーしたのです、すると。

「あら、でも、ねえ、なんとか一億キモータで買ってもらえるように、がんばらないと」。もちもち声さんが絶対にフォローになっていないフォローをして来ました。顔は質問魔さんに向けて笑ったまま。あはは一億なんて意地悪だなあ、と私は思った。

そこでなぜか、最初からずっとだまっている縦ロールの女の子が、その時に私を揶うように見た。一億という金額にだけ反応し、とてもきまりわるそうにもじもじしたみたい。それでも結局誰もまったく、煽られてなかったです。

煽り屋というより、ネットをやっていない人ではと思いました。何も考えないでただ煽っていたから。一年生の子供でも、真面目にネットをやっていればもう少し考えて物を言います。そうでなければ相手しても仕方がない程のおかしな人物です。

ともかく、仲間に首なし馬の話を続けてもらおうと思いました。だってただの作り話ではなし、そこに人から聞いた事覚えている事を付け加えるのが火星のおはなしの作り方です。

「首のない馬って怖くないのかなあ、だけど通る時は怖いときいたけれど」。あっ！

ぴゅっ、と顔に唾が飛んできました。こんな事する人はさすがにクラスにはいないといっしゅん思ってから、いや学校はとにかく荒れているからなあ、と思い直しました。

「だから、怖くないん、だよ、むしろ、金払えよ、お前らがよ」と言うやいなや、椅子から、黒子は立ち上がって来た。それから、なーんだー私の姓に絡んできた。すでにロボットのようなぎくしゃくした切れぎれの言葉、「美しいにっぽん語」で。ああああちゃんと私の自己紹介を聞いてたものね。

「だいたい、誰だよー、てめー、埴輪だってー、はははー、だったら、お前はどうせー、ひょうすべの嫁にはなれない、火星の女だろー、だけれども、その姓も、嘘だよなー、だって、その顔じゃあ、どう見ても、うちら地球人と、同じだよなー」、音痴のリズムで変な節を付けてずるーっと寄ってきました。あっという間でした。

頬を撫でて私の顎を片手で摑んでいた。べったりと肌色の、節に変な皺のあるぶっとい指でした。気持ち悪い。上唇の方に向けて腐った舌が出ていた。もちろん私は腹を蹴りました。地球人と違って火星人スーツは足先まで結構硬いですから。

痛かったと思います。三年生から、私はS倉の小学女子サッカーチームで、センターバックをやっていたのです。スーツでこれをやるのは大変ですが、どうせ地球では一生着続けるのだ。だったら完璧に動きたいと思った。足は特に訓練しています。

相手が倒れたので指先を踏みました。股を蹴上げました。それらは全部とっさにやったのです。しかし少し落ちついてきたので、そこから両手でさっと相手の脇腹をかかえて、もう一度床に落としました。コンクリートだったらいいのに残念、床はフローリングです。背中に飛び乗ってとどめ、のつもりでした。

特注の高級スーツでいると相当に深く接触しない限り私が火星人である事は見破れません。お店の人も親もこのスーツにだけはお金を惜しみません。食費は二の次です。寿命が掛かっているから。貧乏だと七歳から安いのを何度も買い換えるしかなく、結局は体が腫れてきます。早く就職した子など十代で死ぬ。同じ星の出身でもそれだけ違うのだ。

でもその時、……。

ずっと笑っていた縦ロールの女の子があっという間に私を完全に押さえ込んだ。かなわなかったです。とても体育会系には思えないのに。どう見てもなよなよのお嬢様で。なのにこの子、私と違うメーカーの一点物やわ、私の特注よりずっと耐性のあるスーツ、多分もっと高級品、百キロのものが持てる、それでいて百メートル十秒で走れるのがあるって聞いたことある。

押さえられた私はちょっと赤面した。後で聞いたら量販スーツ会社の御令嬢でした。彼女は品良く「そこまで」、と言って私を抱え上げてものすごい力で止めたのです。それからは会っていません。だけどチャットで一番きつくて口の悪いのはこの御令嬢だった。

この人を私はネカマだと思っていました。だって一万字悪口を言ってからまた二千字言ったりする。とめ、というかおしまいというのがない程意地が悪い。その割に同じ内容の罵倒はひとつもありません。しかもひとりの人についてだけでもそれ位の量の悪口をたちまち繰り出します。とにかくクレームもあら捜しも細かくてもう、悪口の体力が凄いのです。

「ははは、そりゃあとほうもない大金持ちと口を聞いたね、二番煎じで安売り、一番賢い会社、ははは、ははは、大金持ちほど文句付けはうまいものなんだじょ」と父は笑っていたけど私は悲しい。もちろん、ネットの事は隠して、親に言えるところだけを言ったのですけれど。

結局……紛れ込んで来ていた煽り屋が言いつけるまでもなく、当番室に鍵が掛かるようになってしまいました。

そして一応、最後にその場で全員に確認したところ、誰も黒子口を知りもしないし連れてもきていないと判りました。そう言えばいろいろおかしかったと、その時は話し合いました。中でも確か、「お前ら関東の人間でないな、そのおかしな言葉は」とも言っていたのなんて、……。

……「みんながびょうどうにいきられるように」、「おせんをへいきんか」するためにも、にっほんは昔から国替えを時々やっています。関西の人間が千葉に移住したり、その逆もあるし、転勤も国が勝手に決めて、どんどん大規模にやっています。都心と離島だけは例外なのだけど。でも、それを知らないなんて。

変だ、変だねと言っていて、でも次の日からもう会はなくなっていた。ネットで知り合った他の子も学校では会うけれど（つまりやっとどんな顔かが判ったので）、それでも翌日からはもう話がしにくかった。そもそもその夜からチャットルームに来ないどころかアカウントもアドレスも消していたのです。そこにまたいつもより早いクラス替えがあって。

昔の学校は成績順でクラスを分けたりしなかったそうです。しかし今のクラスは三ヶ月ごとの試験順位で、教室を変えるのです。生徒が何かやらかすと担任は首ですし。

この前煽り屋だけがまだ学校にいるのを見つけました。だけれども、どっちにしろ、みんな、ひとりぼっちです。私は見栄をはって学校に電子書籍の「草枕」を持っていって読んでいます。親はせつでんせつでん、と携帯はさせないのに電子本の専用端末なら見栄張りで買ってくれるのです。でも家ではすべてスイッチを切らされています。

結局、……あの四年生のあまりに幸福で不幸な一日から、私は、自分ではひょうすべの話をしていません。だけどわがクラスで、なんと、二人も産んだのです。そして、そうです、私の誕生日は再来月です。

ごめんなさい、誰にでもいいからこの話をしたくて手紙を書きました。でもそういうわけで私はあなたと結婚はしません。許してください。ただ手紙を書きたいのです。ひとりにしないでください。

私は友をなくしました、同じくらい大切な怪談をする楽しみももしかしたらもうなくしてしまったのかもしれません。

ですから勝手にお便りさせてください。誰かに向かって、書いていれば少しでも怖くないのです。でも忙しかったら読まなくてもいいです。書くだけでいいんです。

「ひょうすべを産んだのがひとクラスに二人、これで、後十年はないですから」と言ったのは新しいクラスの先生でした。数字上二人より多く出ることはないと、グラフを使って説明してくれたのです。だけど私たちは三ヶ月に一回、クラス替えをしています。というより、もう何もかも信じられません。だって二万人に五人だからなんだというのでしょう。産まれるときは産まれてしまうのだわ。五人というのだって本当かどうか。

そういうわけで今の私はトイレばかり行っています。蓋を開けて、囁きます。一番恐怖なのは行列の時に全員が歌っていた怖い歌です。元歌があって……。

四年のときに貸してもらった松谷みよ子が気に入ったので、私は他のシリーズの普通の昔話の本までも少しずつ集めて読んでいました。

行列を見たのはつい先月、今年の、六年生の秋の事でした。その直後に、私の欲しかった最後の一冊がアマゾンにありました。すぐさま買いました。すると。

そこにはその行列で歌われていた文句が、そのまま昔話として入っていたのです。声が出なかったです。

少しだけ歌の文句は違っていたけれど、絶対にそうです。それは「月の夜ざらし」という昔話に入っていたもの、こんな話でした。

そういえばあの日も満月だったです。月は明るいのに、ぞーん……。

夫を嫌う嫁が、呪いをかけて、相手を消してしまおうとする物語です。嫁は月の光の呪いを受けるような方法で作った「月の夜ざらし」という着物を夫に着せるのだ。そうすると夫がいなくなるから、と呪いの人に教えられて。そして。

夫はいなくなる。やがて、満月の夜に、妻の目の前を夫が通ります。そこは六道の辻というところで真っ白な月の光の中、彼は歌を「呟き」ながらぼーっと歩いてきた。それはこのような歌であった。

月の夜ざらし
知らで着て、
今は夜神の供をする
「つきのよざらししらできていまはよがみのともをする」

「よがみのとも」にされる、なるほど昔からあった事かもしれない。だけど、私が見たものは大人数だった、最初はまず牛車で通りましたから。その後ろに軽トラがのろのろとついていた。ゆっくりゆっくり、それは物凄い人数でした。

急に増えたのは、日本にひょうすべが来たせいかもしれないと私はただ、ぞーん、としていました。そして。

二万人に五人、にまんにんにごにん、と彼女らは口々に言っていた。でも計算合ってない。あまりに多すぎる。その上、女の子だけではないのです、男の子もいるのです。おとなも年寄りも。その一番後ろを。

クラスからいなくなった女の子が右手と左手をつないで歩いていました。最初の文句は少し違うけれど、やっぱりあの歌です。

とがはなしー、つきのよざらしー……

しらできてー、いまはよがみのー……、ともをー……するなりー

しらできてー、わがみひとりがー……、ひょうすべのー……、

窓の下を夜歌って通るものを、絶対見てはいかん、もし私に子供がいればそう言うと思います。だけれども自分はがまん出来なかったのやから、私の子供ならばやはり見てしまう。その大人数な行列の中、私はクラスの死んだ子二人としか口をききませんでした、というか、他の人の言葉は判らなくされていた。彼らは当然、死んでから行列を作らされているのでした。だって生きたまま混じっている事はとても出来ない程、暗い感じでした。命じられた速度でずっと歩かされる。

もしそれが出来なくなれば？　でも二人とも暗いなりにまだ元気でしっかりとはしていました。会話も出来たのだし。しかしすでに私は、うわさを知っていた。

「あのなあ、死んだら、……ひょうすべの嫁のこしもとにされるのんて」「それでひょうすべの嫁が死ぬと、いっしょにいやなとこに行かされるのて」、「ひょうすべがへいたいをくいたがるのでへいたいをつくるて」、「おかあさんでないおんなをあのよめが怖がるので殺すようにしているの」、うわさを思い出して何も出来ずただぶるぶるしていました。すると向こうから、やさしく話しかけてきた。

「詩歌ちゃん、詩歌ちゃんな、もう、みたらいかん、わたしはまだ歩けるで」、「もう窓開けたら駄目で、私もあるけるで」。

一度も口をきいた事のないクラスの子二人、看取ってもやらなかったのになんでこんなに優しい言葉を、と私は思った。でもそれが怖かった。あの行列からは。

もしかしたらこっち側の仕組みとか全部見えるのかもしれない、それで悟っておとなみたいにしっかりしてるのやろか、優しくもなるのやろかと考えたけど。でも結局怖い。だってそのなんでも見通せるようになった優しさで、ぞーん、一度も私がクラスで教えた事のない私の名を勝手に、呼ぶのやもの。

両方に頼み事されたけど、とても出来ないし。

「詩歌ちゃん、もしよかったらハンカチ探したって」、「埴輪さん、私のポーチ先生から貰って来てくれたら、嬉しいんやけどー」、「出来たらでええのやわ」、「新しいのはいらんの、ぜひ前のを」。ごめん出来んわな、ごめん、とトイレに言うだけです。あの時私は、でも、うん、うん、とついつい頷いてしまった。どうしたらいいの。

怖いです。考えずにいられないけど、考えても動けない。自分が悪くない証拠を数えていると夢にひょうすべが出て姿は見えないのに「お前が悪い」と言ってきます。ただ夢の中で時々、「大丈夫、僕が間に立つよ」という声がなぐさめてくれるけど、イミフメイです。なので、かりそめでも救いになるのは、ただ普通の怪談をこっそりと読んでいる時だけです。でもそれにも結局集中出来ません。誰が私にこんな気持ちを押し付けたのや。怪談仲間に会いたい。その後「声優になりたい」という役立ちそうな本を、もちもち声の子にプレゼントしようと思い切って買ったけど、連絡がつきません。

四年からひょうすべが怖くなって六年で二万人に五人ひょうすべの子を産む、この国の女の子の普通の生活です。私は火星人なので完全に平均的とは言えないけどほぼこんなものです。ひょうすべの嫁にならないだけでもありがたい、と親は言いますが、その一方産んでしまうことは地球人より確率低くても起こり得るのです。

しりながら、ひょうすべのかし、やかされて、わがみひとりが、わがみひとりで。

ぞーん、ぞーん、ぞーん。

7 ひょうすべの嫁

ひょうすべにやくそくせしをわするなよかわだちおとこうじもすがわら――（誤引用）

伝承にある。


ひょうすべが沖縄を苦しめていると、その嫁はその真最中に沖縄へ行く、行って、話し込む。すると沖縄の県民の寿命が縮む。ひょうすべの嫁の観光旅行である。

また、こうも言う。

ひょうすべが釜ヶ崎を苦しめていると、その嫁はその真最中に釜ヶ崎に行く、行って、おしゃべりをして帰ってくる。こうなると釜ヶ崎も困窮する。ひょうすべの嫁の社会勉強である。

またこうもある。

国民が戦争をさせられて負けて血を流し、また医者にもかかれず、何も知らされず、害虫にたかられ、学校にも行けず、ご飯もなくなり、泣きわめいていると、ひょうすべはやって来て最後に国民を皆殺しにする。その死体の山の前で嫁は謝る。

こうしてひょうすべがついに本土を焦土にすると、嫁は海外に記者会見を開いて土下座をする。

しかしその時、……。

沖縄はすでにない、本土もついにない。

ひょうすべはどんな悪い事をしても嫁の責任である。理由はいろいろ。だがそのひとつには、多くのひょうすべの母親がもう死んでいるからという「仕方なさがある」。

さて、全体の伝承をまとめるとこうなる。

ひょうすべは嫁さえ信頼していればそれでいいのである。つまり、そうしていさえすれば、……。

ちゃぶ台でも、国民皆保険でも、公約でも、ひょうすべは引っ繰り返す事ができるのである。「おい、おっかあ、片づけろ」、と言えば嫁はすぐ来る。

もし、プルトニウムを地球一千個分破壊出来る程引っ繰り返しても、嫁は片づける。ひょうすべのどんな責任も魔法の呪文で、嫁が引き受ける。

「仕方ないんですのよー」、「言ってもきかないんですのよー」。「まーっ、ごめんなさいねえ」。そして嫁が片づけると「たったの一億年程で、プルトニウムの害は、なにもなくなる」。

怖いですねー、嫁、……。

しかし、けして、侮ってはならない！　誰を？　ひょうすべ本体を。そう、実は嫁は可処分なのだ。

ひょうすべにとってその嫁とは艦コレの艦娘よりもずーっと、軽いもの。むしろ取り替えられコレクションされ消費されるものだ。というかそもそも、

しかし……。

なんだって？　え？　どうして、そんなものの、嫁に？　なるのであろう？　え？　え？

わっからん、のう、なあ、どう思う？　あんたさん（しかし……）？

ひょうすべの嫁になるとその女は、権勢を揮える。顔や髪も美しくなり、どのような無理も通る。料亭の床の間に小便をしても、千人の赤子を踏みにじって歩いても、誰も咎めない。しかしその代償として、ひょうすべの嫁は、そうならなかった女を全部、出来るだけ残忍な方法で殺すしかなくなる。

目が合えば殺す。袖触れれば潰す。そうしないとひょうすべの嫁は醜くなっていき、心身が腐って、死後は地獄に落ちる。

無論、そうして女を殺せば、大量殺人になる。そんな殺人は大罪なので、結局ひょうすべの嫁は地獄へ落ちる。

つまりどっちにしろ、ひょうすべの嫁は、地獄に落ちるのだ。ならばせめて生きている間だけでも美しくと、ついつい、そう考えてしまい、そして、ひょうすべの嫁は自分以外の女を殺し続ける、しかなくなってしまう。

そもそもひょうすべの嫁になった女にとって、そうでない女は大いなる恐怖であるし。ただし、

……どのような恐怖か、それはひょうすべの嫁にしか判らないものだ。どんなに権勢を揮い、次々と虫ケラのように殺し尽くしても、ひょうすべの嫁の心はけして安らがない。恐怖の中にいる。また絶望もしている。

その恐怖がどんな恐怖であるか、またその絶望がどんな絶望であるかを、ひょうすべの嫁以外の女が実感する事は不可能である。ただ、一般の女はひょうすべの嫁という言葉を思い浮かべるだけで、自分の中にある最大限の恐怖をただちにそのはるかな下位に置く事が出来る。それ程にひょうすべの嫁とは、不気味で不可解で暗いものなのだ。「なるしかなかった」、「仕方がなかった」とひょうすべの嫁は、生涯、心に言う、無論死んだ後も、地獄で言う。

しかし、そのような絶望と恐怖にはまるに決まっている、ひょうすべとの結婚について、実はこのような言い伝えもある。

ひょうすべの嫁になるしかなかった女など代々ひとりもいない、と。それはただなりたくてなるのである。本人がどう言おうがそうに決まっている、と。

ひょうすべの嫁になるとその女は黙る、しかし嫁になる直前に志望の理由を親族に明かすという、多くは大変気の毒な切実な内実を述べる。するとこの動機、「真相」は全部嘘として切り捨てられる。なぜなら内心というものには証拠がないから。地獄に行って浄玻璃《じょうはり》の鏡に照らすまでは、内心というものは見えないから。

まず、「あれはそーやないて、ゆーたってのー」という反論がある。また、「することとしてしらんゆうてもー、したことはーのこっとーやろー」とも。

つまり心の内側とはこの世のものではないから、ならば人の評価は、した事を見るしかないものである、という話なのである。そのような地獄の人間観に基づいて、ひょうすべの嫁は、ただその婚姻という行為だけを「評価される」のである。

また伝聞にこうもある。

ひょうすべの嫁は、いのどころじゃのこ、と。

また伝聞にある。ひょうすべの嫁の歌とはこのようなものである。

ひょうすべのふたりとてなきよめになりやくそくせしをみなわするぞよ、と。

他、権牲県針野目市世之中村海底には、このような歌がある。

ひょうすべのふためとみれぬよめになれやくそくせしをにてくわすぞよ、と。

ひょうすべの嫁はいのどころじゃのこ。一説に、嫁は黄泉《よみ》と書くとも。

ひょうすべの嫁はいのどころじゃのこ。

ひょうすべの嫁は、と声がする場所で夢を見ていて、その詳細を知った。

ひょうすべの嫁は、いのどころじゃのこ、ひょうすべに、やくそくせしを、わするなよ、ひょうすべの嫁になりたくば、いのどころじゃのこ——。

夢の中でそんな声をいろいろ聞かされた。夢のそこはホテルのロビーだった。でも、喫茶がないロビー。その上にその通路は磨かれた石、それ以外には粒々の石が敷いてある足下、……狭くて照明は暗いが、外の猛暑の光が跳ねて入り込んできて。でもその色までも灰色で、私は「沼際の作家」だった。

全部が石で出来た床のロビーって、珍しいなあと口に出してみた。するとその入口からさーっと女の人が、二十人近くも入ってきた。最初全員二十代の後半かと思った。が、ひとりが十代でひとりは三十代後半とすぐ判った。だって年齢が名札に書いてあるし、住民票のコピーもそこに添えてあったから、それで判った。

その全員が、鶏頭や黄色の菊が入った花束を提げていた。すぐに話し声が聞こえ、私は、事情を理解した。要するになんかみんなで「ラブラブゲーム」をしに来たと言っているのである。故にそういう軽い集団見合いにふさわしい態度の「女性軍」は、口々に何か、あらあなたこそとか、まあ私なんて最近は足が浮腫《むく》んでてとか、和やかな態度で会話し交流し会釈をして、微笑み合っていた。そう、なんか本心から和やかみたいだね。だって軽いもん。クセないもん。

髪の毛から憎しみの蛇なんかも出ていないし。陰で妬み合うような怖い人ひとりもいない。ラブラブっても要するにちょっと時間あいたから来てみているだけで、これはこの人ら全員が多分、御成婚にまではいたらぬ方々じゃなあ、と。

だってあんまりにも我のない女の人ら、それがお互いの幸運を祈っていて別に、不安そうでもない。全員が幸福になるはず、という人好し三昧で、その上、背丈に拘わらず、ああ楚々としているよどの女もこの女も。どうなっているの？　みなさん方……。

そこには髪の短い女性はひとりもいない。弱そうにしながら、胸を強調した女性もひとりもいない。というかみんな程よくやせ、髪は黒髪で白髪のあるのもいるが、縮毛も染めずに束ねていて「自然が一番」。目立たない服装。

……サンダル白ソックス、カーデガン中丈スカート、茶花柄チュニック、黒スパッツ、一番派手なのが水色のアンサンブルに足下赤のパンプス。ただし、赤といっても茶系で紐のある革靴である。

そしてこの人々、各々持っている花束の花の本数と色の配分がほぼ均一だ。これ必携らしい。御一行は顔を見合わせる。それから喫茶室のない事に気付いたため、ざわめいて戸惑う。蟹蛇コーヒー七百六十五肝という文字が床の上に一瞬刻まれた。しかし漢数字だけがぱっと消えた。すると蟹と蛇の彫りだけ石に残った。そういや、随分、あちこちに絵や字が彫ってあるわ。ここのロビーて。

そうそうロビーの縁だけは真っ黒の石がはめ込んである。そこに毛筆風の書体で歌まで彫ってある。その歌？

やくそくせしをわするなよ、だって、でもこれは水難よけの歌のはずですけど。

ひょうすべにやくそくせしをわするなよかわだちおとこうじもすがわら、というのが正しい？歌だと思うけれど。ただなんかその、代々のひょうすべの嫁の名前を繰り込んでアレンジしてあるね。

ひょうすべの嫁はいのどころいやこ、じゃのこ、くなちぱなみよこ、たでつねや、つやこ、しでころみ、……といちいち、追っているとその間に、娘さんらは？

あっ、全員がメモ用紙と筆記具を出した。鉛筆と筆ペンだ。つまり、ボールペン率ゼロ。さて、ここでもれなくこのラブラブにおける、申込み確認書を記入する、面々。そして、……。

石や彫りから目を逸らした私が視線を元へと返すと、既に面接待ち風の顔で一列に並んでいる。顔をあげているものは口許をぴっと整えて、それ以外は下を向いて目を半眼にして。中の長女風のひとりがさーっと言った。

——さて、この、中の、どなたかひとりが。

うわ、と思った。ラブラブをするんだよね、なのに、男はひとりなのか。じゃあこれ何分の一だ。十七対一か？　いや、なんか今二人増えた、十九対一か、あれ、なんか今ひとり減った、十八対一か？　ともかく、沢山の求婚娘が一堂に和やかに会していますね、て事は。

すごい……、どんなに地味でもなんでも、これだけの数の、若いお嬢さんが、と私は言ってから好奇心に駆られ、ラブラブの彼の写真をちょっと見にいく。だって今時、こんなに結婚したい理想のお相手がいるのでしょうか。なんというか、そうつまり、行列の出来る「店」、というかね。なぜここまでもてるのか、その理由は？　宣伝か、口コミか。ふふふふふ、じゃあ、でもその前にひとつプロファイリング、をやってみようか、どんな？　男？　これは、きっとケバケバしいハンサムではないね。たとえば、……。

「あんなにいいなりの男いないと思います」とか思われて「ペット感覚だよね、要するに」とかうわさされて「デフレ十年ではねーむしろあんなものが」と男からは言われてるような、足だけが長い、ユニクロの服を着た眼鏡男子だわ、そして、……高収入で親別居の専門職だなー。でもね、実を言うとね、「案外に」そういうよさそうな、そういう顔そこそこの男というのに、へへーすっごく悪いのがいるんですでー、とかそれダメンズやでーとかふっと口走ってみたくなりーの。

しかし、そう、そう、そんな番組があった。名前？　ラブラブ？　アタック？　ではなかったかな？　そうそうパンチでデート？　だったたか、知らん、忘れた、というか私には関係なかったから。それは男ひとりで女集団アタックがルール、三枝の司会のってあったたっけか？　なんじゃて？　ラブ・アタックやったか？　結局自分が見てない番組の名前は出て来ないわ。ごめんね。

さあ、それでは顔見たろーか。

ロビーをくーっと曲がるとどういうわけか、その日はすたすたすたっと膝が反対側に曲がるようによく足が伸びて、素早く歩けた。普段は足痛いのに、あー、いい気分。しかも顔写真のある場所はぱっと目に入ってくっきりとしていた、普段は目霞むのに、だけれども、げっ。

そこって両側はガラスの廊下で外は白い石だけだ。内側は灰色と黒の石だ。ここかラブラブの王子がいるところは。でもちょっと恥ずかしいね、なんか、今げっと言ったから。そして、見ましたよ御尊顔をば。まあ、げっと言った理由は自分でも納得。ただ私はいつのまにかぞーっ、ともしていたです。ぞーっ、ぞーっ、で、ぞわっと来た。

だっていきなり、……誰か引っ張ったよ私のことを。つまり私の足下の床から長手が出て来たで。そこで私も、足をばん、と払ったら、さらに引っ張られたよ。その証拠に、靴下が伸びていた。なんか、甲のとこだけスニーカーの足元から引っ張り出していったで。○・五秒とかで。おお怖、おおこわ、ぶつぶつぶつぶつ、ぶつぶつぶつぶ、実況の、ひとりごと、……。

——あああ、この一階というのが、つまり高級室ですな。

怖さのあまりに場繋ぎの「ぶつぶつ」を私は言っている。要はこのホテルの最上階をここでは低級室と呼ぶのである。その理由は、落ちると死ぬから、ぞーっ、ぞーん。

そして王子のいるところの扉は黒一色、ぴかぴかした石で金色の枠がある。入口通路は御影石で両側黒い石が敷きつめてある。入口に窓が切ってあり彼はその奥でうごめいている。また入口通路のど真ん中にある、高さ五十センチの磨かれた丸石も一部切り取ってあって、どういう技法かは知らないが、そこに王子の姿が浮き上がるようになっている。それは、写実の顔だけど、磨き石の中に浮かぶのでかなりマンガっぽい。そして墓っぽい。さて、お年はおいくつほどかの？

腰を落として口をぬべーとして、髭の剃り残しがある、というか髭が虎刈り的になっているげじげじさん的姿。頭の上に塚がありその周辺に大きい皺がたくさんある。鰻という字に似た、びちょびちょの口まわり。

そして着物はまるだしさん程着崩している、でも西陣の旦那衆が着るような上等の寝巻。なのに、なんかこう、チャウシェスクにも似てるっぽい？

印象は根本敬先生のさかだちしてるおっさんに毛の生えた風。頬が尻で口は死んだ肛門。寝巻の股を広げて股引きが出ている。足裏は真っ黒け、国家予算級無神経鼻毛でがーと不機嫌にして。

こらっ、お前ブスの癖に人を見た目で判断するではない。ちゃうちゃう、だってその他の要素ものすごいんだもの。つまり、「わーっ、ものすごい」、と思ったのは、王子の言っている言葉が全部、その石に彫ってあったから。ほらほらこーんな彫りですわ……

フェミニズムは子供産むから別にいいと思うんですよ
ウーマンリブは遊廓いらないからありがたいですわ
女性専用車ってあれなんなんでしょうかねもっと
弱い男を庇え
少女は男に伍して体を売れ
女性性は縁の下の力持ちであるべきですからなあ、
おかあさんふくよかな女流は美貌だけではなく
ぜひ家政の勉強をしお茶の間政治家に
なあ、おかあさん。

で？　気がつくと私は、ヘッドホンをあてていた。中から声がした。また、このヘッドホンからする声というのがなかなかの曲者でな。でも、その時にはそれが悪いものとは、けして判らへんの。つまりその時の私はいろいろただずれた事を考えていただけで、たとえば、……そうかこの夢は別に石の彫りがセリフになっているだけの世界ではないという事だなとか、話し声の他に内なる声もある世界なんだなあとか、しかし古臭いですねえヘッドホンなんてとか。ただここの石も古いから、それとセットなのねとか。そしてこれ何？　なんか案内用ヘッドホンらしいわとか。だってそういえば最初に私の耳の中でふいに「ようこそ」とか言ったしねえとか。挙げ句、……推定このヘッドホンは私の味方だね。だって、私が思った事をそいつはすぐに私の心から聞き取ってですねえ、いろいろ保身の忠告のアナウンスをしてくれはりますからとか、その場では結論してしまって、えええええ、ずれておりました。しかしその正体は、……まあ、それでも、どっちにしろ、ともかく、出現するやいなや教えたがりという、ヘッドホンさんで。

というのもまあ何たって私は最初、あの「げっ」と言った時にこうも叫んでいたから。故にこの教えたがりさんはたちまち、それに応えてくれたわけ。つまり私ったら見るやいないなや「こうだった」ので。

――うわーっ、金取って？　する事では？　ないのですかねえ？　これ、これ、これ？　と、ただで結婚する事が？　究極の、愛ですかねえ？

なーんちて、……そういうわけで、ヘッドホンの中に発生する声は「私サイド」と称して、たちまちこのようないけない発言を止めようとし始めたから、ええ、「味方だからこそ」黙らそうとしたの。過干渉な善意で。そこで、ほーら、すぐに、「わあわあ」と、始まった。

――な、そんなんいうな、な、そないうたら、いや。

な、そないうたら、いや、もしいうたら、恨まれるて、ひょうすべを、けなしたろ。だけど「ひょうすべの嫁は、声が聞こえたら、もう見にきます」。

ハァ？　「へっへーん」てすぐに私は答えたった。そのヘッドホンさんに。だって私は思ったた事すーっと文章になるし声になるのだもの、殺されても止まらないからそうやって声に出すのやもの、もともとそう言うのが仕事やしね。すると、……。

――や、いくら仕事でもな、そなゆたら、いかん、そなゆたら、なく、そなゆたら、なく、えいん、えいん、てなくもん、えいーん、て、なくもん。

泣くのはお前だと言って私を諌めるのか、と思っていた。しかしそうじゃなかった。いつしかそのヘッドホンさん涙涙になって……。

――ああまた、あんた、わるいこと言うて、えいん、えいん、そのたたりで、ほれほれ先様がとうとう今、言うてきなした、おおん、おおん、これからあんたに、先様は質問するそうですすで。これはわたいが言うのやない、わたいはお取次ぎ、させられるの。おおおお、怖い事を、ひょうすべの嫁からあんたに、わたいがこのお取次ぎをとりつがんな、あきませんの、なんて悲しいのええん、ええん、えいーん、えいーん。

で？「ふん、ええよ、ほしたら、言うてみて平気やから。あんたもお役目ですやろ、素直に、聞きましょん」、と私は受けた。すると。おお、おお、相手様からの呪文、来たで。

――ひょうすべの嫁みたいか？　ひょうすべの嫁になるか？　ひょうすべの嫁みたいか？　ひょうすべの嫁になるか？　みたいか？　なるか？　みたいか？　なるか？

ふへ、そんな解、一秒や。

――ならない、ならない。

――相談せんのか親に、ええん、ええん。だったら嫁見るのか？

顔が見えたら蒼白の顔、みたいな声で私の意思を確認するお取次ぎヘッドホン、平気で答える私。

――相談なしでも結構けっこう。親は電話にも出ん弱い性格の人。

赤マントの赤紙青紙みたいな問いではある。が、たちまち答えた、当然だよ。だってどっちかをしないといけないのなら、殺して地獄に落ちるよりは、殺されるかもしれないけど生き延びるかもしれない、その「みたい」な方にしたいとすぐ私は思ったのだ。なのに、声はかきくどく。

――これ、あんたさんいつでも死にたい死にたい言うてますやろ、ええん、そやけど死ぬいうて普通と違いますで、ええん、ほれひょうすべの嫁権勢物凄いですし、段々にでも普通に殺されるのは、若い美しい娘さんだけや、あんたの場合はもう五十六で特別かきくもった、ひどい御器量やで、嫁も自分では殺しにやって来ん。殺し屋買うて使うに。どんなに怖いか、あっ、あっ、涙が出た、ほいで、え、えいーん、とうとう波が出て来た。

は？　波？　え？　涙じゃなくって、波が出る？　てどんな意味？　すると。ああ、それはまず「波の音」から来て、それをまたヘッドホンさんが、宣告してくれる……。

――ひょうすべ、の、よ、めー、オーデーっ、おー、でー、御ー、出ー、オーデーっ。

ごっごっごっ、ごっごごっごっ、ゲームのようでも怖い音して、そんな、波の音。

そして目に見えた波って存在、それは灰色の、オーロラみたいなもん、空気の中で、波紋になって広がる。さて、追って件の丸石から、一秒だけつるんと、ひょうすべの嫁の、首が生えた。

王子の画像のある石の上に、直接。

あっ、そしたらもう王子は結婚済みだ。つまりもう嫁が来ているからそれで、すぐに、出て来られたのだ。そうするとあの娘らは不首尾となる。不要となる。その上やれやれ、つまり私ときたらひょうすべの嫁をば、見てしまったのだよ。そしたら、しょうがないわ、とことん覚えといてやろうよ、見てしまったものを。

ふんっ、でも案外可愛い顔だったわい、ならばぶっこわれたお人形かよ、しかし、日本美人の目鼻は尋常でも、これは顔ではない。何かもっと意思のない端末？　いや違うよ！

ていうか、あ、そうそう、つまりこの御本人様が「ひょうすべの嫁見せるぞ」とやってきたわけだ。それは私が嫁にならないと答えたから、だからその答えを即受け入れて、私に、顔を見せに来た。そうすると、私は、これは、死ぬな。

あっ、だけれども嫁の犠牲者は私だけじゃないわ。今ここについたばっかりで手続きが終わったあの子らだって、危険や、大変……。なのになんかまるでテレビに映りたい片田舎の五十年前の女子高生みたいに、連中、群れになったまま逃げへんわい。その上「臆面もなく」、首を傾げてすっすっと横一列にやってまいりました、近づいて来るよ。やれさ、なんちゅ、運の悪い、嫁はもういるんです。そこにもう出てはります。そうすると君らはここにいただけで、むむ、瀕死も同然。でもね、君ら、なんでひょうすべの嫁の怖さを知らないのさ。

——あの人らは……過去の時代からだまされて……来て、えいん、えいん、ひょうすべが何かさえも……嫁のエサ用や、えいーん。えいーん。

というわけで、娘たちはそれぞれが決めた姿勢で花束を提げ、サンダルや赤いパンプスで磨き石を踏んで来る。その音が、ああ湿っている。石の音さえも。

ほうら、「波が来るで」。

——ひょうすべのよめー、よめー、よめー、やくそくせしーおーでー、オーデー、おーでー。灰色のオーロラは、石から湧いて来る、……あっ、なんか今度の「波」は私を避けて広がると、カーテンみたいになった。娘さんらと私を隔ててきた。しかしそれも知らずに、彼女らはどんどん近づいてくる。私はオーロラで囲まれている。外は見えるけど。

あっ、一秒、あっ一秒、来た女の数だけ、ひょうすべの嫁は首を石の上に出す、つるんと出て引っ込み、ぱちんと出て睨み。この行為の数が怖い、現実の事故のように容赦なくて。

きゃー、と叫んでようやく、志願者が逃げだすのを、私は見ていた。胸は小さいけどお尻の大きい人率百パーセント。髪は腰まであるのに足はみじかい率八十パーセント、期待される異端、赤のパンプス、そのふくらはぎは短距離選手的、なのに、逃げ足は遅いと、……見ている間に娘達は苦しみはじめる。ひょうすべの嫁は別にひとりひとりを追いかけてきたわけではないけど。

でも、ああ、ああ、娘さんらが殺されている。しかも、……なんでやろ私は助けてあげんかった。自分から来たのやろふん、とは思わないのに。口出したら自分もやられるからとさえ思わなくても。なんか要するに、いるところの磁場が違うので手が出せない。ただ実況してしまう。もとい、これ既に記憶だわ。目の前の惨劇がもうどっかに消えている。記憶になってる上に、実感が奪われてる。これもひょうすべの嫁の、怖さに違いない。

思い出せないのです。ただ、口から腸が百本出ていました。顔が可愛いのにその腸で人を、……その周囲のどんな石も、波紋が出来て、溶けていました、水のようでした……ひとりが捕まると五十年とか掛けて、殺されます。死んだあとでも骨が泣いている、……のが見えましたです。みな普通の賢いきれいな娘さんらで教育もあるらしい、あっ、て戸惑ったり、困り笑いをしたり、中に異端がおって「潰される潰される」と訴えておりました。

ひとりひとりをばらばらにしてから干して飛ばします。おらんようになるのです、どのひとりも容赦ない。どーん、どーん、と音がすると、煮干しのようになって、みなさん八の字に飛び上がります。殺される顔は泣いてなかった、もう固まっていました。ああ死ぬてこんなこと、死ぬてこんなこと、と。五十年、百年の時間、を目の前で見せられて。

ところが私のいるところだけ標準時間なのだ。まだこっち来ない？　でもいつかは来るか？　怖さのなかで、そろと足を動かしてみたら、結構動く。そして「うちの方」の石はまだ溶けていない。おいおい、ヘッドホンさあーん……。

——大丈夫や、お前は昔まだ小さかったものの命をいくつか助けたやろ。

そう言いながらも、声はまた泣いている。なるほどいつ来るか判らないが、今はまだ大丈夫なのだ。そう思うと、別にこっちは普通の空間だし、大胆な事についつい、腹が減ってきた。ふと目を閉じて手探りで歩いてみた。そう、変な夢の外へ出る時の私的方法さ。おや、見ないで触れると、ドアノブ？　へんなとこにあるね……、お！　開いた！

　ホテルひょうすべからはなんとか出られたけど、最初建物のあったのは千葉なのに、外に出ると、そこは、なんと茨城。それで電車賃ぎりぎりしかないなんてくっそ残念だなあ。ああ、財布にもっと入っていたらよかったのに、スーパー見て郷土料理食べてメロン安く買って、帰ったのに。

　でも千葉の家に帰ったらズッキーニとトマトの和風スープあったから幸福だ。ベーコン抜きでね。オムのっけご飯のマーボー茄子のっけもすぐ出来たし。腹が膨れたので甘いものを齧りながらコーヒーを飲んで。ああ幸福だ、自分がひょうすべの嫁でなくて、良かったっ！　うわっ、全身がよろこびでしびれてきた。

　ほしたら、えらい昔の話思い出した。皆が殺されている間に思い出したのかなあ。ひょうすべの嫁になるのは、どんな事か。

　小四になるとクラスで話をする。誰も教えない、がいきなり始まる。だってそうなるのは一番怖い嫌ないけない事。

　私は、……あの時みんなの言った事をノートに取った。そのノートを、故郷に置いといた。田舎に帰った日、スキャンして持ってきた。さあパソコンから、ノート出ろ出ろでろでろ、ぴょーん。聞き取りしたのが、ほーら、ここにある。それは「子供の頃」って名前のファイルである。

A　ひょうすべの嫁になりとうてなったひとな、絶望しているのに自分では判らんので。怖い火の燃えておるところでにかにか笑ってござるて。
B　イランの砂漠に行ったらひょうすべの嫁がおったて。新聞にあったって。どんなのやと気になって夜寝る前に、考えてみたん。判らん、でも絶対に元にもどらんのて。
C　私な、知らんまに、怖いパイプの一杯あるところにおるの、そこは汚れていてな誰も来てくれへんのに、毒が回っていてな、私は死ぬの。百万年出られへんねて。そんなのが、ひょうすべの嫁やと思う。
D　その上に家の中やらみんな覗かれていてな、もうお父さんもお母さんも私を忘れているのに、警察に引っ張られて。でも私が死んだのも誰も知らんの。
　そうそう、ひとりだけ違う事を言った子がいた。私に友達になって、と急に言った女の子。
X　ひょうすべやら怖ないよ、普通にいるものや、ずーっと流れがあって来るものやもの、もしか来るのやったら、やっつけてやるわ、命すてたるわ。
　そう言ってその子は三日後に死んだ。


　しかし、そう言えば、あれはなんだったのか、……。

ひょうすべにやくそくせしをびょたくされながきいのちのきりくちをみる、ぞーん、ぞーん、ぞーん、とみんなで唱えた、ぞーっ、ぞーっ、ぞーん。

じゃあ、見てしまった。私も、……私も本来長い一生をどうにかされるのか。でももう大分生きたから、いやいやいや、だってたった一日としても、ひょうすべの嫁に寿命縮められるというのが嫌やありませんか？

要らない着物でもあんなものにやりともない嫌やありませんか。でも、なんで？　私は死なないの？　今は泳がせてくださっているのか、いやいやいやいや。あれ、……。

ヘッドホン返して来なかったわ、ぞーん。ていうか、ついてきてくれたのやわ御親切にねえ。ずーっとずーっと脅してくださって。

――ふん、甘い、甘い、お前はその顔やから、殺し屋買うのも金だけでは気軽に雇えまいて。そうなると殺し手から作るしかない。まずひとりを取り囲んで、脅し付けて痛めつけて、ぐるーっと長手の肉で巻いて、長舌で囲んで。やったかやらんかも判らんくらいに巻き込んでおいて、お前を殺す用の殺し屋になんとかしたてるわ、そしてやっとその殺し屋が出来たときにお前は死ぬ、殺される。ならば何がどうあれ、証拠は残らん。

ヘッドホンを耳に勝手に付けられるのは、結局えらい怖い事やと、やっと気付いた。そして長舌とはどんなんやと。そういやご飯の前にシャワーを浴びたら、肩から手首までぞーっとしたけれど、そこまで体調悪い事てこの年までなかったな。おそらく最低でも後数日、腸は固まったままや。しかし泣き止むと急にこいつは賢そうに喋るな「えいーん」の分際で。

三ヶ月位はそのままで済んだ。ヘッドホンはずっととれないで困ったけど。それでもいつの間にか消えてしまっていた。

それがまた例のやつを急に、飲み会で見た。夜の六本木、ついにラブラブアレンジメントの世話役になって私が幹事やった日。ほしたら一番お洒落なお嬢さんが白のドレスに蘭の花で、私に付きっ切りな、へへー、いい気分。だけどラブラブをするのならもっと、男女をびびらないように和ませないと、質問もさせないと。そう思い思いしてブラマンジェの大皿持って、さて立ち上がった時、うわーっ、ぬらりひょんのように入ってきたわ。ひょうすべの嫁め！　人間離れしてな。でもこの集団お見合いは独身用のやで。真面目さん用やで。あっ、私二回見たのやで死ぬのも二回かなー。幸い他の娘らには見えなかったらしい。

――ひょうすべの嫁の目に入らないものは幸いである。しかしまさかと思うと、また来るものである、そこまでえげつのうせんと嫁になれんものやし、全部は殺せんのやし。

どろんとした体に、いつもの、壊れた雛人形のお首が付いている。大きさは着物のマネキン程であるけれども、その顔の作りはまさしくお雛さんである。ただ肩は物干し竿のように幅があるので、肘だけを張りながら窄《すぼ》めている、その幅を計測されるといけないので、左肩か右肩かどちらかを上げている。煎り卵を口の両端から零すように、ぽろっぽろっと笑う。顔に赤みがさし目がにきにきしてくる、ひょうすべの嫁の。

――目は虚ろ、頬は硬直、口角に酒毒、目尻に赤み、語彙数は少なく、記憶は歪みながらも、シンプルで執拗。

ああ伝聞そのものだ。二回見るとこの世で今何が起こっているかが、実によく判る。

嫁の鼻の穴が横にひくついている。肩の下は空洞で伸び縮み自由。長い長い着物はおはしょりなしのまま、流れている。尻のように膨れた、白足袋の先が、ぐるうりと反っている。

――ひょうすべの嫁になるとしんぞ（心臓）は空洞になってくるし気分は悪くなるが、病気やらしなくなるて、その代わりに。

――腸が全部口の中にもどっとるて、おちょぼ口してもぐるぐると見えるて、大口開くと海中ナマコのようで、虹色に光るんて。陸で見るとその腸は真っ赤やけど。

――大丈夫今は今日のところはにこやかに帰るけど、これから順々にやってのけに来るから。

子供の頃付けていた観察日記に、ひょうすべに似たものがあったような気がして来た。どれもスキャンしておいたんだがなあ、なんか消えている。ぞーん、だけどあの日記また紙で見たら良いわ。結局何にも捨てない私の勝ちやわ。そうそう……。

そいつの全身は長手の長足や、顔の真ん中がごっ、と盛り上がり首回りには変なたてがみが生えている、口を開けて、のーん、のーん、と長足をゆっくり高くあげる。んがっ、んがっ、と言いながら通っていく。だけどあれ本当にひょうすべかな？　バッタの観察とか魚の観察かもな、忘れた忘れた。お洋服姿のひょうすべ、てことでオーケーかいなあ。

さてよっこいしょ、大皿を戻そか……しかし、もし、ひょうすべの嫁が追って来て誰も助けてくれなかったとして、そこで市街戦になったら、私は本気で敷石を剝がせるのかぶつぶつぶ……あれっ！　そう言えば！　さっきからっ！　聞き覚えのあるっ！

ヘッドホンがぱしと耳から落ちた。戻って来ていたのやわ。だけど頭に被る形のヘッドホンなんて今時誰も知らんやろとあらためて思った。そして私は素早く落ちたそれを蹴った。わ、すると、水平な床を滑って戻ってくる。くるくるまわっている。ほうか、ほうかお前、お前やっぱりスパイやな、だったら、と時見の5Eリボン付きパンプスシルバーの踵で私はぎゅうと踏む、あああ、もうえいーんとも泣かへんのやわ。ほうや、決まっとうやろ、向こうには私の報告が行っとんや、そのための忠義面や。私のくっそアホ。とうとう戦争じゃ。私のくっそ人好し！　そう、すっごい人が好い、私！

しかしそのヘッドホンの泣き声ときたら、あまりにも誠実そうに、落ちる直前まで最後の「御案内」をくれていたわ、やれやれやれやれ。

——ひょうすべの嫁の寿命は後百〇〇、死んだその日から体はひょうすべにむしられて食われる。骨だけになる。嫁の骨は味のない粉にして、大量販売の菓子とかに混ぜる。菓子を食ったものはこんだ、ひょうすべの子を産む。ぶくぶくぶく。

ああそうか、あと百日やな。やっ、百年かなっ、ぞーん。

後書き

——どうせ私ら皆殺しにされるんですよ？　でもね、なんとかして、避けられませんそれ？　無理？

　しかし一体私は何をしているのであろう、どこまで来たのであろう、まず二十五歳で、「観念的で暗い」芸術家小説を書いてデビューして来たのだ。そして年号の変わり目には天皇小説を書いて野間新人賞を受けていたし芥川賞は「ポストモダンにくくられるストーリーのない単語の羅列小説」によって受賞したのだし、その間に受けた三島賞は「時間軸が暴走爆発炸裂する」、法事小説だった。そして、３・11後、その芥川賞受賞作はいつのまにか原発小説と呼ばれるようになってしまい、しかしそもそもその３・11前から、マジ原発小説と呼ばれる作品を書いてしまっていた、それからネオリベラリズムを批判する作家として「現代思想」で特集されていて、だけどいつだって昔からしている事は同じ、ただ、目の前を書いていただけ。ＳＦでも私小説でもいつだってそうで、書けないときは書けない理由を書くし、二十年越えて論争をやって来たけどこれとて単調、なんかしかし、いつしか、それが、思想の人らに言わせればネオリベ批判に自然となっていたわけであって、だけれども原発稼働派の新聞の看板記者とかからは作品に社会性がないと批判されていた。

文学を彼は売り上げではかり哲学はポパーを使っていた。その記者を批判したらどこからか電話がかかってきて「君は泥まみれになるよ」と言われたけど、それと同時に、「あんな無名の一社員を叩くとはひどい」と批判された。そして文学論争の本を出す時、この彼の実名を絶対出させないと言われ、出せなかった、損失？　あった？　でも、あったらどうなんだよ、私がなんであったって多くを失ったって、書きたいこと書くで。でもそういう事言うの普通は記者なんだよ？　だから私はただアホのように言われて「お筆先ですし、あれ、まぐれあたりでしょ」て、そして当たったたって何も嬉しくない。そうそう、そう言えば、ドゥルーズは言っている。

予言とはリウマチの老婆の嘆きであるとか、言っても仕方ないのが予言であるからとか、今私は六十でリウマチというか膠原病の症状に苦しみながら、またしてもただただ目の前の事をひたすら書いている、だって難病って判ったのが五十六歳、痛みと劇薬の中、たちまちその事を書いていたからね。

二十年以上前、田中三彦氏と一度だけ会って、お話を伺った。彼は「電力様」の企業実名を書かせて貰えないと怒り、大新聞の読書委員会を下りるところだった。その時の私はまだ三十代で「電気に？　広告？　必要？」って不思議だった。

何か壮大な事が好きな人々は私を嫌う。しかしそういう人は契約をなめていてTPPが危ないかも、と思いもしないのだ。

堤未果氏、中野剛志氏、山田正彦氏、お三方の新書とネットにある内田聖子氏の情報（＝ツイート）だけで、私は十分にこれを書けた。だって私ったら「社会性のない」、「豊かなおとなの文学ではない」、「ちまちました」私小説・SF作家だもの、だいにっぽんシリーズの作者だもの。幻視し続けた何十年目の先に、まさにこの人喰い条約があったわけで。けーっ、いやな、こったっ！　けどあまりに「自然過ぎ」、たちまち納得した。

さてでも、……この本が本屋に並ぶ時点、果してTPPはどうなっているのだろう。今はただ良い未来を望んで良いことを書きたい。だから私は浦知良を書いたのだ。最後の大ウソ、最後の希望として。ああ、でも、TPP怖い、TPP怖いよう。え？　再交渉よりまし？　いや、それも大嘘らしいで。すでにひょうすべは好き勝手出来るレベルだとか……。

（読んだ新書は堤未果『沈みゆく大国アメリカ』、中野剛志『TPP亡国論』、山田正彦『TPP秘密交渉の正体』、等等等、……感謝しております、内田聖子氏のツイッター〔少し参考にしました〕にも感謝いたします）。

で、さてここに、今やっと、自分でもその「値打ち」が判った、――十年前の作品、アンソロジーに二回入れて自分の本に入れそびれていたものを、「姫と戦争と『庭の雀』」をぶれない追加として収録する。作品としてはあまり出来よくないけど、しかし作中のひげの隊長という「宣伝戦略」は今や議員となって仮面を取り、暴力をふるい、戦争法案を通過させやがった、……。

また当時の神社はまだ、平和サミットという言葉と接触をしていたのにと、振り返ればなんか悲しいのである。――最近知った。今では多くの神社が氏子から改憲の署名を集めたり日本会議のところに行くお金をおさめていると。まあとはいうもののそういうお金や署名からちゃんと抜けている神社も稀にだがあり、それは八王子浅川の金比羅さんらしい。

ただね、もし運良くＴＰＰが流れていたとしても、（ていうかまだまだあきらめるのは早過ぎ油断してもだめ）どうせひょうすべはまたやって来るよ。皆さんご注意を（ことに特区、緩和、民営化、って死神ワードだから）。

臨時国会ＴＰＰ審議中の十月十八日に

笙野頼子

姫と戦争と「庭の雀」

それは十二月の三十日。

インターホンで猫が逃げたと、教えられて、――え、でも皆いるんですけどと思いながら、一応外に出た。知らせてくれた近所のお方が、ほらほらあれあれ今お宅のフェンスの中に潜り込もうとして突進しているところ、と指さすので見た。が、判らない。え、どこ、え、そこにそこに、などという内、あ、猫じゃない、ウサギ、耳長い、となった。

でもぼんやりの上に目の悪い私は、結局指さす方向を見ても姿を見つけられない。ただフェンスの金属が震えて鳴って、何かが家に侵入しようとする音だけを聞いた。

白塗り鉄製の猫運動用フェンスは、家の裏表に張りめぐらしてあって、天井まで囲ってあるから絶対入れない。んで、根性な兎ダな入ってきてどうするダ。猫と兎で。え、暮らすか、え、暮らすか、え、え、え、え、――と後から思った。

教えてくれた人は、その日、ひとりで認識の変化を、声に出していたね。

兎、猫、兎、猫――違う。だって、あーらほーら、耳長いみたい、だったら猫ではない。だっから兎でしょう、ほーらぴょーん。

ぶゅーん（フェンスの鳴る音）。

それは土に近い色の兎の尻、裏は他人の畑で、不作のなりものや、農具がそのままなので、一層見えにくい。そもそも庭に兎がいるなんて設定初めてだった。逃げていく影を隣人が指さして、やっとどのあたりか特定出来た時、ブツは、既に消えていた。

知らせてくれた事に礼を言った。また何かありましたらよろしくと付け加えた。どんな小さい事でも結局は関係ない事でも、うちの猫に関する事だったら、教えてくれた方がいいに決まっているのだから。

兎は山から下りて来たのだと私は思った。その年、当地にしては寒くもない冬だったが、それでも暮れはマイナス四度にはなったはずだ。食べるものがないのか。でも、飼い兎、ペット、ではないはずである。

というのも郊外ファミリー帝国S倉にはペットを飼う人は多く、変わったペットを飼う人もいやに多く、ホームセンターでは巨大なケヅメリクガメが三匹も一度に売りに出され、近所の公園など時にテリヤ大の猿（紐付き）を抱いて来る人までいるのである。しかもソレの顔は毛がわしゃわしゃしていて、テリヤ的な珍猿。つまりあらゆる家であらゆる動物を飼ってる状態なのだ。が、にもかかわらず、それでもこのあたりには、普通の野ウサギを飼っている家だけはないはずであって。だから、それ、「町の子ではないのよ」、つまり山の野兎よ。――その一方で、茶色く、縞《しま》がほとんどなく、尾も猿とか兎に似ているという猫が家にはいた。尻が丸く体も小さくて、見間違えられても、仕方がない。

さて、年を越えて暖かい日と厳寒の日が混じるようになった。一月上旬、――。

郵便受けにS倉土建というところの主催で、超党派、一般市民の自由参加、イラク派兵反対集会のチラシが入っていた。黄色地に赤で駐車禁止のマークのようなものも描かれていた。「？」と思った。

おや？　だって、チラシも郵便も持ってきた人の姿は、一階にいれば見えるはずだ。二階で寝ていたって気配なら判る。しかしそれはいつ配られたものなのか覚えがないのである。私は滅多に外出しないので妙だなと思った。忍者のように来たな、でも、派兵の事は新聞の一面に堂々と乗っていたぞ。そしてその色刷りのでかい瓦版の絵は、すっごく戦争だった。戦争丸出し。

昔、赤塚不二夫のマンガで「ザッザザッザッザッ」と変な小さい子供が行進して最後にみんな（その「ザッザザッザッザッ」の子供が）唐揚げにされて食われちゃう（ムシャムシャムシャと書いてある）という、政治的な意図の特にはなさそうなマンガを（だってザッザの子供の歌ってたのはジングルベルなのだ）、確かオッちゃんとポッちゃんというのが出てくるマンガを、私は太平楽に読んだと思うのだが、それでも、その唐揚げにされて食われる運命の子供（すっごく不細工）の「ザッザザッザッザッ」にはちゃんと「ほーらファシズムですよー」という感じがあった。そしてそれは、ギャグだった。しかし今ではそのザッザザッザを日本人の顔で自衛隊の方が、つまり「マジ」で「ほんこ」で「しりやす」にやってオラレる状態である。また先導するのが髭《ひげ》を生やしてても優しそうな男で、それも平家物語等、戦記物の伝統に則《のっと》っているような気がするのだった。「つーことで」、――戦争全開、なのか、それとも、まだまだまだまだっ、なのかを考えてみます。「しかしねー」。

派兵ビラはこの郊外の城下町に、野兎と共に到来した程なのだ。「つまりねー」、流行り物《はやもの》では、ない、という事だよ！　一般物である。ねえ、「一般物」――って変だ？　要するに普通の事、という意味でね、だったらこんな郊外までも切迫してない、違う？　違う？　それともまだまだまだまだっ、なのか？　やがて、――。

取っている売売新聞には派兵とはいえ実は人助けで、部族の素朴な人々に水や何かを配って来るだけだ、という事が強調された、記事が、載るようになった。しかも布を被ったその部族の方は質朴で誇り高くも見え、子供はみんな彫りが深く、可愛い布をまとってとても愛らしく、何か派兵だからと言って文句を付けている人間が、因業にさえ思えるような記事のつくりになって。でも、一方S倉は静かな城下町であるし。集会はすぐだし。そこで赤軍おたくの知人に電話で聞く。と、――。

「ぜーたいアーぷ無いでツ、ブ族へノ給水は口実ダ、マターリしてイ鱈憲法苦情の改悪が来る、集会禿同、モマエもユくのよ（変換ママです・モマエ＝オマエ・音読して下さい）」という意味の事を言うのだった。が、別にこのように2チャンネル注用語で勧めたのではない。私がプライバシーを考慮してわざと変えたのだ。というのもこの人はその口調に特徴があるため、そのまま書くとすぐにセクトと間違えられ誤爆されてしまうかもなタイプだから（ちなみに禿同とは「激しく同意！」の意の2チャンネル用語らしい）。

その他、マルクス主義全集は読破しているが自然食すすめるえーとこの奥様等が、全身全霊、もー嫌いでねーという女の畏友にも私は電話をして、デモに行くかどうかを相談した、中で水を求める部族の話をしてみると、デモ行くのはいいけど、うーん、給水とか聞かれてもなんつーかのー、あんのねー、そんれんはんねー、と言う。でもその時には既に、面倒だったが、行く気になっていた。つまり野生の文士は多分こういうのあるとちょっと覗《のぞ》きに行ってしまう生物だから。無論面倒と思うのも野生の文士の常。だって、――。

そう、反戦ビラそれはちょっと難解な「庭の雀」だから。そうです、私小説で描写しなきゃ仕方なかった定番、永遠の流行、「庭の雀」。そしてこの原稿が載るはずの「新潮百周年記念号」にも同時発生してるかもしれない定点観測の対象・「庭の雀」である。

瀬戸内寂聴氏の「田村俊子」という本によると俊子の亭主（作家）はこの俊子に向かって（妻よりずーと少ない才能の癖にっふん）、モマエはなんだって書くことがあるのだろう隣の夫婦の喧嘩だって、と言っていたそうだ。しかしここはオール電化の平和な郊外なので、両隣の夫婦は大変仲良く、その上私にはそういう無礼な事を言う夫は、というか言うにしろ言わないにしろ夫本体リアルタイプというものがまったくなく、故《ゆえ》に私は「庭」に視点を移すしかないのだった。まあいつだって私の書いているものは「庭の雀」ですダ。

それ故極私的に言えば「反戦ビラ」だってその「庭の雀」と変わらんのだよ。そしてその雀描写のためにだけ人様が真面目にやっているデモ等を私は、いけしゃあしゃあと、覗くのであった。とはいえ、――。

主催のS倉土建が何か選挙関連のところであるとはとても思えないが、でも万が一誰か議員が来ていて演説したり、また何かの例えば、そう、「なになになに男に禿同する会」なんつーのの人がたまたま来ていて「まー、政治的に白紙状態の可愛いおデブちゃんっ！　本日はごくろーさまねーお友達になりましょう」なんか言われるのは嫌なのであった。つまりそういう目に遭わない事をオレんちでは家芸にしてるんでね。

例えばウチの男親は地方に半世紀以上住んでいるが政治と選挙にだけは絶対係わっていない。祖父だって博打《ばくち》放蕩《ほうとう》芸者遊びはやったけど田舎の政治選挙だけは断固拒否してた。そいでわしも、株と、政治とをやらんのだよ。バブルの時もブラックマンデーの日も。むろん選挙それ自体はひとりで行くけどね。そして、……。

自分は一生東京にいるつもりだったけれど猫のために家を買い千葉に住んでしまい、つまりだからこそ今後は父、祖父と同じように地方政治とは完全に無縁で生きるつもりだった。ただ派兵というものは、そう、「一般物」なので。「地方限定」ではないし「選挙用」でもないので、やはり覗きたい。しかしその一方、「派兵」、「テロ」、「戦争」、「天皇」等を、「選挙用」または「お仲間、地方限定」または、「B級文学青年関連ブランドロゴ」、または「特定ジャンル叩き用具」にして株的政治的茶番的に使う人はがんがんいるから、ほーれ、むかつくのだよ。

そうなるともう「派兵」というのも「派兵」ではなくてね、まあ「○○」、大体、『○○』の前に文学は無効」等の用法で使われるばっか。確かその「○○」は「派兵」がやって来る前には「会社の利益」だったしその前はもしかしたら「マンガM君事件」だったかもしれないのだし、そして彼らは左ぶっていても結局精神構造は戦時悪徳軍人のような出来具合であり、「この非常時に犬猫はっ」、「この不況時に文学はっ」、「この非常時にモマエラはっ」とか言って動物園の象を殺したり敵性学問を禁止したり、さらにはロリコンだけは無監査で奨励したりしながら「非常時」という特殊事情に付け込んで自分達の失敗をごまかしつつ、そして自分ちの倉には「非常時にとんでもないはずの」贅沢品《ぜいたくひん》がイパーイ積んであったり、また「いつもいつも権力側に弾圧されマツっ」とそこらで勝手にブリッコ流していても、実は本人が事前ケンエツ言論弾圧する側であったりとか、するのである。

まあ彼らにとっては何だっていいのでしょう。たとえば「食玩の前文学無効」だって別にーなわけだし。やーい「豆腐の前に田楽無効」とか言ってもいいわけです、「この非常時にっ」！

そういうわけで覗き、覗き、書く覗き。それは「一般用」、「極私」、「仕事丁寧」、つまり野生の文士の「吟行」方針である・ふんそれ故に私めこの前なんか三里塚行って、なんか官憲に写真撮られちゃった。でもそんなの別に極私の「吟行」なのに、ねえ。だけどこれでデモ行ったら写真二枚目になるな、その上私は、地元顔バレ人だ。

なんというか、ねっ、皇室行事にたまたま街の外で出くわしても、私のする事ったら、それは、警備ぶりの描写。そしてテレビの画面と実際の皇妃のスーツの色の、つまりは彼我における皇室イメージの落差を読者様に差し出す行為。だって他に何をするか野生の私が・「庭の雀」を書くならばっ・ああ、ちゅちゅちゅんがちゅんかちゅんが。つまりは、――。

そうだ。

どっかの文芸誌の対談で評論家と何か別の職業（作家だっけか）の偉い人が言っていた。昔の文士は一戸建ての家に住んでたから庭の雀も書けたけどでも今はマンションだから小説の感じが違っているってな、へーへーへーへー。あるぞ、だから、ここに、……。

やすうーい一戸建て。都心の2DKより安いのがな。バブルも引いた遠千葉で、さあ千葉ニコソ、今コソ文士は庭の雀書キハ、集団疎開ダ。いや既に、あっちこっちにスんでいるがな。

「へ、純文学ですか庭の雀とか書いているだけの、へええそれで、独自になれるという、雀で世界が書けるという、ああそれでいいんですからなー文学の方ではなーへっへーん」などと言われている日常茶飯事、「庭の雀」の、まだまだいる、遠千葉でな。へーへーへーへー。

「庭の雀」はもう飽きたっ？　凡庸？　でもあなたもし……。

三日前「庭の雀」はコンクリートから生えてきて、妻の与えた生きた羊を貪《むさぼ》り食って、マターリ、マターリ、ニーコ、ニーコ、ニーコと藁ッテイタ（藁イコール笑）て私がそう書いていたら、そしてそう書いたが故に、タイーホされていたなら、ねえ、どうする？　というかそれ以前にそんな雀がいても飽きたって言う？。

まあそれでですね、よーしよしよしよし、「取材」は冬中でも執筆時、つまり今の、季節は春。裏の畑で秋口に、雀ボールとしか言いようないほどに沢山、帽子を投げただけで最低二匹は捕まりそうに群れていた雀団子達はいったん冬に引いて、しかし、さあ、「季節は巡り」また戻ってきてるのだよ・ちゅちゅちゅんがちゅん。そこでっ、さあ書くぞ・すぐ書くぞ・そーれ一斉に書いてやるわっ！　春夏秋冬「庭の雀」っ、とは言うものの……。

そう言や十年前コンビナートの、排気ガス塗《まみ》れの黒い小さい雀を書いた事あるぞ、「庭の雀」でなかったらいいのかね、んっえっ、それも凡庸かね、雀には「意味も個性も私もないいっ」かねーああ、平和の平和の平和の雀よ！　ちゅちゅんがちゅんっ。
で、小説内私小説・身辺雑記、「庭の雀」。

家のベランダに渡した猫運動用ネットは二階の老猫ドーラが危険な外へ出ぬよう、そして日光浴と軽い運動が出来るように特注したものだ。しかし最近そのネットの縁がぷつぷつ切れ始めたので心配である。——さて、猫を外へだすな、出すと危険という風潮はここ十年位のものだろうか、つまり千葉で猫の運動用フェンスなどというと、年寄りから変な顔をされる事が多いって事で。

ある日、このネットの中へ青空を飛んでいた雀が一羽、侵入した。ピンポン球よりも小さいその、編み目を潜《くぐ》ってである。いったい胴をどうして突っ込んだのか。生き物は実にするりと動くけれど。

勝手に入ってきたはいいが出られない雀。それはベランダ内のネットで区切られた空間の中、警戒音で騒ぎ立て飛び廻った。やがて疲れて来たというのでエアコンの影に入るが、また出ようとして騒ぐ。俄然《がぜん》老猫は若返った。2チャンネル用語で「しじめっ、取りマツっ」と鳴く・ウェッ、あっあーん、と外へ出たがる。「そうだよ大切なお前の猫を若返らせるにはね、一日に一匹こういう、私も個性もない凡庸な生き餌《いえ》を」、ウェッ、あっあーん、駄目駄目駄目駄目駄目駄目っ！

さて、でも雀にして見れば戦争全開だ。だって食われるんだもの、そいでもってこんなひどい雀を見たのは始めてであった。それは狂乱して外見が一秒で窶《やつ》れた、変化した雀。

まず羽に色が無い。でかい蛾《が》に水を掛けた時の、鱗粉《りんぷん》飛んじゃってるような状態で、血の気の引いて白っぽくなった体は、狂い飛ぶだけで羽が落ちる。嵩《かさ》も、胴体なんか半分になった。焦るだけで雀の体積は二分の一になるな。「ああひどいな、これは（引用・落語）」。

逃げパターンを見といてから取りやすい位置で、ありあわせの道具を構えて待ち構え捕獲した。しかしいくら保護するためとはいえなんで私はこう、野良猫野生雀等を捕まえる運命になるのであろう。上手というではない。しかし相手もよくも捕まるなー（捕った！）。

猫と違い、雀は捕縛するとぷっと静かになるね。玄関で放すまで私はひやひやものだ。ドーラだーめドーラだーめ、まだまだまだまだまだっ！　そして、雀は逃げる時また元の色と嵩になって平然とぴっぴーと逃げて行った。その後大変な大事件として私はこれを鳥識者長野まゆみ氏に全開で報道した。そしたら、よくある事らしい。ふーん、でもでもでもでもっ、私は私は私は私は、私は私は私はーっ、疲れマツた。

小説内私小説「庭の雀」


終わり。


その後集会の日はますます近づき、それで一月十七日私はどうしたか。

ひどかった。だって行ったらデモは終わってた。というかS倉土建にその、責任はない。私が勝手に間違えたのである。一月十七日（土）、とビラにはあったのに、「あー土建のヤすみハ日曜だーっ」って勝手に思い込んでそれを、一月十七日（日）って読んでいたのだった。当日は長編の著者校了をやってたりして、日付はともかく曜日の判るような生活してない。むろん当日はばたばたしていた。しかしその、雪がちの十七日（土）にデモはあったらしい。

その日は図書館でどさーり借りたふるうい資料の返却期限が来ていて、それぞれ駅から徒歩十分以上の、あちこちの図書館へ、タクシーとバスと電車を併用して本を返しに行っていた（私はリウマチ）。そしてやっとふらふらと、自分ちの最寄り駅の階段を下りると、市民団体のような人達が集まって、一斉に何か言っていたのだった。んで思った。

あれ、これ違う？　それぽーいよ？　でも明日でしょ？　じゃあ同じ嘘井の駅で二日、連日集会なわけ、そしたら。野兎の里で戦争全開なの？　まだまだまだなの？　でもね、――ネットワークっていう垂れ幕があるからきっとこれ他の団体だわ。だってネットワークってなんだか運動ぽいのだもの。極私的でないし土建っぽくないもの、と思って見ても、でも――。

タクシーで二三キロ走れば田んぼの中に道祖神群、というようなこの嘘井の「わー三年経っても変化ないここの駅前」と東京の編集者に感謝されてしまうような屋根の低い町並み、メルヘンな駅屋根、そこでいくらネットワークだからと言ってこんなに盛り上がるとはやっぱり、戦争全開か、だってその垂れ幕のあたりだけで二十人はいるし。しかし、……このあたりは御城下だから周辺からはちょっと浮くが、それでもS倉、義民と言ったらS倉宗吾様だしねー、だったら?、戦う土地柄？　違う？　つーて、ごちゃごちゃごちゃごちゃと、考えてみる。でもいいわ私はどうせ明日だもんね「吟行」は明日、と、――ふと見るとネットワークの人々はすっきりと痩せている。ビラだけ貰おうとして手の甲を反らせて、すーと横を通るが、なぜか貰えない。くれないんですの？

翌日日曜はいい天気でいかにも集会日和。時間は一時からだが腰痛と鼻血、いくら郊外に越して筋肉付いたからってデモで何キロも歩く気はない。眺めてメモとって世間話して、んで帰る気。暖かいのが取り柄よね本日。そして実は「全開かまだまだか」判定の他に、興味のある事がひとつあった。

派兵反対集会の場所がお伊勢公園という点。要は神明社がある場所だよ、つまりお伊勢さんの小さいのが。ふーんお伊勢と戦争反対？　まあ今ならアリかも。だって神社庁の総師が平和サミットに出てるという事は新聞で知っていたし、ただその一方、……京都で梨木《なしのき》神社が爆破された時にはその神社特有の理由が背景になってたとは聞いていたし、でもしかしお伊勢、反戦って、はたして？　するーと？　繋《つな》がるのかな？　今の時代ならば、もう？　と思って質問したかったの。て言うか、伊勢出身者の私ならばそれは皇室系神社という認識が先だが、千葉まで来ると単なるお伊勢さん・ええじゃないか、で殆《ほとん》ど民間、一般神社と変わらないのかな？　等々の興味が湧いたの。そしてそういう「民間」の意識が知りたかった。まあでも一番判りやすく駅に近い場所だからそこでするというだけかもとも、思ったのだった。しかしその件は、——。

行ってみたら、たちまち、解決だった。お伊勢公園とは、神明社がある公園という意味ではなかったのだ。つまり階段を上がってその「広場」に入ってみると、お伊勢公園と神社とは仕切りで分けてある。お伊勢の隣にある公園という意味だったのだ。そうだよな、だって、公園税金で建てるのだからそこに「宗教」があったらきっと誰かが文句言ってくる。それにここのお伊勢は戦後丸出し。既にバブル期の昭和五十一年に移転して来たばかりの新しいのだった。それ故に外見もきれいげでありそれ故、——私はすーと通り過ぎていた。スーパーの近くなのに寄った事もなかった、興味なかったのだ。

私が好きなのは神仏習合で石物イパーイの、境内で出雲系や異端神が入り乱れてしまうふるーい、ふるいっ、S倉特有の、社《やしろ》、しかも小さくないと嫌。だって伊勢神宮なら郷里に「大きい」のがあるし。じゃあ、ここで待つ？

お伊勢公園は余裕あるベンチとてかてかの石、隣は運動場、子供とお母さんが遊んでいマツ。妙齢のご婦人が、トレパン姿でお弁当を使ってマツ。日溜まりの中、だらだらマツ。そして、そのうちに、というか当然「待ち時間」が長くなってきたので、——。

「一時を過ぅぎぅたぁあぁらっ・二時がクるっ！　待ってた彼女はマッダ来ッないッ・アイオイエーッ・……・イヤあーっ！」という昔フランキー堺が「夢会い」で歌ってた外国歌謡をすんなりと思い出してその時、なぜか、全身から恐怖がこみ上げて来た。でもなぜ怖かったのかはその時はよく、判らなかった。

ふん戦争迷惑、戦争不快、戦争別件、戦争最低。余計な用事、それは戦争。

要するに、……一ヶ所にとどまると、ここなんか怖いんだよね、それでしばらくすると神社と公園を行ったり来たり……でもまあどっちも一見平和でなんか「吟行」的にはスルー所も多いんだけども、ところで、……。

この「お伊勢には」社務所とか当然ない。つまり質問不可能。でもまあ由緒ならばあちこちに書いてあるから。それは案外に、面白かったけど。つまり、……。

伊勢神宮といったって御当地のは、山の麓《ふもと》に江戸時代からあったのを移転して来た奴。その上その当時から来歴不明のもの、江戸期、「余れる縄五把」を埋めて祀る、というような記録があるだけ（うん、そんなのは好き）。——一方、「我が」故郷の「大きい」伊勢神宮の歴史、それは意図的戦略的民間化演出の歴史である。それ故経済的理由から表面上の神仏習合化も中世には結構進んでいた。しかし本質的に伊勢は神仏分離で、また根本に皇祖神神社としての性質がある。つまり、……。

一見民間風の信仰がもし伊勢信仰の中に入り込もうとしても、例えば地方にお伊勢を素朴な信仰で祀って伊勢から御師さんを呼んで、というような時でさえも、その中で修験道的な祭りを土俗の勢いでお伊勢に盛り込もうとか地元の人がすると、たちまち神宮は出てきて阻止、という感じで進行していた。しかし、私見だけどここは本当に小さいお伊勢だなー（いいなー）。皇室神ほっといて、勝手にやってる感じだ。おや、それでもお鈴がピカピカの新調だなー。

公園に飽きたので興味ないはずの神明社を三巡りして、それなりに興味をかき立て、そしてここにもとてもS倉らしい浅間神社の石物があり、煎餅《せんべい》が一枚供えてあるのを発見。これでも境内社です・よし！　とはいえ、屋根のある石に名前が彫ってあるだけだね、こういうの伊勢では私、いまいち見てない。でもふるさとも十七歳までしかいなかったから、本当はいっぱいあったのかもねえ。で？　要は石物と煎餅、極私的にはこの祈り方、五重丸だ。

デモの写真を撮ろうと思って持ってきたカメラで、さあ石物を撮るぞ。元々このお伊勢は山の麓にあったというのだから、もしかしたらそれ以前は浅間神社がメインだったんじゃないかと勝手に想像する。そんな石は私好みに古く、江戸時代に見える。

そして、喫茶店があるのに缶コーヒーを買ってわざわざ、立って飲んだ。ここに越した秋、都心を戦車が走る軍事訓練があったはずだと思い出して。あの時はあの兎に似た猫がふいに脱走して半日位で帰っては来たものの、その間生きた心地ではなかったよなーと、浮かんで来た。東京に戻りたいという気持ちは、あれでふっとんだ。おおそうそう、戦争大変ボタンも大事、無くしたボタンと戦争無念。着道楽娘森茉莉のプロデューサー森軍医が言ってたはず、「ますらおの玉と砕けし」、「それも惜しけど」、「こも惜し扣鈕《ぼたん》」、(1)出征してるんです森父は・よく（も）言ったな！　それだよ、軍医だったんだよ、森鷗外って。

ふんっ！　そして都心戦車・猫プチ家出事件から三年。今度は戦争の方が、なんと県まで出張して来てくれたよ、というか日本が余所様《よそさま》の戦争に出張するようになったのでそのため国内のそういう危機感がこーんな郊外にまで出張して来てくださる羽目になったんかい。危機感デリバリー。ふっふーん。着々とやっているなくそっ。まだまだまだまだっ!?　え、その割にはなんかまた、ぞっとしてきたで。

ただその時はでも、ぞっとする感じの根拠はよく判らなかった。派兵反対集会が全員検挙されて「牢屋」に入ってるなどとはまさか考えないが。しかし寒くもないのだし。そしてやはり前日だったという事に次第に気付いて、――私は「外れ感」に押し止められたまま、しばらくうろうろして諦めて帰った。でもこの方がいいかもね、だって「行ったら日が違ってました」っていかにも「庭の雀」としての反戦ビラらしくって。

　と思ってて、その日の夜とっておいたチラシのビラの裏を見たら炙《あぶ》り出《だ》しになっていた。ガスの火で炙った。知らない文字だった。「各派」の共通語だと後で知った・ぞっ。判ったよ。

　派兵反対集会は二部制になっていた。というのも、ただ集会場所の隣にお伊勢があるというだけでもそこに行かない、というか怖くて気が引けて行けない方々がいるのだった。私は一日遅れたからというのでそちらに参加した。深夜だった。集会場だって判りにくい場所なのだ。歩いて三百メートルの沼際である。浄水場があって、畑の間には新しい建売が並んでいる。「伊勢出身の方ですか」って嫌な顔されたけど。帰らなかった。

　場所はI旛姫ノ宮という神仏習合神社、境内は家一軒分もないと思う。丹塗《にぬ》りの明神鳥居、菩薩形の石物、境内その他石物は出羽三山三基、御神体は姫様、姫神様です、姫です。くどいですか。二人で動かせる程の比較的新しいお社の形式はもう忘れました。境内に本来の御神体ではないはずなのだけれどメインの、石物があります。これはいくら何でも自然石だと思った。でも実はあまり、よく見てこなかった。

　そこは家から一番近所の神社。私は以前昼間に一度お参りした。タクシーで猫砂買いに行くついでに寄ったのである。しかしその後行きたくとも徒歩でも、近くとも行けなかった。タクシーもドライバーによっては行きたがらないのだよなんのかんの言って。また、すっごく行きにくい場所にあるのだよ山道ごろごろって程ではないのだが、曲がってて、草地の道。それから「信仰」に理解のない人だと誤解される神社だし。でもそこにその社の「関係者」が集まって反戦やるというから、丁度《ちょうど》いい機会なので参加して来ました。

さて、この社の姫様こそ国家に追放された異端の神、御神体は道祖神女性形つまり陰石であらせられる。随分古いもので元は城下町S倉のお城の所に確かあったのだと、最初に案内してくれたタクシーの人が言った。この人はS倉の三峰神社の氏子で、「ここの三峰の神輿《みこし》には男、女がある」なんて言ってて、姫様の御石を見ても、「あ女の神だ」と言ってさっと拝んだ。私の方はそういう御神体だという事を知らなかったもんだから、というか石文化圏に育ってないものだからあたふたして拝みそこねてしまったりした。それで後から郷土研究の本で、前はセメント製のもあったと書いてあるのを読んだ、うーむ。誰が作ったのか。

そしてその研究書には姫ノ宮は由来不明とあったけれど、タクシーの人は教えてくれた。お城に昔からずっと祀られていた姫様であった。しかし戦時中兵舎が出来るので「兵隊さんの側に女の神はよくないっ」・「この非常時にっ」とかそういう理由で沼際に転居させられたのだった。それでも戦前、この沼際で催される花火大会は姫ノ宮奉祝大会であったりとか、まあ大切にはされていたようだ。しかし戦後は「この平和時にっ」・「神社とはっ」て感じだったのかどうかは知らねども、まあ宗教禁止だし、国際化なんだし、セクハラに使われそうだしってあたりかなー、そして花火大会は国際花火大会という名になり実際世界各地から花火師が招待され、いながらにして世界各国の花火がほしいままに見られるという状況になっている。

しかも私がその姫様を見にいった時には既に、つい最近の、二度目の移転が、なされていた。

建売が立つので区画整理されて、今までより一層沼に近い、一段下がった土地に移されていた。それまではどうやら自然石の陽石も二基あったらしいのだが、整理されていた。折口信夫が小馬鹿にしたような土俗の信仰、チューリップと兎のヌイグルミが供えられていた。お城にいた姫も今は沼際の暑さ寒さに耐え続けて、それでも花と兎に囲まれて暮らしている。

追われ追われる姫には親近感持つけど、誰かを案内したりしたら嫌がるかも。やはりひとりで行くしかない。が、もしそこにたまたま誰か来ていたら、そしてその方と私の「神に対する考え方が違ってたら」きついなー。

でも深夜、その神社で派兵反対集会、確かにそれはふさわしいかもしれん。炙りだしたチラシを書いてあった通りに私は門の前に張っておいた。門に張れという指示は図になっていたから、判ったのだ。チラシは夜から、いきなり文字が発光しはじめた。ヨウレボシのように。そして迎えに来てくれた。一月の十二時だから気温はマイナスだ。周辺の神社からのメンバーが殆どで、顔見知りも多い、全員昔の戦争の体験者なので、物見遊山系の私はばりばりに肩身が狭く、というかいたたまれなくなった。

山を森を越えて重たげに飛んで来る彼らを、私はベランダのネット越しに見た。

E原台の麻賀多《まかた》神社からは出羽三山九柱、ここの石物は修験系だから、夜、魂を表すと石の背中から羽が生えてくる。顔は当然天狗《てんぐ》。駅南の星神社からもやはり出羽系統数名、社の扉を開けて来たらしい琵琶《びわ》を抱えた裸足《はだし》の弁天系一柱、このヒトは翼なし。神社脇の神仏習合系、秩父供養塔五基は当然お遍路ルックで人間形、八幡神社から単独参加したのは白山系の小さい天狗像でこれはまさに飛来。石物の天神様は牛車《ぎつしや》がないので歩き。そして田んぼの中の三十番神社前から塞の神一名、これは地蔵形、——。

文字だけの道祖神は石の胴体から煙のように出た手足。人間化した石像も霧のような衣服、ひとや精霊の形がもやもやと本体に絡みついて、深夜の防犯灯の光の中で、一斉に道路に影を並べている。ひとつの講で次々同じ趣旨のものを建てていくタイプの道祖神は、やはり行進的に姿を並べているが、台石少し宙に浮いてぐらぐら揺れながら移動して来た。結局全員整列してもザッザッザにはならない。全体に生まれた年も「理由」もそれぞれ随分、違うせいか？ 彼らの印象は夜の方が明るい。昼間の古びた石の方が怖いくらいで、出雲系というより縄文系、縄文系というよりでも、これは、極私系だな。だって、——。

戦争で馬を徴用された人が愛馬の無事を祈って建てた馬頭観音があると聞いた。チェスの駒みたいになって来るのかと思ったら紬《つむぎ》のモンペ姿の女の人に見えた。縄文でなくても人は自然に石に祈るんじゃないのかなー。このあたりの庭はミッキーマウスでも猫でも石物だらけだし。

宮沢賢治的に「どってこどってこ」と行進するかと思ったらそうでもなかった。藤枝静男的に「でんでこでんでこ」になるかというとやはり人間とは違う。なんだか淡々と行進した。短い距離なので楽であった。姫ノ宮で集会をしてから夜なので花火をやった。姫は内気そうだが割りときれいな人で、そんなに若くはなかったが子供のようだった。沢山いた子供は「殺された」と言った。

ふん、結局それじゃ「庭の雀」は書けなかったのかだって・違う・だから・これが。

モマエラに読ませる「庭の雀」なのダ。

注　2チャンネルは2ちゃんねるとは違うものです。2チャン用語は2ちゃん語と相当似ていますが「マツ」の用法等いろいろ違います。

参考文献　小川元著「印旛沼周遊記」崙書房
　　　西垣晴次編「民衆宗教史叢書13伊勢信仰2」雄山閣出版

註

1　【出征してるんです森父は】森鷗外は日清戦争と日露戦争に軍医として出征、従軍した。引用されている詩句は日露戦争時の陣中詠「うた日記」（一九〇七・明治四〇年）収録の「釦鈕」から。

初出一覧

「植民人喰い条約　ひょうすべの国」
ご挨拶……書き下ろし
1　こんにちは、これが、ひょうすべ、です……書き下ろし
2　ひょうすべの約束……「文藝」二〇一六年夏号
3　おばあちゃんのシラバス……「文藝」二〇一六年秋号
4　人喰いの国……「文藝」二〇一六年冬号
5　埴輪家の遺産……書き下ろし
6　ひょうすべの菓子……「文藝」二〇一三年春号
7　ひょうすべの嫁……「文藝」二〇一二年冬号
後書き……書き下ろし

「姫と戦争と『庭の雀』」
……『コレクション戦争と文学4　9・11　変容する戦争』（集英社）

笙野頼子｜SHONO YORIKO

一九五六年、三重県生まれ。立命館大学法学部卒業。八一年「極楽」で群像新人文学賞を受賞しデビュー。九一年『なにもしてない』で野間文芸新人賞、九四年『二百回忌』で三島由紀夫賞、『タイムスリップ・コンビナート』で芥川賞、二〇〇一年『幽界森娘異聞』で泉鏡花文学賞、〇四年『水晶内制度』でセンス・オブ・ジェンダー大賞、〇五年『金毘羅』で伊藤整文学賞、一四年『未闘病記――膠原病、「混合性結合組織病」の』で野間文芸賞を受賞。著書に『だいにっほん、おんたこめいわく史』、『一、二、三、死、今日を生きよう！――成田参拝』、『だいにっほん、ろんちくおげれつ記』、『萌神分魂譜』、『だいにっほん、ろりりべしんでけ録』、『おはよう、水晶――おやすみ、水晶』、『海底八幡宮』、『人の道御三神といろはにブロガーズ』、『猫ダンジョン荒神』、『母の発達、永遠に／猫トイレット荒神』、『猫キャンパス荒神』など。

植民《しょくみん》人《ひと》喰《く》い条約《じょうやく》 ひょうすべの国《くに》

二〇一六年一一月二〇日 初版印刷
二〇一六年一一月三〇日 初版発行

著 者❖笙野《しょうの》頼子《よりこ》
装 幀❖ミルキィ・イソベ
写 真❖山本デイジー
発行者❖小野寺優
発行所❖株式会社 河出書房新社
〒一五一－〇〇五一 東京都渋谷区千駄ヶ谷二－三二－二
電話❖〇三－三四〇四－一二〇一［営業］ 〇三－三四〇四－八六一一［編集］
http://www.kawade.co.jp/

組 版❖KAWADE DTP WORKS
印 刷❖モリモト印刷株式会社
製 本❖大口製本印刷株式会社

Printed in Japan
落丁本・乱丁本はおとりかえいたします。

ISBN978-4-309-02520-9

河出書房新社
笙野頼子の
文芸書
SHONO YORIKO

人の道御三神といろはにブロガーズ

昔、国と名前を奪われ来歴を消された３人の女神がいた——そんな神々の知られざる歴史を紹介するネット内神社「人の道御神宮」とは？　書き下ろし「楽しい!? 論争福袋」を収録。

海底八幡宮

国を追われ、来歴を消され、名前を奪われ、真実を消され……白髪の作家が千葉の建売りで見た、真夏のミル・プラトー1500年史。

河出書房新社
笙野頼子の
文芸書

SHONO YORIKO

笙野頼子三冠小説集

野間文芸新人賞受賞作「なにもしてない」、三島賞受賞作「二百回忌」、芥川賞受賞作「タイムスリップ・コンビナート」を収録。未だ破られざるその「記録」を超え、限りなく変容する作家の「栄光」の軌跡。

(河出文庫)

愛別外猫雑記

猫のために都内のマンションを引き払い、千葉に家を買ったものの、そこも猫たちの安住の地でなかった。猫たちのために新しい闘いが始まる。涙と笑いで読む者の胸を熱くする愛猫奮闘記。全ての愛猫家必読!

(河出文庫)